KB199207

여행 의 확장

여행의 확장

길 위에서 행복 채굴하기

초 판 1쇄 2024년 09월 27일
초 판 2쇄 2024년 10월 07일

지은이 나승유
펴낸이 류종렬

펴낸곳 미다스북스
본부장 임종익
편집장 이다경, 김가영
디자인 임인영, 윤가희
책임진행 안채원, 이예나, 김요섭

등록 2001년 3월 21일 제2001-000040호
주소 서울시 마포구 양화로 133 서교타워 711호
전화 02) 322-7802~3
팩스 02) 6007-1845
블로그 http://blog.naver.com/midasbooks
전자주소 midasbooks@hanmail.net
페이스북 https://www.facebook.com/midasbooks425
인스타그램 https://www.instagram.com/midasbooks

© 나승유, 미다스북스 2024, *Printed in Korea.*

ISBN 979-11-6910-822-5 03810

값 19,000원

🐎 **미다스북스**는 다음세대에게 필요한 지혜와 교양을 생각합니다.

여행 의
travel
확장

길 위에서 행복 채굴하기

나승유 지음

미다스북스

2부 일상의 확장

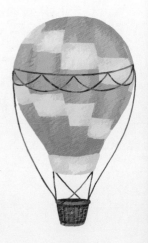

#7 우주 여행 - 상상의 나래로 우주를 날다

여행을 계획하며

일상생활, 취미 활동 또는 여행 중에 수많은 상황에 맞닥뜨린다. 기쁘기도 하며 언짢을 수도 있다. 대부분 곧바로 기억 속으로 사라진다. 그러나 다시 되짚어 보며 나의 상황에 맞게 반추할 수 있다. 특히 서운했던 기억을 분석하여 추후 나에게 도움이 될 수 있도록 생각을 정리하는 경우도 허다하다. 이런 상황을 다양하고 철저하게 분석한 결과를 세계적인 베스트셀러 『다시 생각하는 힘』(Think Again, 2021년)이나 『후회의 재발견』(The Power of Regret, 2022년)에서 쉽게 찾을 수 있다.

이 책의 주제도 위와 동일한 맥락이다. 첫째, 수많은 실제 상황을 구체적으로 제시하기 위해 다양한 형태의 여행 일정과 경험을 보인다. 저자가 직접 체험한 고산 여행, 유라시아 대륙 여행, 평범한 집 근처 산책, 방 안에서 공상 여행, 동남아시아 순다열도 여행, 심지어 상상 속의 우주여행을 그린다. 독단적인 오류에 빠지지 않기 위해 실제 여행 경험, 과학과 역사적 사실에 근거하여 자세하게 기술한다.

둘째, 실제 경험을 다시 생각하여 긍정적이며 유익한 면을 찾기 위해 애를 쓴다. 기쁘게 느꼈던 순간들이 나중에는 허망하게 변하는 경우가 많다. 심지어 자신에게 불리하게 작용하는 경우도 있다. 반면에 언짢게 느껴 후회했던 기억을 되짚어서 나만의 교훈으로 바꾼 기쁨을 맛볼 수도 있다. 어렵고 힘들었던 상황을 곰곰이 다시 생각하여 밝은 빛과 올바른 길을 찾아 행복을 느낄 수도 있다. 이 책은 일상의 흔한 경험에서 마음속의 행복을 채굴하는 과정을 매우 쉽고 구체적으로 보여준다.

여행에서 보고 접하는 모든 것이 여행자에 따라서, 상황과 시간에 따라 달리 느껴진다. 역사적 진실, 자연의 법칙, 현지인들의 실상은 동일하지만 여행을 하면서 받는 느낌과 교훈은 여행자 각자의 몫이다. 동일한 곳을 여행할지라도 얻는 느낌이 같을 수는 없다.

여행 책자는 많고, 여행 정보는 더욱 넘쳐난다. 쉽게 검색하여 많은 정보를 얻을 수 있다. 그러나 막상 중요한 것은 나의 생각과 해석을 통해서 얻는 진실한 '의미 찾기'이다. 일상생활에서 특별한 시간인 여행이란 내 마음속의 행복을 발굴하는 기회이다. 과거 수렵인들이 먹거리를 채집하고, 골드러시 시대에는 금과 은을 캐고, 최근에는 코인을 채굴하는 것과 동일하다. 공통점은 '찾아내기'이다. 여행 중에 실제 겪은 내용이 단초가 되어 나만의 생각과 스토리를 엮는다. 이것이 생각을 채굴하여 얻은 여행기의 핵심이다. 나아가 모든 이들의 소중한 양식이 된다.

여행을 통해 얻은 견문과 생각의 단초 꾸러미에 만족한다. 그러나 단초는 시작이자 첫걸음에 불과하다. 시작에 만족하다니, 착각 아닐까? 유명한 금광이 있는 마을을 여행하고 즐거울 수 있다. 그러나 더 큰 의미를 갖기 위해서는 나만의 생각이란 금을 얻는 작업이 뒤따라야 하지 않을까? 여행을 통해서 찾아낼 수 있는 나만의 생각과 교훈을 채굴하여 많은 이들에게 유익한 스토리를 만들고 싶다.

옛날 먼 곳이 아니라 지금 여기의 문제에 관심을 갖자. 여행 중에 얻은 과거의 단초를 오늘과 내일의 일상사에 슬기롭게 연결할 수 있기를 바란다. 머나먼 서역 기행에서 얻은 교훈이 우리 동네와 직장에서 좋은 결실을 맺을 수도 있다. 마음을 다스리는 위구르 사람들의 방법이 멀리 떨어져 있는 우리들의 상처를 치유할 가능성도 크다.

진실로 아름다움. 이것이야말로 우리 모두가 추구하는 중요한 목표 중의 하나다. 우리는 아름다운 해변에서 소중한 이미지를 머리에 심어 온다. 혹시 인생이 우리를 슬프게, 짜증 나게 하거나 무료함이 느껴지면 꺼내서 다시 살펴보리라. 상쾌한 바람과 찬란한 물빛이 우리의 답답한 마음을 어루만져 주겠지. 속이 편해지겠지. 가슴에 새겨진 이미지가 평생 우리와 좋은 인연으로 남아 있길 바란다.

머릿속에 각인하고 또 가슴에 담아서 항상 아름답게 빛을 발할 수 있는 소중한 기억. 여행은 보석처럼 항상 꺼내 볼 수 있는 나만의 아름다운 기억 채굴하기다.

간혹 여행을 어디로 가면 좋겠냐고 묻는 지인들이 있다. 나는 항상 "다 좋아요."라고 답변한다. 사실 이 말은 짧지만 나의 진심이며, 누구에게나 진실이라고 믿는다.

나의 진심 어린 대답에 대부분 실망하는 눈치다. 의아하다는 표정을 짓고 화제를 바꾼다. 심지어 간혹 불만스런 느낌을 보이는 이들도 있다. 짧고 무성의한 대답이라서 이해하기 어렵다고 생각하는 듯하다.

아마도 구체적이며 자세한 지명, 경로, 경비, 명소 등을 기대했을지 모르겠다. 이런 내용은 검색 단어 한두 개를 입력하면 수많은 여행 블로그에서 사진과 함께 관련 정보가 넘쳐난다. 여행 책자도 매우 많다. 아주 쉽다.

"다 좋아요."라는 나의 답변은 짧지만 진심이다. 더 보탤 것이 없다. 나머지는 스스로 얻어야 하는 각자의 몫이다.

어디로 여행을 가더라도 다정한 마음으로 살펴보면 즐겁고, 아끼는 마음으로 대하면 주변 모두 사랑스럽다. 여행지가 어디든 독자 모두 자신만의 값진 보석 같은 기억을 많이 발굴하길 바란다. 필요하면 언제든지 꺼내 보며 즐거울 수 있기를 염원한다.

사족

이 책은 여행과 사고를 통한 행복 발굴하기에 중점을 둔다. 독자마다 자유로운 상상이 중요하다. 풍경, 음식 등의 고품위 사진을 쉽게 검색하여 얻을 수 있기에 이를 최소화한다. 대부분의 경로도 제시한 지도보다 훨씬 상세한 정보를 인터넷 지도에서 매우 쉽게 얻을 수 있다.

감사 글

함께 인생을 여행하는 가족, 특히 항상 가까이 있는 아내, 작년에 우주로 멀리 떠나신 어머니께 이 책을 바친다. 오랫동안 인생 여행을 함께하는 친구들, 직장 동료에게도 한없이 큰 고마움을 전한다. 감사합니다.

1부
여행의 확장

#1
히말라야

허상과 진실의 차이를 깨닫다

1. 쿰부 트레킹, 내 발로 오르다

"쿰부 히말라야 트레킹 가보면 어때요?"

어느 토요일, 늦은 아침 식사를 마치고 아내가 묻는다. 한 달 전에 여고 동창들끼리 네팔에서 설산 트레킹을 즐기는 TV 프로그램을 본 후에 너무 부러웠다고. 그래서 인터넷 정보를 한 달 동안 찾아보았는데 초보자에게도 가능할 듯싶단다.

"국내 100대 명산 중에 몇 개나 다녀오셨을까?" 너무 비아냥거리게 대

꾸한 것 같아서 곧바로 후회했다. 대신에 나도 트레킹 검색을 하겠다는 약간 우호적인 반응을 덧붙였다. 주말 외식이나 단순한 나들이에서도 의견 차이가 흔한 우리 부부에게 험준한 설산 트레킹에 관한 주제는 요술처럼 다가왔다. 아마도 수많은 기행문들이 한결같이 기쁨과 환희로 가득했기 때문이리라. 사실 일상생활에서 글을 즐겨 쓰는 사람은 많지 않다. 그런데 설산 고봉 트레킹을 다녀오면 감동과 희열에 넘쳐서 글과 사진으로 가득한 기행문을 자세하게 적지 않고는 배겨낼 수 없나 보다. 관련 글이 넘쳐났다. 글마다 웅장함과 감동, 다정함과 사랑, 초월성과 신비감으로 가득했다.

기쁨과 감동으로 버무려진 자세한 기행문은 행복을 반추하고 싶은 본인

의 회고록이다. 나아가 독자와 기쁨을 함께 나누고 싶어 수많은 사진을 추가한다. 기행문을 몇 개 읽고 나면 어느새 여정과 풍광이 익숙하고 다정하게 느껴진다. 이는 과장이 아니다. 사실 쿰부 히말라야 트레킹은 고쿄, 촐라 고개, 임자체 등을 생략하고, 루클라(Lukla)에서 고락셉(Gorakshep)까지 오르는 가장 인기 있는 여정을 다녀온다면 무척 단순한 길이다. 계곡 따라 줄줄이 진주햄처럼 이어진 외길. 몇 시간의 산행 후에 규칙적으로 다가오는 작은 마을. 걷다가 문만 열고 바로 들어갈 수 있는 식당과 산장 로지. 가격 부담도 적다. 친절한 기행문을 몇 개 읽으면 출발하기도 전에 여정과 주변의 풍광이 눈앞에 그려진다. 신선계의 전설처럼 어렵게만 느껴졌던 여행이 현실이 된다.

감동 넘치는 글귀가 소설의 첫머리를 장식할 수 있을까? 가슴을 울리는 명장면이 영화의 시작과 함께 나타날 수 있을까? 매우 어렵다. 전개된 장면과 등장인물이 잘 어우러진 결과로 멋진 상황을 연출할 수 있다. 그러나 불가능하다고 모두가 생각할 때 갑자기 그대의 눈앞에 생생하게 펼쳐지는 현실! 이것은 기적이며, 감동의 물결에 온몸을 맡긴다.

20인승 소형 경비행기에 오르자 2주의 트레킹을 시작하는 잔잔한 흥분이 가슴을 가득 채운다. 그나마 가운데 좌석을 짐칸으로 개조하여 승객은 십여 명뿐. 이때 트레킹의 출발지인 루클라 공항에 도착하기도 전에 감동은 폭발한다. 폭발은 순간이 아니다! 소형기라 낮게 비행하기에 풍광은 무척 가깝게 다가온다. 바로 아래의 계곡, 구릉, 작은 마을과 조금 멀리 수많은 설봉들이 전개된다.

저공비행이라 멋진 광경은 관찰하는 여행자를 기다려주지 않는다. 계속 변하는 상상 초월의 비경. 목을 빼내서 좁은 창문에 밀착한다. 인생 최고의 광경을 머릿속에 각인하며 셔터를 눌러댄다. 기수를 크게 돌리며 계곡 사이로 접근할 때 기체가 산의 사면에 서 있는 키 큰 나무에 닿을 듯싶어 순간 비명을 억누른다. 감탄과 흥분의 쓰나미에 온몸을 맡긴 채 30여 분이 지난다. 이때 계곡 사이로 조그맣게 나타나는 현실의 활주로. 이제 꿈에서 지상으로 내려온다. 비행기가 착륙할 때 필요한 활주로의 길이를 줄이기 위해 오르막 경사지게 만든 루클라 공항이다. 이로써 위대한 여정의 황홀한 서막은 끝난다.

2. 눈부신 설봉과 동행하다

아주 작은 공항이다. 멈춘 비행기의 바로 옆 바닥에 화물과 가방을 내려놓는다. 승객들은 자기 짐을 찾아 챙겨 들고 떠난다. 천상의 비경에서 현실로 순간 이동이다. 곧이어 만난 우리의 가이드 겸 포터인 상게(Nima Sange). 드디어 오늘이 트레킹의 첫날이며 출발이다.

어제의 비와 구름이 말끔하게 사라져서 기분이 상쾌하다. 트레킹 동안에 의존할 부분이 많을 텐데, 상게와 영어로 소통이 자연스러워서 안심이 된다. 조금 올라가 상게의 집에 도착해서 우리 짐을 푼다. 편하게 짊어지는 본인만의 비법이 있는 듯 낡은 배낭에 짐을 넣으며 민첩하게 새로 꾸린다. 경험이 많아 보이는 가이드라 믿음직하다.

　몬순기가 시작되어 걱정이 컸는데, 모든 면에서 더 이상 바랄 수 없도록 날씨가 좋다. 저 멀리 있는 구름만큼 발길이 가볍고 즐거운 트레킹이다. 첫날 숙박지인 조살레 마을에 예상보다 쉽게 도착하여 부다 로지에 여장을 푼다. 몸과 마음이 편해서인지 발걸음이 가벼워 먼 길이 즐거웠다. 여름이지만 높은 고도로 인해 온종일 쾌적한 날씨였다. 처음 맛보는 현지 음식도 생소하지 않게 느껴진다.

　다음 날 식사 후에 아침 일찍 출발한다. 오늘 산행길은 멀고 고도도 높아진다. 현지에서 숙식을 해서일까? 어제와 비슷한 마을길이 더욱 친근하게 다가온다. 지나치는 염소 무리도 정답다. 곧 나타난 공원사무실에서 등록을 하고 다시 떠난다. 세차게 흐르는 두드코시(Dudh Koshi) 강물을 따라 오른다. 가로지르는 출렁다리를 건너며, 여기에 매달린 수많은 오색 타르초와 룽다를 살펴본다. 거센 계곡 바람에 세차게 흔들리는 경전 깃발들은 여기를 지나는 모든 이들에게 안전과 부처의 가호를 염원해주는 듯싶다. 이런 마음을 느끼며 가파른 샛길을 한참 숨차게 오른다. 곧 꿈속에서도 선명한 남체바자르(Namche Bazaar) 마을이 동화처럼 다가온다.

출렁다리의 타르초

　우기의 초입이라 날씨 변화를 알기 어렵다. 맑았던 오전과 달리, 식당에서 점심을 먹고 있는데 비가 내리기 시작한다. 구름이 낮게 내려앉아 다정하게 따라오던 탐세르쿠 설봉은 고사하고 동네의 뒷산도 보이지 않는다. 이렇기에 우기 석 달 동안에는 트레커가 거의 없다. 물론 여행사 상품도 모두 9월까지 미뤄진다.

세계적인 명소라서 성수기에는 좁은 외길로 걷는 산행에서 앞사람의 뒷모습만 본다고 한다. 봄과 가을에는 인파가 넘치고 숙소도 만원이다. 느긋하게 자연과 산을 바라보며 홀로 사색에도 잠겨보면서 차분한 분위기를 마음껏 즐기려고 트레킹을 왔다면 반대의 현실에 푸념이 나오리라. 산과 함께 사람들과 부대끼며 어울리는 것이 취향이면 좋겠지만 반대의 경우에는 차라리 우기의 산행을 선택하는 것이 어떨까? 비수기 덕분에 로지와 식당을 통째로 전세 낸 듯 이용하였고, 주인과 한가롭게 이야기를 나누었던 기억이 소중하게 느껴진다. 칠흑 같은 밤에는 로지가 텅 비어 경외감보다 오히려 무서움이 들 정도였다.

히말라야 트레킹의 성지. 전 세계의 쿰부 히말라야 트레커는 모두 남체

바자르에 모여 각자의 방식대로 성스러운 마음의 예식을 치른다. 그런 다음에는 보다 다양한 형태로 준비 과정을 밟는다. 즉, 고소 적응이다. 천천히 마을 주변을 산책하고, 가까운 윗마을을 방문하며 하루를 보내는 것이 가장 평범하다. 젊고 체력이 좋아서 적응 시간을 줄이는 경우도 있지만 뒤탈에 관한 이야기들이 겁나게 많다. 겁 때문만은 아니다.

남체 마을의 매력이 너무 커서 오히려 적응을 핑계 삼아 오래 머무르는 것이 아닌지 의심이 든다.

비를 피하며 콩데 뷰 로지(Kongde View Lodge)에 들어서자 여주인이 커다란 수건을 건네주며, 뜨거운 차를 대접한다. 4층 건물인데 계단을 통해 들어선 입구는 2층이다. 접수대, 식당, 주인 거주, 공용 시설이 차지하고, 나머지는 모두 객실이다. 규모가 크다. 그러나 오늘의 손님은 우리 두 명과 상계뿐이라 오히려 미안하다. 덕분에 우리의 숙소는 전면에 콩데산을 마주보는 큰 창이 있는 특실이다. 남체바자르에서 계곡 너머에 있는 콩데의 높이는 6,093m이지만 바로 맞붙어 있어 웅장한 위용은 압도적이다. 방 안에 앉아서 시시각각 변하는 이런 멋진 전망을 즐기는 행운을 가졌다.

이곳의 원주인은 셰르파로 젊은 시절에 여러 나라의 에베레스트 등정대에 참여하여 많은 활약을 했다고 한다. 2층 접수대 위쪽에 걸린 오래된 액자 속 사진들이 그 증거다. 우리를 맞이한 여주인은 그의 며느리다. 로지 두 곳을 운영하다 이제는 아들과 며느리에게 넘기고, 그는  이곳의 경제와 관광 사업에 대해 조언을 하는 등 마을의 원로 역할을 한다. 또한 남체 바자르 곰파 사원의 주요 후원자라고 한다.

3. 매력적인 아마다블람

상쾌한 발걸음으로 남체를 떠난다. 마을의 위쪽으로 돌아가며 출발하는 길에서 내려다보니 발아래로 마을 전체와 주변 풍광이 한 폭의 그림처럼 다가온다. 출발하기 전에 사진을 찍는다. 환하게 웃으며. 열흘 후에 이 길로 복귀하면서 똑같이 웃을 수 있을까? 제발! 그렇게 되길 바라며 두 손을 모은다.

출발하면서 오늘의 숙박 로지에서 만나기로 하고, 상게에게 먼저 가라고 했다. 상게가 로지 이름과 전화번호를 적은 쪽지를 건네준다. 이틀 동안의 여정에서 짐을 지고서도 걸음이 빠른데, 우리와 보조를 맞추기 위해 수시로 멈추었다. 중간 체크포인트에서 가이드의 서명이 필요하지만 이제는 공원 검문소가 없단다. 또한 산행 도중에 자연과의 대화에서 가이드의 설명이나 소개가 중요하게 여겨지지 않았다. 그래서 다음 숙박지에서 만나기로 하고, 먼저 도착하여 쉬라고 했다.

잔뜩 낮게 드리워진 구름 속에서 쉬엄쉬엄 샹보체 마을을 지나는데 드디어 비가 내린다. 우비를 꺼내 입고 더욱 천천히 걷는다. 짙은 구름으로 주변이 온통 회색이다. 관광객은 고사하고 마주치는 마을 주민도 없다. 그러나 쓸쓸하지는 않았다. 원경이 구름으로 가려지자 주변의 초목이 더욱 정답다. 비의 양은 많았지만 얌전히 내린다. 어쩔 수 없는 빗속의 산책이다. 모퉁이를 돌아가는데 반갑게 찻집이 보인다. 삐걱거리는 문을 열고 들어서니 수다를 떨던 아주머니들이 '이런 날씨에 웬 관광객?'이라는 놀란 표정으로 맞이한다. 이렇게 오랫동안 비를 맞은 후에는 역시 따뜻한 현지의 차를 주문해야겠지? 바로 앞의 밭에서 키운 생강을 말려서 우려낸 진저티를 마신다.

가늘어진 빗속을 다시 걷는다. 돈 들이며 청승맞게 웬 우중 트레킹일까? 이렇게 못마땅하게 느끼는 독자도 있겠다. 그러나 트레킹이 아닌 산책인 이유는 너무나 분명하다. 첫째, 이 근처의 3,700m 지대에서는 최대한 천천히 움직이며 숨쉬기 적응을 해야 한다. 심지어 올라갔다 다시 내려가서 숙박을 한 후에 다시 올라가는 조심성 많은 사람들도 있다. 둔감한 나의 코나 폐는 이 고도에서 아직도 공기의 성분 차이를 전혀 느끼지 못하고 있다. 그러나 더 민감한 나의 뇌에서 산소 부족이 천천히 감지되어 점차 아우성치고 있을지 걱정이다. 감지가 될 때는 이미 늦다. 그래서 걱정이 되니 천천히 걸을 수밖에 없다. 너무 당연하게, 그러나 겪어보기 전 예상과 달리 고산 트레킹은 천천히 걷기가 중요하다.

둘째, 고도가 높지만 여기는 현지인들의 일상생활 공간이다. 오지나 극지가 아니다. 이런 곳 몇 군데를 방문하고 오지 탐험가라 자처하는 사람들을 보면 정말 어처구니없게 느껴진다. 근처가 모두 마을, 경작지, 가축 방목지이다. 그리고 좁은 길이지만 이들이 늘 이용하는 마을길이다. 그러니 트레킹이 아닌 동네 산책일 수밖에 없다.

비가 가늘어졌지만 우비가 체온을 지켜주어 불편하지 않다. 내리막길을 천천히 걸으니 어느새 캉주마 마을이 보인다. 로지 앞의 평상

에 상게가 나와서 지나치는 우리를 붙잡으려는 듯이 기다리고 있다. 오늘의 숙박지는 아마다블람 로지이다. 이름을 보니 무척 오래된 로지임을 알 수 있다. 왜? 이름만으로 어떻게?

쿰부 히말라야 트레킹의 상부는 전문 산악인들의 꿈인 에베레스트, 로체, 눕체의 연봉이다. 그러나 겨우 이들의 허리까지 오르는 일반인 애호가들을 시작부터 반갑게 맞이하며 따라오는 산들이 있다. 가장 인상적인 설봉은 좌측의 콩데와 우측의 탐세르쿠이다. 며칠을 걸어도 아직 8,000m 연봉은 전혀 보이지 않고, 이제는 우측에 아마다블람 설봉도 나타나 인사를 한다. 많은 산악인으로부터 세상에서 가장 미봉이라 일컬어지는 명산의 이름을 갖고 있는 로지이니 관광객들이 찾기 시작한 수십 년 전부터 숙식 제공을 시작했으리라 믿어진다.

거실에서 주인 대가족 식구들과 함께 어울리는 시간이 많아 여행하는 참맛이 느껴진다. 숙박객이 우리뿐인데 대가족의 수가 많아서 가족의 품속으로 들어가는 듯하다.

로지의 위치가 이름과 딱 맞아떨어진다. 이유는 절묘한 풍광이다. 로지 앞은 낭떠러지이며, 그 앞은 훤하게 공간이 열리는데 멀리서 아마다블람 설봉이 아스라이 미소 짓는다. 로지 앞의 평상은 주인의 배려이다. 투숙하지 않고 지나는 여행자도 짐을 내려놓고, 숨을 고르면서 설봉을 감상하길 바라는 마음이리라.

이곳도 콩데 산장의 옹추 가족처럼 나이 든 부모에게서 자연스레 딸이 식당과 로지를 물려받아 운영하고 있다. 단지 조금 작은 규모이다. 로지 옆에는 야크 치즈 공방이 붙어 있다. 위쪽의 야크 목장에서 재료를 받아서 치즈를 만들고 판매도 한다.

카트만두에서 대학을 다니고 있는 아들이 방학을 맞아 집에 와서 일손을 거들고 있었다. 그는 다른 식구들과 달리 영어에 능숙했다. 일을 돕고는 있지만 로지에서의 일은 그의 앞날이 아님을 말과 표정으로 나타내고 있었다. 멀리서 찾아온 손님에게 그럴 필요가 있을까? 물론, 악의가 아니라 그의 뚜렷한 의지의 표현이겠지. 그의 설명에 따르면, 현재의 관광 사업 형태로 주민들의 소득 향상은 요원하니 획기적인 변화가 필요하다. 물류를 원활하게 만들 수 있는 교통 체계의 변화와 발전이 필수적이다. 그래서 토목 공학을 전공하고 있다고 한다. 물론 당장의 가족 사업을 위해 물려받은 누이를 돕고 있다고 한다. 그렇지만 그의 마음은 이미 쿰부 계곡을 떠나 대규모 토목 업계를 향하고 있다고 느껴졌다.

이곳의 마을길은 정답다. 풍광은 더없이 훌륭하다. 소, 염소, 야크 떼도 함께 다닌다. 경사지는 어김없이 돌계단으로 정리되어 있다. 그러나 여기까지일 뿐, 더 이상 어느 것도 불가능하다. 돌계단이 많아서 자전거나 손수레, 경운기, 모터바이크 등은 불가능하다. 오로지 사람과 짐승의 다리에 의한 물류 이동만 허용된다.

이곳의 어린아이들은 교육 시설이 열악하지만 향학열이 엄청나다고 한다. 기특하다. 그러나 지극히 타당한 이유를 듣고 실소하지 않을 수 없었다. '공부하지 않으면 포터 된다.'는 부모의 발언은 곧 아이들에게 큰 공포이다. 주변에서 50kg의 무거운 짐을 맨몸으로 운반하는 포터들을 매일 보기 때문이다. 왜 로지의 아들이 토목공학을 전공하는지, 왜 그의 어투가 그렇게 강렬한지 이해하기 쉬웠다.

4. 구름 속의 방황

　사나사 마을과 텡보체의 곰파 사원을 지날 때도 가는 비가 계속 내려 우비를 입고 우중 산책을 즐길 수밖에 없었다. 불평한다고 일기가 바뀔 확률은 전혀 없겠지? 되돌아갈 수도 없고 선택은 오로지 전진뿐이다.

　빗속에서 만나는 찻집은 유난히 반갑다. 우선 뜨끈한 음료를 마시며 쉴 수 있는 여유가 좋다. 고산증 예방을 위해 충분한 수분 섭취가 필요하다는 조언에 위로를 받는다. 실비나 안개비가 내리면 귀찮다기보다 풍경이 달리 보여 운치가 느껴지기도 한다.

　오르는 산행 중에 한참 내리막길을 걷다 보면 손해를 보고 있다고 느낀다. 풍기텡가 마을의 출렁다리 근처에서 그랬다. 그런데 부근에 있는 찻집의 기억이 뚜렷하다. 멋진 카페? 아니면 주변의 풍광이 훌륭해서? 전혀 아니다. 비를 맞으며 한참을 내려가는데, 누추한 작은 집에 아무렇게나 찻집이라 적은 작은 표시가 보였다. 가옥 밖의 벽을 따라 간이 의자가 몇 개 있는데, 비가 오니 안쪽으로 들어오라고 한다. 바로 부엌이며 오래된 부뚜막이다. 밖에는 비가 내리지만 안쪽의 불길은 따뜻했다. 천천히 나온 차도 따뜻하다.

그런데 비가 그치고 해가 나면 풍경이 유난히 뚜렷하며 생기 있게 보인다. 올라갈수록 구름이 발아래로 깔려 신선계처럼 멋진 풍경이 나타난다.

천천히 걷기 때문에 길이 미끄러워 위험하거나 크게 불편하지는 않았다. 그러나 문제가 전혀 없는 것은 아니다. 현지인에게는 동네 길이다. 그들에게 가축은 매우 중요하다. 자연스럽게 가축의 분뇨는 길 위 어디에나 많다. 이를 거둬 말려서 겨울에 훌륭한 난방재로 이용한다. 그러나 우기에는 죽탕이 되어 외지인들이 걸어갈 때 곤욕을 치른다.

몬순 초기에 항상 비가 오는 것은 아니다. 오히려 맑은 날씨가 더 많았다. 팡보체를 거쳐서 쇼마레를 지날 때도 화창한 날씨였다. 다리는 편하고 마음이 푸근하며 눈이 호강하는 산행이 이어진다. 쇼마레 식당에서 느긋하게 즐기는 현지식 뚝바와 야크 치즈 피자는 맛있었다. 행복한 산행이다.

그러나 고도가 4,000m를 넘자 가장 먼저 식생이 바뀐다. 어느새 키 큰 나무가 줄어들고 풀이 많아진다. 주변 산의 표면이 녹색식물에서 바위로 바뀌며, 언제 발생했는지 모를 산사태로 인한 넓은 바위 띠가 흔해진다. 바위산 너머로 멀리 설봉들이 연이어 있다.

밤하늘의 수많은 별, 수평선뿐인 넓은 바다, 큰 산의 봉우리들이 계속되는 산속, 급류가 폭포처럼 흐르는 깊은 계곡에서 사람들은 흔히 놀랍도록 거대한 자연을 느낀다고 표현한다. 경이로운 자연에 비해 자신이 지극히 작은 미물이 되어 겸손을 배울 수밖에 없다고 한다. 당연하다. 거대한 자연을 목격한 후에 겸손해지는 것은 오히려 너무 늦지 않을까? 감히 대자연과 우주를 자신과 비교하다니! 겸손을 배운다는 표현은 여전히 오만과 우매의 때를 덜 밀어낸 듯 들린다.

땅이 아주 조금만 꿈틀대도 산이 무너져내리고 쓰나미로 해변가 인근이 초토화된다. 수많은 산사태의 흔적을 보니 안전 산행의 기도가 저절로 나온다. 그러나 멀리 보이는 신비한 풍광은 아름답고 푸근하다.

언덕을 지나자 갑자기 구름이 몰려온다. 하늘의 구름이 땅에도 가득하다. 비가 오지 않지만 시야가 사라진다. 신고 있는 등산화 근처만 겨우 보인다. 시계 1m 미만. 어딘지 모르는 곳에 멈춰 섰다. 쇼마레를 떠난 지 이미 몇 시간 지났으니 짐작건대 오늘의 목표인 페리체가 30분 이내에 곧 나타날 텐데…. 그대로 서 있을 수 없어 발 근처의 지면을 관찰하며 나아간다. 가이드를 먼저 보낸 것을 처음으로 후회했다. 지금까지는 임자콜라 계곡을 따라 올라왔는데, 수량이 적어지더니 이제는 물소리도 들리지 않는다. 구름일까, 안개일까? 그건 중요하지 않다, 아무것도 보이지 않을 뿐이다. 풀이 많이 밟힌 곳이 길인데, 자갈과 바위가 많아지면서 길을 구분하기 어려워진다. 난감하기 짝이 없다.

한 시간을 헤맸을까? 갑자기 시커먼 물체들이 보이는가 싶더니 케틀벨 소리가 주변에서 마구 들린다. 아뿔싸, 야크 떼 속으로 들어왔구나! 다행히 야크들은 순한지 별 움직임이 없다. 걸어왔던 기억을 더듬으며 천천히 뒤로 돌아선다. 천만다행스럽게 잠시 구름 사이로 틈이 생기더니 오른쪽으로 페리체 마을이 보인다. 보이지 않았던 샛길이 오른쪽

으로 돌아 빠져나가서 작은 다리로 연결된다. 드디어 오리무중의 방황을 끝내고 길을 찾았다. 정글에서 낙오병이 구출되어 본진으로 귀대한 듯하다. 기진맥진하여 마을로 들어서는데 상게가 걱정스럽게 우리를 맞이한다. 시간이 너무 지체되어 딩보체의 로지 몇 군데를 찾아보고 왔단다. '그래, 이제는 함께 움직이는 거야!'

페리체에는 제법 큰 건물들이 많았지만 돌담으로 둘러싸여 무언가 숨겨진 듯 보인다. 심지어 조그만 텃밭도 돌담으로 가두어져 있다. 돌이 너무 많아서 쌓아놓은 것일까? 혹시 바람이 세기 때문에 방풍을 위해서? 그래서 자연스런 마을이 아니라 오로지 등산객의 로지와 야크 목동들의 거처가 모여 있는 듯 보인다.

구름에 묻힌 마을에서 인기척을 찾기 어렵다. 사실 이틀 전에 단독 산행으로 빠르게 내려가던 서양 청년 한 명을 본 후로 다른 등산객을 만난 적이 없다. 아무리 몬순기라 하지만 쿰부 계곡 전체에 이렇게 탐방객이 없을까? 아니면 우리가 정신 나간 이상한 방문객일까?

사실 첫날 숙소였던 부다 로지부터 모든 숙박지에서 손님은 우리 세 명 뿐이었다. 가이드는 같은 셰르파족으로 식사와 숙박이 무료로 제공된다고 하니 손님은 우리 부부뿐인 셈이다. 페리체의 히말라야호텔은 큰 규모로 객실이 엄청 많아서 성수기에는 아마 수백 명을 수용할 수 있을 텐데….

다른 로지들은 문을 닫았지만 손님을 맞아주는 마음이 고마워서 식사를 넉넉하게 주문했다. 그런데 아뿔싸! 고산 증세의 시작인 식욕부진이 생길 줄이야. 맛있게 차려진 식탁에서 음식 사진을 찍은 후에는 입맛이 당기지 않는다.

구름 속에서 헤매다가 탈진했을까? 이렇게 일시에 식욕이 달아나다니 믿을 수가 없다. 그래도 조금이나마 먹어야 할 텐데…. 걱정스런 생각에 억지로 조금 먹다가 모두 상게에게 밀어준다. 비상식으로 가져온 누룽지를 끓여달라고 주방에 부탁했다. 따뜻하게 끓인 누룽지를 천천히 삼킨다.

일찍 취침하여 이른 새벽에 일어났다. 로지 내부도, 밖도 모두 깜깜하다. 조그만 LED 등을 들고 화장실에 다녀온 후에 무얼 할까 잠시 생각해본다. 적막한 높은 산의 새벽! 나의 인생을 반추하며 미래를 설계하는 최상의 시간일까? 조용한 곳에서 이런 귀한 시간을 얻기 위해 높은 이곳까지 어렵사리 찾아오지 않았을까?

'천만에! 당치 않은 헛소리!' 건물 전체에 온기라곤 찾아볼 수 없고, 사방에서 내 체온을 뺏어가려고 노리고 있는 듯하다. 사방이 너무 고요하여 마치 무수히 많은 별들의 운행만 느껴지는 착각과 현기증이 나는 듯싶다. 그래, 여기서는 나의 미래 일랑 뒤로 미루자. 오로지 내 몸의 폐를 흐르는 공기와 혈관을 흐르는 혈액이 부디 정상적인 역할을 다해주기를 바랄 뿐이다. 새벽의 명상과 생각의 정리는 열흘 후 집에 도착한 다음에 하자!

페리체의 싸늘하고 적막한 새벽에 나는 의외의 사실을 깨달았다. 나에게 명상과 참선을 위한 적절한 장소는 공기가 희박한 고산 준봉이 아니라 번잡한 도심 한가운데 있는 나의 아파트임을.

5. 일정 변경의 결단

오늘의 일정은 천천히 걸어서 고도 차이가 불과 350m인 투클라까지 오르기다. 역시 고소 적응을 위해서 천천히 걸어야 한다. 물론 여유 있게 걸으면서 선계를 감상하며 인생샷을 찍고, 생소한 주변을 관찰하며 즐길 수 있기를 기대했다. 그러나 바람은 여지없이 무너지고 만다. 구름 때문에 시계가 극히 불량하다. 바로 앞에서 걷는 상계의 뒤를 묵묵히 따를 뿐이다. 거의 아무것도 볼 수 없으니 사진조차 찍을 수 없다.

산행 중에 단지 몇 가지만 가능하다. 발바닥에 걸리는 돌과 바위를 보며 발걸음을 떼고 있다. 점차 흙이 사라지고 있음을 느낀다. 지구의 껍데기인 지각의 대부분을 차지하는 암반과 그 위에 피부처럼 얇게 평균 1m에 불과한 흙이다. 누구나 하찮게 여기는 흙!

그러나 흙이 사라지니 큰 나무는 진즉에 없어졌고 겨우 버티던 풀도 사라지고 있다. 흙이 없고 모래마저 없으며 자갈과 바위뿐이다. 작은 풀마저 없으면 무엇이 남을까? 이곳에는 동물은 물론 식물도 없을까? 아니다. 아직은 바위 표면에서 이끼가 버티고 있다. 구름에서 습기를 빨아먹으며 남아 있다. 그래서 여기는 이끼를 먹고 사는 야크의 고향이다.

이곳은 7,000~8,000m의 고봉에서 시작한 쿰부 빙하의 맨아래 쪽이다. 그래서 얼음덩어리인 빙하의 어마어마한 힘에 의해 계곡의 바닥과 산 사면이 깎여 내려온 빙퇴석들 천지이다. 빙하가 녹은 물이 작은 개천이 되고, 아래로 내려가면 물이 모아져서 임자콜라의 계곡물이 된다. 빙퇴석 사이로 간간이 빙하의 속살이 보이기도 한다. 이끼도 그리 오랫동안 버티지 못한다. 고도가 높아질수록 기온이 낮아져서 생육이 어려워지면 이마저 사라진다.

커다란 바위들 사이의 공터에 투클
라의 로지가 외롭게 자리를 잡고 있
다. 아래쪽 로지와 달리 쓸쓸하고 왜
소하게 보인다. 왜 그럴까? 주변 어
디를 보아도 나무는커녕 풀 한 포기
도 없어서? 더 큰 이유는 아마도 사
방을 빙 둘러싼 설산 고봉의 품 안에
홀로 앉아 있기 때문이리라. 그러나
로지의 이름은 정말 제격이다. 야크
로지(Yak Lodge)! 간판의 이름 위에서
삭막한 풍파를 버텨내고 있는 야크의 뿔과 머리뼈 장식이 잘 어울린다.

식욕부진이 계속된다. 나는 그럭저럭 먹지만 아내는 예전의 입덧 증세처
럼 부진에서 거부로 변하고 있다. 그러나 음식을 주문하지 않을 수 없다.
로지에 손님이라곤 우리 둘뿐인데, 최소한의 매상이 필요하다고 느낀다.
그래서 미안하고 고마운 마음으로 넉넉하게 주문한다. 우리가 먹지 못하면
상계와 그의 친구들이 먹겠지. 또다시 비상식으로 준비해온 누룽지를 꺼내
서 끓여달라고 부탁했다. 역시 예상대로 끓인 누룽지의 국물과 쌀알은 훨
씬 입맛에 맞는지 다행히 아내가 조금씩 먹는다.

기온이 내려갔을까? 아니면 돌을 쪼아서 다듬어 만든 석조의 벽면 처리
나 목조 창틀이 부실하여 외풍이 심한지 춥게 느껴진다. 가져온 옷을 모두
겹쳐서 입고, 핫팩을 배와 등에 붙였다. 아무래도 심상치 않아서 관리인에
게 뜨거운 물을 넣은 자바라 물통 두 개를 부탁했다.

오늘 일정도 어제와 거의 같다. 로부체까지 오르는 고도가 같고, 너덜 바위 사이로 걷는 경로가 비슷하다. 무엇보다 운무가 가득한 날씨는 거의 바뀌지 않는다. 경로가 다르니 풍광이 조금이나마 다를 텐데, 구름 속에서 주변을 조망할 수 없으니 발밑의 바윗길이 완전히 같게 느껴진다. 그러나 음식 섭취가 시원찮은지 삼 일째라 이제는 산행 속도가 눈에 띄게 늦어진다. 돌길이지만 경사가 가파르지 않은 곳에서 대략 300m 오르기. 관악산의 절반이자 유아들도 오르는 남산 높이이다. 후딱 갈 수 있을 법한데, 자꾸만 큰 바위에 기대어 쉰다.

이제는 계획했던 일정을 달성하기보다 거기에 담긴 의미 찾기에 점차 무게가 실린다. 고난의 행군에서 진정으로 얻을 목표가 무엇인가? 명상과 자기 성찰? 두통과 무기력증을 이겨내기가 너무 힘들어서 이미 돌길에 던져버린 지 한참 지났다.

로부체에서 마지막 로지가 있는 고락셉까지는 표고 차 200m에 불과하다. 그러나 그동안 운무 속의 산책을 충분히 했다. 몸 상태를 고려하여 이제는 하산의 시간이 되지 않았을까? 더구나 몬순기 초입을 지나자 날씨가 바뀔 기미가 전혀 없다. 고객의 만족과 안전에 관심이 클 상게는 말이 없지만 우려의 표정이 역력하다.

쉬고, 쉬고 또 쉬면서 어렵사리 로부체의 로지에 도착했다. 그렇게 천천히 걸었는데도 일찍 출발해서인지 아직 정오 무렵이다. 로지 이름이 '구름 위의 산장'(Above the Clouds Lodge)으로 그럴듯하다. '그래, 드디어 구름 위까지 올라왔구나!' 만족이다. 더 이상 욕심은 없다. '이제는 하산한다!' 입 밖으로 내뱉지 않았지만 마음속으로 외치고 있었다.

로지의 이름을 보고 순간적으로 일정을 변경할 생각을 하다니, 이를 어떻게 설명할 수 있을까? 아니다. 이름을 보기 훨씬 전부터 다음 로지에 도착하면 뜨거운 음료를 마시며 쉰 다음에 하산하겠다고 마음먹었겠지. '로지 이름은 단순 핑계야!'

화롯가에서 30분가량 쉬고 나니 더 이상 머물고 싶지 않았다. 어서 빨리 내려가고 싶었다. 몸이 가볍지 않았지만 마음은 훨씬 편해졌다. 똑같은 바윗길인데, 체중을 이겨내고 오르는 것에 비해 하산길은 이렇게 편하다니!

오를 때는 건성으로 지나쳤던 에베레스트 추모탑들에 묵념을 보낸다. 정상에 도전하다 돌아오지 못한 젊은이들을 위해 돌을 쌓아올린 초르텐, 티베트 불탑이다. 그들의 명복을 빌면서 더욱 조심하여 내려가야겠다고 다짐한다. 다시 찾은 야크 로지는 너무나 익숙하고 반갑다.

6. 행복한 귀환

어쩐 일인지 구름 속을 산책한 지 사흘째, 페리체로 돌아오니 구름이 서서히 걷힌다. 발밑에 있었던 구름이 높은 산봉우리로 올라갔다. 마치 산의 악마가 눈가리개를 씌웠는데 삼 일 만에 벗어 던져버린 듯 시원하다. 내려오면서 기온이 상승하며 햇볕도 좋다. 마치 비와 구름의 터널을 빠져나온 듯 가뿐하다.

더욱 반가운 것은 초록의 회복이다. 온통 바위와 구름뿐인 회색의 세상에서 햇빛과 나무들로 가득한 밝은 세상으로 나왔다. 햇빛, 풀, 나무 세 가지만 있으면 충분히 행복해질 수 있을 것 같았다.

하산하면서 다시 들른 데보체의 숙소는 여전히 텅 비어 있었다. 다음 날 아침에 날씨가 화창했다. 주인이 우리를 넓은 마당으로 데려가더니 에베레스트 정상 부근의 풍광을 자랑스럽게 안내한다. 가까운 곳에서도 볼 수 없었던 정상의 모습을 오히려 이틀 동안 내려와서 볼 수 있다니 놀랍다. 그렇다, 바로 옆에서는 잔챙이들에 가려서 알기 어렵지만 조금 떨어지니 쉽게 구별할 수 있다. 바로 앞에 있는 작은 산에 가려서 뒤의 큰 산을 볼 수 없는 경우가 흔하다. 시끄러운 소인배에 가려서 정작 필요한 대인을 알아보지 못하는 경우도 많다.

일주일 만에 다시 돌아온 남체바자르. 그리고 콩데 뷰 로지. 무사 귀환이다. 떠나며 기도했던 즐거운 귀환! 기쁘다. 다른 로지도 많지만 큰 창이 있는 우리의 특실. 귀국 비행기를 타고 집으로 돌아가려면 아직 일정이 많이 남았는데 귀환이라니?

너무 이르지만 시간을 떠나 몸이 먼저 반응하는 감각적 귀환이 있다. 하산하면서 서서히 두통이 사라지고 식욕이 회복되었는데, 남체에 도착하니 드디어 거의 100% 회복되었다. 반갑다, 무기력증을 이

콤부 히말라야 두드코시 계곡

겨내고 다시 돌아온 나의 여러 감각들! 그러니 감각의 귀환이다.

산허리에 넓게 자리 잡은 남체바자르의 전체 모양을 흔히 원형극장으로 표현하는데, 나는 싫다. 너무 정형적이다. 차라리 다섯 손가락을 붙여서 조금 둥글게 오므린 손바닥 모양이랄까? 평지가 거의 없어 계단 논처럼 건물들이 둥글게 층층이 모여 있다. 새로 건축하려면 점차 위로 올라갈 수밖에 없다. 그래서 위쪽에는 신축 대형 호텔들이 많다. 맨 아래의 중앙에는 마을 공동체의 스투파가 마니차에 둘러싸여 있다.

이미 익숙하지만 어쩐지 다시 이끌려 아침 일찍 마을을 둘러본다. 만나는 골목길, 상가, 돌계단, 진열된 수공예품, 주민들 모두 정답다. 왜일까? 불과 일주일 전에 처음 와서 겨우 삼 일을 지낸 외국의 시골 마을이다. 내가 너무 감성적일까? 평소에 무심한 성격인 내가 갑자기 그럴 리가 없는데.

지명이 말해주듯, 이곳은 쿰부 계곡의 셰르파족 중심 마을이어서 자연스럽게 다양한 생활용품의 거래가 이뤄진다. 때마침 시골의 오일장처럼 시장이 섰다. 마을 공터에 대부분 간이 차양을 친 좌판이다. 식품류가 많지만 옷가지와 수많은 종류의 생활용품을 사고판다. 주민들이 사고 싶은 물건을 비교하더니 상인에게 물어본다. 좋은 물건이라고 권하며 눈치껏 비슷한 물건도 보여준다. 살펴보던 물건을 내려놓기도 하고, 무게를 재던 야채에 덤을 올려주기도 한다. 커다란 양은 주전자, 플라스틱 의자, 닭과 염소 등등 여행객이자 구경꾼인 나와는 전혀 상관이 없다. 이런 거래인데도 나는 눈을 떼지 못한다. 왜, 무엇을 얻으려고? 이것이 외국에서 얻는 현지 경험일까?

아니다, 전혀!

불현듯 깨닫는다. 지금 나에게 필요하고 내가 원하는 것은 물건이 아니라 사람들의 웅성거림이다. 사고파는 사람들의 웃고 떠드는 시끄러운 소리가 정답다.

컴컴한 새벽 텅 빈 로지에서 나는 아무것도 할 수 없었다. 잠은 이미 멀리 달아났지만 조금 남은 핫팩의 온기에만 의존한 채 미동도 없이 누워 있다. 완벽한 적막 속에서 별들의 공전과 자전 소리만 들리는 듯하다. 너무 조용하여 보행자의 안전을 위해 일부러 발생시키는 전기자동차의 가상 엔진 사운드처럼 높은 주파수의 이명이 웽웽거린다. 움직이지 않은 채 적막에 대항하고 싶은 나의 착각이겠지. 나의 신체와 사유를 최상의 조건으로 작동시키기 위해서 적막은 필요하지 않았다. 오히려 의외로 자연스런 주변의 소리와 웅성거림이 그리워졌다.

빙하와 빙퇴석 지대를 벗어나 한참 내려와서 가장 기뻤던 것은 이름도 모르는 작은 새들의 지저귐이었다. 벌레와 꽃이 없으면 새들의 지저귐도 없다. 바위뿐인 빙하의 너덜 지대에서 새들이 살 수 없으니까. 새들의 지저귐보다 더욱 소중한 것은 사람들의 웅성거림이다. 그래서 사고 싶은 물건이 없었지만 나는 장터에서 그렇게 열심히 기웃거렸던 모양이다. 골목길에서 만난 수다스런 아주머니들의 모습이 모두 정다웠던 것도 당연하다. 그래, 정말 우리는 무사히 귀환했어!

7. 쿰부의 진실과 착각

스포츠 경기에서 간발의 차이로 우열을 가리는 경우가 흔하다. 극미한 시간 차이 또는 사진 판독으로 어렵사리 순위를 정하기도 한다. 관중도 안타까운데 당사자에게는 얼마나 애간장이 녹는 경우가 될까? 기록은 매정한 숫자이다.

그러나 단순한 숫자는 무미건조하지만 편리하다. 보이지 않아서 알기 어려운 크고 작음을 쉽고 명확하게 알려준다. 예를 들어보자. 기다란 모양의 바이칼 호수는 면적도 넓지만 수심이 매우 깊어서 수량이 압도적으로 많다. 평균 수심이 무려 744m라고 하니 웬만한 바다보다 깊다. 우리나라 서해의 평균 수심이 45m이니 얼마나 깊은지 쉽게 상상이 된다. 우리의 눈짐작으로는 깊이를 알기 어려워 숫자의 도움 없이 서로 비교하기란 무척 어렵다.

카자흐스탄 남동쪽에 있는 비슷한 형태의 발하슈호수(Lake Balkhash)를 살펴보자. 톈산산맥에서 발원하는 여러 강이 일리(Ili)강으로 합류되어 호수로 흘러들어 형성되었다. 지도에서 보면 매우 넓은 호수임을 쉽게 알 수 있다. 그러나 평평한 대초원에 있는 호수는 수심이 얕아서 평균 6m에 불과하다. 눈에 쉽게 보이는 면적이 바이칼 호수의 절반이나 되지만 포함하고 있는 물의 양은 1/200 즉, 0.5%에 불과하다고 한다. 사람에 빗대어 표현하면 겉으로 쉽게 보이는 외모는 비슷한데, 정작 중요한 식견이나 사회에 미치는 선행은 1%에 불과한 경우가 된다.

어릴 적 몇 가지 호기심이 있었는데 그중 하나는 산의 높이였다. 지도책에 매우 높은 산들이 많았다. 저렇게 높은 산들을 쳐다보려면 고개가 젖혀질 것 같았다. 관악산이 632m라는데, 6,500m의 산은 얼마나 높을까? 어린 마음에 열 배나 높은 산을 쳐다보기가 어려울 것이라 생각했었다.

그러나 산행 시작부터 황홀한 설봉을 보여주며 반갑게 맞아준 탐세르쿠(6,608m)는 위압적인 자세가 아닌 편한 눈높이의 길동무였다. 또한 콩데 뷰 로지의 객실에서 창 너머로 쳐다본 콩데(6,093m)의 산봉우리도 표현하기 어려울 만큼 멋있었지만 결코 고개가 불편하지 않았다.

쿰부 계곡을 오르는 일반 동호인들은 대부분 EBC를 목표로 한다. 에베레스트는 너무 높은 산이라 중턱에 있는 베이스캠프에서 정상의 위용을 감상할 수 있기를 바란다. 그러나 오르는 산행 중의 위치에서 에베레스트의 바로 옆에는 로체(8,516m)가 있고, 바로 앞에는 눕체(7,855m)가 있다. 안타깝게 바로 앞의 눕체에 가려 청명한 날에도 에베레스트를 전혀 볼 수가 없다. 심지어 마지막 로지가 있는 고락셉에서도 볼 수가 없다. 어쩔 수 없이 칼라파타르 고개로 올라가서 가려진 에베레스트의 정상 부근만 보고 내려온다.

지도 위에서는 산 높이의 숫자를 읽고 고봉들을 구별하기 쉽다. 그러나 보이지 않는 에베레스트산을 찾아 일주일 동안 고군분투 오른 칼라파타르이다. 여기에서 날씨가 청명하여 구름이 없을 때만 에베레스트의 정상을 본다. 하지만 보여도 보기가 쉽지 않다. 1,000m나 낮지만 바로 앞에서 떡 버티고 자리를 잡은 눕체의 위용이 훨씬 웅장하며 압도적으로 더 높아 보인다.

어느 순간 갑자기 가이드가 애를 써가며 조그만 봉우리를 손가락으로 가리킨다. 일부만, 그것도 더 낮게 보이는 작은 봉우리. 바로, 바로, 바로 에베레스트산의 정상이다. 단체 사진에서 앞사람에 가려서 맨 뒷사람이 코 위의 부분만 겨우 찍혀 나오는 꼴이다. 시각 인식의 한계로 인한 착각이다.

마지막 남은 힘을 모아 칼라파타르에 오를 때, 환상적인 자태의 설산이 보인다. 사방을 빙 둘러 부근에서 가장 높게 보인다. 바로 푸모리(7,161m)산이다. 거대하고 웅장하며 압도적이다. 그러나 사실은 부근에서 가장 가깝기 때문에 가장 높아 보일 뿐이다. 또한 전면을 가리는 다른 산이 없기 때문에 산세 전체가 웅장하게 보인다. 거실에서 편히 앉아 지도책을 펴놓고 살펴보는 것과는 느낌이 다르다.

어려운 것은 산 높이의 파악만이 아니다. 우리의 대인 관계에서도 수많은 오해와 착각이 있다. 그렇기에 심각한 오류를 극복하여 조금이라도 진실에 접근하는 지혜가 필요하다.

트레킹을 다시 되돌아본다. 시작부터 두드코시 강물 따라 계곡 길을 오른다. 주변에서 이름도 모르는 작은 산들이 반갑게 인사하며 나타나고 사라지며 또다시 반복한다. 가깝게 있어 반갑다. 또한 높아 보인다. 주변에 계속 나타나는 이름 모를 작은 산들에 가려서 산행 일주일이 지나도록 8,000m급 고봉들마저도 볼 수 없다. 며칠의 고생 끝에 마침내 볼 수 있지만 어렵사리 정상 부근 일부만 조그맣게 보인다.

잘 알려진 세계 최고의 정상마저 알아보기 어렵다. 이러니 요란하게 나서는 법이 없는 위인을 어찌 쉽게 알아볼 수 있을까? 주변의 작은 산처럼 가까이 다가와서 온갖 감언이설로 설쳐대는 주변의 소인배들이 많다. 그들이 오히려 친절하고 능력 있는 귀인처럼 보인다. 사실 감언이설과 충언을 구별하기는 너무나 어렵다. 감언이설은 달콤해서 귀에 잘 들리고, 충언은 입에 쓰고 귀에 거슬린다. 진실을 왜곡하며 가리는 요란한 신기루! 이를 뚫고 진실을 보자. 쿰부 히말라야 트레킹이 주는 교훈이다.

#2
동북아

세상은 생각보다 넓다

1. 시작이 절반이다

"〈그랜드 투어〉알 아요?" 아내가 밑도 끝도 없이 묻는다.

"그럼, 아주 유명하지. 요즘 세계적으로 잘나가는 슈퍼카 TV 시리즈야! 히트작이긴 한데 너무 황당무계해서 내 취향은 아냐. 그렇게 비싼 차에 관심도 없고, 우리나라에서 몰아볼 곳도 없어! 터무니없고 완전 웃기는 친구들이야."

"그것 말고, 여행 말이에요!" 아내가 재차 묻는다.

예전 교양 프로그램에서 시청했던 기억을 되살려서 잘 알고 있다고 대꾸했다. 그때 처음 들어보았지만 내레이터의 설명이 우수하고 관련 자료들이 딱 맞아떨어져서 몰입감이 컸던 기억이 난다.

그러자 아내가 슬그머니 종이 한 장을 내민다. '이게 뭐지?' 지도 위에 빨간색 동그라미. 물론 원이 아니라 뭔가 경로처럼 보인다.

"이게 뭔데?"

"큰 선물이니 잘 살펴보세요!"

손으로 대충 그린 지도 한 장이 선물이라니? 아내의 설명은 대략 이렇다. 우리가 평생 쳇바퀴 돌듯 살았으니, 연가를 모두 모아 크게 여행을 한번 가자는 것이다. 엄두가 나지 않았다. '한 달 동안?'

한 바퀴 도는 우리의 여행 궤적은 아주 커졌다. 마치 작은 쳇바퀴의 반대를 찾고 있는 듯싶었다. '그래, 한 번 크게 돌아보자!' 단, 조건이 있다. 가능하면 비행기를 타지 않는다. 이해한다. 걸어가는 것도 아니고 기차나 버스, 또는 배가 있을 테니까. 프랑스의 여행 작가인 실뱅 테송(Sylvain Tesson)은 모든 여행을 두 발로 걸어가며, 피치 못할 경우에는 말을 타거나 노를 저어서 가는 것을 허용한다고 했다. 그러나 우리는 실뱅이 아니다.

우리 둘이서 커다란 동그라미 하나를 완성하는 데 거의 두 달 걸렸다. 그동안 관련 정보를 검색하여 조금씩 변경하면서 수없이 다시 그리곤 했지만 결과는 처음의 궤적에서 크게 바뀌지 않고 거의 같았다. 즉, 인천에서 베이징까지 왕복 비행기. 이후 버스로 얼렌 중몽 국경도시. 기차로 울란바토르 거쳐서

실뱅 테송(Sylvain Tesson) 프랑스 여행 작가

바이칼 호수. 다시 시베리아 횡단 열차를 타고 노보시비르스크(Novosibirsk). 이후 남하하여 카자흐스탄. 알마티에서 버스를 타고 중국 진입. 이닝부터 동쪽으로 여러 곳에 들른 후 베이징 도착. 귀국하면 끝이다.

지도 위의 루프 하나는 간단하다. 단지 그 위에 있는 점과 이 점들을 잇는 디테일이 무척 다양할 뿐. 극지나 오지를 가는 것도 아니고 적대적인 곳도 아니다. '잘되겠지!'라는 막연한 믿음이 있다. 미리 근심할 필요도 없고, 어려움을 현지에서 닥친 후에 걱정해도 늦지 않겠지. 모든 해결책은 손에 들고 있는 휴대폰의 인터넷과 지갑 속에 있으니까. 지금은 어디서나 인터넷 세상이다.

모든 일에는 시작과 끝이 있다. 베이징행 비행편을 구입한 순간에 이번 초대형 루프의 시작과 끝은 확정이다. 이 단순한 결정을 위해 얼마나 많은 고심을 했던가! 우선 루프를 도는 여행 기간이다. 연가를 모두 사용하고 주말을 포함하면 대략 최대 한 달이 된다. 이에 따라 출발과 귀국 날짜가 정해진다. 행복한 것은 그 사이에 있는 모든 사항을 우리 마음대로 선택할 수 있다는 자유 때문이다. 여행사가 제공하는 일정에 따라 진행하는 패키지여행과 달리 모든 세부 내용을 내 마음대로 취사선택하는 자유여행! 자유와 나의 선택을 즐겨라!

과연 그럴까? 자유와 선택을 마음껏 즐길 수 있을까? 모든 것이 학교와 학원의 일정에 따라 정해지고, 이에 따라 피동적으로 움직이기만 했던 고등학생이 대학에 입학하면 일순간에 무한대의 자유와 맞닥뜨린다. 더 이상 학교와 부모의 간섭은 없다. 그렇게 오랫동안 목말라하던 나만의 자유 아니던가! 하지만 아무런 준비와 훈련 없이 눈앞에 갑자기 쏟아지는 엄청난 자유와 수많은 선택을 즐길 수 있을까? 많은 경우에 즐거움을 느끼기도 전에 무지와 당황에 휩쓸리며 방황과 나태의 함정에 빠지기 쉽다. 자유를 즐길 수 있는 자, 그대는 진정한 능력자이다! 그러기 위해서는 준비가 필요하다.

여행 중의 식사, 숙박, 관람, 이동 등 모든 것을 내 맘대로 한다는 자유는 일종의 속임수이다. 오히려 모든 것을 책임지고 직접 만들어야 한다고 표현하는 것이 사실에 가깝다. 미사여구는 아름답고 달콤하지만 대부분 사탕발림이자 눈 가리고 아웅 하기다. 그 뒤에는 귀찮고 번잡한 수고와 고달픔이 웅크리고 있다.

수년 전에 삼박 사일 베이징 투어를 했기 때문에 시간이 부족한 이번 여행에서는 베이징에서 곧장 몽골로 간다. 일주일에 2회뿐인 베이징—울란바토르 기차 시간을 조사하여, 원활한 이동 일정을 짠다. 아뿔싸! 여행 출발 직전에 주 2회의 기차 일정이 다른 요일로 바뀐 것을 알았다. 그래서 할 수 없이 불편하지만 매일 운행하는 장거리 침대 버스를 이용하여 국경도시로 이동하기로 한다. 시작부터 일이 꼬인다고 불평하지 말라! 다른 교통편은 색다른 경험을 줄 수도 있다. 그리고 대체로 꼬이는 일은 시작에서 발생한다. 오죽하면 시작이 절반이란 말이 있겠는가.

땅덩어리가 넓은 중국이라 베이징에는 전국의 수많은 노선에 따라 수십 개나 되는 버스터미널이 분산되어 있다. 버스를 운영하는 회사도 다양하다. 도중에 차 안에서 생수와 스낵 제공, 도시락 제공, 식당 앞에 단순 정차, 식당에서의 식사비가 차표에 포함되는 경우 등 회사마다 다양하다. 승무원이 있는 기차와 달리 버스에서는 운행 중에 기사와 대화하는

것이 거의 불가능하니 항상 머리를 잽싸게 굴려서 눈치껏 대응해야 한다.

"아니, 번역기가 있는데 뭔 소리?"

시간에 따라 문명의 이기는 바뀐다. 2009년 당시는 번역기의 초창기라 거의 사용할 수 없는 수준이었다. 번역기 대안으로 여행 중에 맞닥뜨릴 상

황을 예상하여 거기에 합당한 중국어 표현을 작은 수첩의 한 면에 하나씩 적어왔다. 해당하는 표현을 펴 보이면 대략 질문이 전달된다.

우리가 당일 이용했던 장거리 버스의 내부에는 3열로 2층 철제 침대가 있었다. 사이에 있는 두 개의 통로는 비좁았다. 우리가 차표를 두 장 구입했을 때 남은 자리는 하나뿐이어서 안도했었다. 조금만 늦었으면 시작부터 일정에 하루 차이가 발생하니까. 그런데 승차 후에 누워 있는데, 승객들이 계속 탄다. 웬일일까? 의아스러웠다. 놀랍게도 곧 이해했다. 비좁은 통로에서 아주 작은 간이 의자를 펴더니 쪼그려 앉는다.

'아니, 14시간을 등받이도 없이?' 너무 놀라운 눈앞의 현실을 도저히 이해할 수 없었다. 헛것을 본 것이 아니다. 바로 옆에서 벌어진 사실이다. 이 현실에서 내가 할 수 있는 일은 무엇일까? 침대 버스가 아니어도 눈을 감는 외면뿐이다. 안타깝다.

다음 날 이른 새벽에 국경도시인 얼롄하오터에 무사히 도착했다. 단지 몇 시간을 쉬기 위해서 들어간 근처의 싸구려 숙소에서 국경 사무실이 열리기를 기다렸다.

2. 어림없는 무사태평

누구나 탈 없이 안전하게 지내길 바란다. 더구나 요즘은 험한 세상이니까. 일면식도 없는데 날벼락처럼 봉변을 당하는 사건이 줄을 잇는다. 걸어가는데 높은 층에서 머리 위로 벽돌이 떨어지거나 급발진 차량이나 음주 차량이 인도로 돌진한다. 상상도 할 수 없는 사고로 인해 순간에 사상자가 발생한다.

실뱅 테송은 새로운 일이 벌어지기를 바라면서 매일 여행을 시작한다고 말했다. '오늘도 무사히'와 대비된다. 실제로 여행 중에 하루가 무사히 지나 아무 일도 없으면 어떨까? 그것은 하루 종일 본인이 이미 알고 있거나 쉽게 예측할 수 있는 일만 일어난다는 뜻이다. 그런 하루를 위해서 먼 곳에서 여행을 할 필요가 있을까? 새로움이 없는, 모든 것이 예측 가능한 무사태평 속의 여행에서 무엇을 얻을까? 휴식만 가능할 듯싶다. 휴식뿐만 아니라 사소할지라도 무언가 새로운 시각, 독특한 생각, 색다른 발상을 원한다면 항상 무사태평만 바랄 수는 없지 않을까?

시작 단계부터 어렵거나 꼬이는 일이 발생하면 나는 200년 전 20대 초반의 찰스 다윈(1809~1882)을 생각한다. 나이 쉰에 발표한 저서 『종의 기원』에서 주장한 진화론은 인류 문명에서 손꼽히는 업적이다. 이를 뒷받침하는 갈라파고스제도의 생물학적 자료 수집 역시 널리 알려져 있다.

그가 탐험대원의 일원으로 동승했던 비글호는 영국 해군의 측량선이었다. 대학에서 신학을 전공했지만 생물학에 관심이 컸다. 대학 졸업 직후에 학술탐험의 일원으로 군함에 탑승하여 남아메리카로 떠난다. 비행기가 출현하기 전이니 당시에는 아주 먼 길이다. 이때 다윈의 나이는 22세.

길이 먼 것은 출발 다음의 문제이다. 비글호가 플리머스 항구를 1831년 12월 4일에 출발했는데 폭풍우를 만나 곧 되돌아온다. 며칠 후에 다시 출항했지만 또 폭풍우를 또다시 돌아온다. 며칠을 지내고 세 번째 출항에 겨우 성공하여 먼 길에 오른다.

찰스 다윈의 Beagle호 항해

다윈의 탐험대 항해는 브라질 탐험 후 남미대륙을 남쪽으로 돌아서 갈라파고스제도, 뉴질랜드, 호주, 인도양까지 갔다가 아프리카 남단을 거쳐서 4년 9개월 만에 귀국한다. 22세에 떠나 27세에 귀국. 그야말로 먼 길이다. 물론 휴대폰과 인터넷을 상상할 수 없던 시절인데, 오랜 시간 동안에 배에서 손 편지는 가능했을까? 쓸 수는 있지만 전달이 어려웠을 듯 느껴진다. 4년 9개월의 항해. 그사이에 단 하루도 무사태평한 날이 있었을까? 물론 고생한다고 위대한 업적이 생기는 것은 아니지만 최소한 무위도식은 없었겠지.

　우리는 비록 멀리 떨어진 곳으로 옮겨왔지만 베이징 입국 심사 후 24시간도 채 되기 전에 얼렌에서 몽골로 출국했다. 여행 후반에 다시 중국으로 들어올 예정이니 복수 비자다. 또한 단 두 명이지만 함께 있으니 단체 비자로, 이를 증빙하는 관인을 찍은 별도의 서류를 조심스레 간직한다.
　몽골로 들어가는 사람들은 모두들 짐이 많다. 거의가 보따리상처럼 보인다. 중국은 '세계의 공장'이고 몽골은 생필품이 부족하니 그렇겠지. 느려터진 수속 때문에 자연스레 옆에 있던 서양 여행자 세 명과 어울린다. 이때 토미(Tommy)라고 자기를 소개하는 인상 좋은 청년이 우리들에게 말을 걸어온다. 그는 울란바토르 중심지에서 큰 카페와 식당을 운영하는 사장이라고 말했다.

그러나 내심 불편했다. 외지에서 영어에 능숙하며 지나치게 친절한 사람을 경계해야 한다는 경고는 검색 자료를 도배하고 있다. 살이 토실하며 얼굴이 둥근 전형적인 몽골인인데 이름이 토미라니? 그러나 경계가 심한 관공서 내부에서 별일이 있겠어?

그때 토미가 다음 날 점심에 그의 식당으로 초대한다면서 카페 주소와 전화번호가 적힌 명함을 주었다. 토미는 사업상 품질 좋은 커피를 직접 구매하기 위해 이런 여행을 자주 다닌다고 설명한다. 초대와 함께 명함을 받으니 여행 중에 우연히 만난 사람이지만 의심이 사라졌다.

토미는 이제 자연스럽게 우리와 서양 여행자 세 명의 여권과 서류를 도맡아 들고 민첩하게 움직인다. 우리들은 멀찍이 서 있기만 하면 된다. 덕분에 생소한 곳에서 지루한 수속이 아주 편하게 진행된다. 뜻밖에 만난 행운이다.

수속을 마치고 다시 그의 안내를 받으며 울란바토르로 가는 기차표를 샀다. 토미가 대화를 도와주니 모든 것이 아주 편했다. 출발 열차가 들어오기를 기다리면서 플랫폼에 놓인 그의 짐을 본다. 포장된 박스와 가방, 끈으로 잘 묶은 대형 커피 자루가 어른 키 높이만큼 작은 산을 이루고 있다. 아무런 말이 없지만 뜻하지 않게 얻은 행운의 비밀이 자연스럽게 풀린다. 저 많은 물건의 일부는 우리 부부의 수하물로 통관 처리되었겠지.

많은 일에는 사연이 있게 마련이다. 행운에도 보이지 않는 이유가 있겠지. 다시 생각해보니 국경 심사에서 무탈했던 것은 정말 큰 행운이었다. 아무렴, 전혀 문제없이 편했으니까. 참고로 첨언하면, 국경 심사에서 모르는 사람의 짐을 들어주거나 나의 이름으로 통관 처리하는 것은 매우 심각한 위험에 빠질 수 있는 절대 금기 사항이다. 우연히 만나 사람에게 여권을 맡기고 서류에 서명하는 것은 마치 처음 본 사람에게 인감도장과 주민등록증을 건네며 위임장에 서명하는 바보짓이다.

긴 여행이라 짐이 단출했다. 더구나 여름이라 얇은 옷 몇 개뿐. 그러나 유월 말의 몽골은 의외로 쌀쌀했다. 그래서 도착하자마자 아내는 숙소 옆의 백화점에서 두꺼운 외투를 샀다. 나는 가져온 얇은 옷을 겹쳐 입고.

몽골은 예상했던 대로 '칭기즈칸'으로 넘쳤다. 광장, 관공서, 기념품 가게, 주고받는 돈 등 어디에서나. 특히 몽골이 자랑하는 '칭기즈 보드카' 병 라벨에 그려진 그는 무척 근엄하게 보였다. 당시 알려진 세상의 절반 이상을 호령했으니 당연하다. 그러나 대략 80만 명으로 추정하는 당시 인구인데, 그렇게 넓은 영토를 다스렸다는 사실을 믿기 어려웠다. 짧은 시간에 단순히 박물관과 기념관을 방문하여 상세한 역사를 알 수는 없지만 '칭기즈칸'이 몽골인이 갖는 긍지의 핵심임을 알아채기는 어렵지 않다. 그러나 외국인의 눈에 거슬리는 심각한 의문이 있다. 가슴 벅차게 자랑스런 역사를 잇는 현재의 실상은 무엇인가?

다시 만난 토미는 더욱 친절했다. 중심지에 있는 카페는 상당히 대규모였다. 푸짐한 점심은 기대를 훨씬 뛰어넘어 만찬 이상이다. 모두들 즐겁다. 바로 하루 전에 출입  국 사무실과 기차에서 보았던 장기 여행자가 아니다. 초췌한 때와 피곤을 말끔하게 벗어낸 우리는 파티를 즐겼다.

숙박지에서 테를지공원으로 가는 버스 노선을 문의했다. 근처에서 쉽게 버스를 탔는데, 멀리 가는 노선이라 타고 내리는 승객이 많지 않다. 도중에 네 다리를 묶은 양 한 마리를 들고 버스에 탄 노인이 금방 내린다. 창문을 모두 열고 시원스레 시골길을 달린다. 한참 달리고 있는데, 바로 앞자리에 앉은 초등학교 저학년으로 보이는 아이가 다 마신 음료수 페트 용기를 창밖으로 던진다. 아무런 거리낌 없이. 인구가 적은 넓은 나라여서 그럴까? 하지만 대표 국립공원으로 가는 길인데…. 딱하게 느껴진다.

3. 대륙 횡단 열차의 묘미

숙소 식당에서 아침 식사를 하다가 젊은 일본 요리사를 만났다. 그는 고비사막을 여행하기 위해 몽골에 왔고, 육 일 동안 지프차를 타고 고비사막 단체 투어를 다녀왔다고 한다. 시간이 부족하여 고비 투어를 다음 기회로 미룰 수밖에 없었던 우리는 방금 돌아온 체험자의 경험이 궁금했다. 그러나 투어 동안에 너무 고생이 심해서 힘들었다는 답변뿐이다. 안타까웠다. 언어의 한계, 그의 표현력 부족, 체험자의 무성의 또는 소양 부족 등 여러 요인으로 인해서 간접경험을 도무지 얻을 수 없었다. 바로 어제 여행을 마치고 돌아왔기 때문에 기억이 생생할 텐데. 언어가 다른 타인과 새로운 정보를 서로 교환하는 것은 정말로 어려웠다.

토미의 도움을 받아서 예약한 몽골 열차를 타고 이르쿠츠크(Irkutsk)로 출발한다. 남북으로 관통하는 몽골
열차의 절반을 며칠 전에 자민우드
에서 시작하여 타고 왔으니 이제
북쪽으로 나머지 구간을 달린다.
한참 가는데도 바깥 풍경의 변화가
거의 없다. 나무를 볼 수 없는 초원
에서 내가 말을 타고 기차와 나란히 달리고 있는 꿈같은 착각이 든다. 언젠
가 다시 오면 고비사막 투어를 하고, 초원에서 오랫동안 승마를 즐기리라.

열차는 나우스키 국경 역에서 오랫동안 정차한다. 무려 다섯 시간 이상
멈춰 있다. 그러나 기차를 바꿔 타거나 차량이 바뀌지 않았다. 출국과 입국
신고를 한 후에 남은 몽골 돈을 모두 루블화로 환전했다.

예상한 대로 러시아 역무원과 공무원들의 얼굴은 무덤덤하며 표정 변화
가 전혀 없다. 나는 초행길인데 어떻게 예상이 가능하며 또한 짐작이 적중
했을까? 단순한 편견이 틀리지 않고 오히려 정확한 경우가 많을까?

기차가 중간역에 정차할 때마다 플랫폼 바로 옆에 작은 장이 선다. 근처
에 사는 아주머니나 할머니들이 먹거리 좌판을 연다. 물론 공식적인 판매
대가 있고 또 역사로 들어가면 식당과 매점도 있다. 그러나 좌판은 기차의
바로 옆에 줄지어 있고 저렴하다. 더욱 끌리는 점은 정다운 느낌 때문이다.

장거리 기차를 타고 가면서 잠을 자고, 밖을 보거나 이야기하고, 생각하
거나 사진을 찍고, 졸거나 간식을 먹고, 메모를 적거나 편지를 쓴다. 다음
날도 거의 같다. 이것이 몽골 종단 열차(TMR)와 시베리아 횡단 열차(TSR)의
모습이다. 변화가 없는 듯하여도 풍경이 바뀐다. 몽골의 스텝 지형은 사라

진 지 이미 오래되었고 삼림이 무성하다. 정차 역마다 좌판도 조금씩 다르다. 그러나 식사를 해결하는 데 불편이 없다는 점은 같다. 점차 녹음이 진한 산악 지대를 지나더니 굽이굽이 안갯속에 호수를 따라 달린다. 바이칼 호수다!

이른 아침에 도착한 이르쿠츠크는 차분했다. 그것은 첫인상인데, 아마도 약한 안개 때문일 수도 있겠다. 도착하자마자 다음 행선지의 기차표를 예약하려 했다. 혹시 원하는 날의 표가 매진이면 낭패이니까. 토미의 도움 없이 열차를 예약하기는 상상 초월 수준으로 어려웠다. 무엇보다 안내판을 읽을 수가 없다. 영어가 전혀 없는 러시아어 안내는 우리에게 아무것도 없는 것과 같았다. 그렇다고 역무원에게 물어볼 수도 없다.

왜 영어가 통하지 않을까? 이렇게 큰 도시에 영어 안내가 없다니! 이해하기 어렵고 어이가 없어서 멍하니 의자에 앉아 있었다. 민첩하게 뛰어다니면서 일을 대신 처리해주던 토미의 웃는 모습이 떠올랐다. 심지어 가장 기본인 화장실 입구에도 영어 안내가 없다. 왜? 왜? 왜? 소리를 지르고 싶었다.

진정한 후에 어렵사리 짐작을 해보았지만 정답인지 확신은 없다. 아마도 동등함 때문일까? 미국 어느 도시의 시설에도 러시아어 안내가 없다. 따라서 여기에도 영어 안내가 없다. 동일하다. 미소 또는 소미는 서로 동등하다고 여기서는 믿고 있겠지. 과연 그럴까?

이유가 무엇이든지 상관할 바 없다. 중요한 것은 지금 당장 여기서의 문제 해결이다. 그때 우리의 해결 방법은 너무 원시적이며 유치하여 창피했다. 그러나 의외로 쉽게 통했다. 누구나 쉽게 알 수 있는 아라비아숫자와 그림 도형, 그리고 지도에 나와 있는 러시아 알파벳의 도시 이름을 상형문자처럼 종이에 그리는 것이다. 즉, 기차 그림과 날짜, 지명, 화살표 → 지명을 적은 쪽지를 보여주니 쉽게 의미가 전달된다. 문제 해결이다. 의미가 전달되어 기차 예약을 할 수 있다면 상대가 우리를 언어장애인으로 여기든 말든 상관없다.

무슨 이유인지 외국인 예약 창구는 별도로 2층의 복도를 한참 지나 외진 사무실 안쪽에 있었다. 어렵사리 찾아갔다. 이곳에 러시아어를 모른 채 여행사를 통하지 않고 무작정 찾아오는 자유여행자가 우리뿐일까?

바이칼 호수를 보기 위해 들뜬 마음으로 다음 날 아침 일찍 찾아 나섰다. 호수를 찾는 관광객이 많아서인지 인포센터에 관련 홍보물이 넘친다. 차편도 다양하다. 항상 그렇듯이 우리는 별문제 없으면 가장 대중적인 수단을 택한다. 그래서 숙소 가깝게 지나가는 버스를 탔다. 시내를 빠져나가니 곧 한적한 시골 모습으로 변한다. 이내 깊은 산속 길이다.

지도에 기다랗게 그려진 호수는 내 눈에 바다로 다가왔다. 한려수도나 할롱베이의 아기자기하게 정다운 바다가 아니다. 세토내해나 인천 앞바다처럼 물류의 흐름으로 바쁜 바다도 아니다. 태곳적 바다인 양 시커멓게 짙푸른 물 위에 갈매기가 날고 있다.

물가를 따라 한참 걸었는데 시야가 좁다. 가까이 다가서는 것보다 조금 멀리 높은 곳에서 되도록 호수의 넓은 모습을 조망하고 싶어졌다. 그래, 너무 가까이 가면 별로 가치 없는 것들만 부각되는 법이지. 칡넝쿨만 자세히 보면 전체 산세를 어떻게 파악할 수 있을까? 어린아이들처럼 물에 발을 담그고 물장난을 치거나 모래성을 쌓기 위해 우리가 머나먼 이곳까지 찾아온 것은 아니니까.

　　　　　　　호수 안에 있는 알혼섬의 높은 쪽을 한 바퀴 도는 승합차 투어를 신청했다. 비포장으로 오르내림이 심했다. 정해진 명소에 내려주면 모두들 사진 찍느라 바쁘다. '그럼, 그래야지. 평생 다시 오기 어려울 테니 후회 없도록 실컷 찍으세요.' 그러나 나는 사진을 많이 찍지 않았다. 인터넷에 내 사진과 비교할 수 없이 멋진 작품들이 넘치기 때문이다.

　직접 돌아보니 널리 소개된 바와 같이 알혼섬이 샤머니즘으로 가득함을 확인할 수 있었다. 그러나 이곳이 신성한 성소이며 샤먼들의 고향이라는 표현에는 의문이 들었다. 높은 산, 울창한 삼림, 넓은 호수의 웅장함과 청정 자연의 아름다움을 누구도 부인할 수 없다. 빼어나게 훌륭한 경관이다. 그렇다고 이곳 샤먼들의 신통력도 불가사의하게 뛰어날까? 광대한 자연 앞에 저절로 고개가 숙여졌지만 알록달록한 원색 천으로 둘러싸인 13개의 거대한 세르게 기둥들은 지나치게 상업성이 넘치며 작위적으로 보였다.

4. 러시아에서 뜻밖의 감금

많은 사진보다 강력한 기억을 머릿속에 담고 이르쿠츠크를 떠난다. 다시 오른 TSR. 며칠 전과 같은 생활 패턴을 반복한다. 시간은 동일한데 움직일 수 있는 공간이 협소하니 상대적으로 시간이 늘어난다.

'시간이 길어진다고? 웃기는 소리, 그럴 리 없어. 너의 착각이야!'

'그래? 그럼, 하는 수 없이 공간을 넓혀야지.'

우리가 차지한 좁고 답답한 4인 컴파트먼트에서 벗어나 다시 드넓은 상상 속의 바이칼 호수로 날아간다. 갑자기 숨통이 트이고 나는 듯 시원하다. 생각만 하여도 상쾌함을 주는 선물이다. 깊은 감흥을 가슴에 담아왔나 보다.

'그래, 이것이야. 즐거움은 항상 내 안에 있어.'

행복을 밖에서 찾기는 어렵다. 특히 남에게 구걸하는 것은 구질구질하며 참담하다. 아무리 답답한 상황이나 비좁은 곳에서도 항상 꺼내볼 수 있는 상쾌하고 즐거운 느낌. 바이칼에서 새로 챙겨 마음에 담아둔 '나를 위한 선물'을 다시 꺼내보며 나 혼자 몰래 즐거워한다.

앉아서 창밖을 보다 무료하면 복도로 나가서 멋진 장면을 기다린다. 하염없는 시간 속에 간혹 나타나는 경외의 장면은 찰나처럼 속절없이 지나가 버린다. 디카를 들고 있다가 순간을 포착한다. 대부분 끝없는 숲이지만 교량, 마을, 정차하지 않는 작은 시골 역, 넓은 강 등을 만난다.

무료한 승객들과 마주친다. 먼저 눈길을 보내도 별로 반가워하는 기색이 없다. 눈길을 피하거나 고개를 돌려버린다. 드라마나 다큐를 보면 여행 중에 만난 현지인들과 즐거운 시간을 보낸다. 나아가 뜻하지 않게 K팝을 좋아하여 우리말을 구사하는 현지인들을 봤었는데, 모두 가공이나 연출한 장면들이었을까?

4인실에서 우리 외에 승객이 몇 번 바뀌었다. TSR 승객들은 며칠 동안 계속 타고 가는 줄 알았는데, 현지인들은 짧게 탑승하고 내리는 경우도 많다. 점심을 먹고 잠시 졸고 있는데 삼십 대로 보이는 덩치 큰 남자가 들어왔다. 곧바로 안드레이라고 이름을 말하며 악수를 청한다. 우리는 인사를 나눈 뒤에 잠시 이야기를 했다. 기차에서 며칠을 보내며 같은 객실을 이용한 현지인 몇 명 중에서 처음으로 그와 이야기를 나눈 듯싶다.

공통 언어가 없으면 자연스럽게 침묵을 택한다. 딱히 같이할 일도 없는데 굳이 특이한 방법을 동원하여 구차스럽게 서로 의미 전달을 시도할 사람들이 많을까? 이르쿠츠크에서 우리처럼 반드시 해결해야 하는 일이라도 있으면 다르겠지만. 실제의 대화에서 절반 이상이 제스처라고 하는데, 언어가 시동을 건 다음이다. 말로 시작을 할 수 없으면 제스처를 동반한 대화가 앞으로 나아가기 어렵다.

안드레이는 술꾼처럼 보였다. 가지고 탄 봉투에서 맥주 캔을 꺼내 따더니 엄청난 속도로 마신다. 나에게 맥주 캔을 내밀며 눈짓으로 권했지만 사양했다. 침대칸에서 화장실에 들락거리는 것이 귀찮기 때문이다.

놀라운 일은 잠시 후에 일어난다. 그의 큰 사각형 가방은 여행 가방이 아니라 술 가방이었다. 그에게는 여행 가방일 수도 있겠지. 나는 상상력이 부족하여 그런 용도의 가방이 세상에 존재한다는 것을 생각도 못했다. 눈앞에서 열린 가방의 한쪽에는 커다란 보드카 병과 과일 주스가 있고, 반대쪽에는 유리잔이 여섯 개 있다. 파손을 방지하기 위해 전용 칸막이에 잘 감싸져 있었다. 처음 본 여행용 술 가방!

안드레이는 맥주로 위장을 준비시켰는지, 본격적으로 보드카를 마신다. 기차에서 종이컵이나 플라스틱 컵이 아닌 유리잔이다. 거구에 걸맞게 프로다운 전문가의 포스를 풍긴다.

한잔하겠냐고 다시 묻는다. 맥주와 달리 보드카는 양이 적으니 동참했다. 그가 친절하게 잔 두 개를 내 앞에 놓더니 술과 주스를 따른다. 이렇게 교대로 마신다고 시범을 보인다. 그와 같은 속도로 마실 수는 없다. 그래도 안드레이 덕분에 TSR에서 가장 기억에 오래 남을 이벤트가 생겼다.

수년이 지나도, 아니 내가 세상을 하직할 때까지 잊지 못할 TSR의 또 다른 기억을 안드레이가 다시 만들어줄지는 그때는 상상도 못했다.

러시아에서 세 번째로 큰 도시인 노보시비르스크는 넓은 국토의 거의 중앙에 위치한다. 보드카를 마신 다음 날 오후에 여기서 내려 카자흐스탄으로 남하할 예정이었다. 변화 없는 하룻밤을 기차에서 또 보낸다. 노보시비르스크역이 가까워지자 안드레이도 여기서 내린다고 준비하면서 오랫동안 누군가와 즐거운 표정으로 통화를 한다.

바꿔 탈 기차표 구입을 생각하며 천천히 내리는데, 뜻밖에 플랫폼에서 두 명의 경찰이 우리를 기다리고 있다. 내리자마자 여권을 제시하라고 한다. 세계 공통 단어인 패스포트(passport)는 러시아어로 pasport이니 발음이 거의 같다. 여권을 받은 경찰은 뭐라 말하더니 앞장서서 걸어간다. 외국에서 여권을 빼앗기면 매우 곤란하니 뒤를 따라갈 수밖에 없다.

역내에 있는 파출소로 들어가니 철제 출입구가 철커덕 소리를 내며 닫힌다. 앉아서 기다리라는 눈치다. 한참 후에 다른 경찰이 와서 영어로 설명을 한다. 우리의 죄목은 '군사시설 불법 촬영'이다. 기차에서 불법 촬영에 관한 보고가 있었고, 현재 우리에 관해서 조회 중이니 기다려야 한다고 말한다. 함께 보드카를 마신 안드레이는 사복 경찰이었다. 대략 30분 정도 지나자 우리는 비자, 입국 신고, 관세 신고, 이르쿠츠크에서 거주 등록을 모두 했기 때문에 나가도 된다며 여권을 돌려준다. 그리고 스위치를 누른다. 철커덕 소리를 내며 출입문이 자동으로 열렸다.

5. 스텝에서 자히르 극복하기

구금 사태로 놀란 가슴을 진정하며 노보시비르스크를 떠나 남쪽으로 방향을 바꾼다. 그러나 생소한 여행지에서 내일 또 어떤 일이 일어날지 걱정이 생긴다. 걱정하며 여행하기? 바보 같은 모순이다. 실뱅 테송이 아니더라도 여행을 시작했으면 걱정을 말아야지. 걱정과 여행. 뜨거운 커피와 아이스커피. 양손에 두 잔을 들고 섞어 마실까, 아니면 교대로 마실까? 우문이다.

알마티로 가는 장거리 침대 기차를 탄다. 지난 며칠 동안의 기차 생활을 다시 반복한다. 승객들의 모습이 조금 바뀌었지만 기차 여행이 익숙하게 다가온다. 카자흐스탄의 남쪽에 있는 알마티는 여러 면에서 중앙아시아의 대표 도시로 손색이 없다. 북쪽의 러시아에서 기차를 탔으니 넓은 카자흐 대평원을 남쪽 방향으로 종단하는 셈이다.

출발한 지 12시간쯤 지나자 경찰과 세관원으로 보이는 사람들이 객석을 돌아다니면서 여권 검사를 하고 서류를 나눠준다. 기차가 국경을 지나는 모양이다. 그런데 일주일 전 몽골 국경에서와 비교된다. 그때는 몹시 까다로웠다. 침대칸에 들어와서 천장에 있는 나사를 풀어서 패널을 열어보기까지 했다. 천장에 물건을 숨겨서 국경을 넘는 경우도 있나 보다. 그러나 이번에는 서류작성만 하고 지나간다.

국경을 지나 다음 날 아침이 되자 승객이 많아져서 가득 찬다. 하루에 한 편뿐이어서 우리는 어쩔 수 없이 구입한 기차 티켓이다. 이층 침대가 서로 개방된 구조다. 어제까지의 4인실보다 불편하다. 누구나 서로를 볼 수 있다. 특히 주변에 민감한 어린이들이 우리를 외계인으로 여기나 보다. 노골적으로 관찰하며 키득거린다. 여행 중에 할 수 없는 노릇. 별 상관없다. 내일 아침에 도착하면 모두 헤어질 테니까.

그러나 관심은 외면보다 훨씬 낫지 않을까? 아이들의 관심을 어떻게 호감으로 바꿀까? 비좁은 공간에서 뾰족한 아이디어가 생각나지 않았다. 우리에게 코미디언이나 산타 기질이 있으면 좋았을 텐데….

점차 어두워질 때 기차는 세메이 근처를 지난다. 소련 시절에 집중적으로 핵실험을 하던 곳으로 오명이 높으니 왠지 오싹하다. 그러나 다행히 지금은 반핵운동의 상징적 본거지이다.

몽골에서 골든고비 투어를 생략하
며, 바이칼 호수를 하루만 둘러보고
떠난다고? 많은 독자들이 겉핥기라
고 비난할 듯싶다. 당연하다. 인정한
다. 우리도 시간이 짧아서 안타까워
했다. 그러나 어떤 일이든지 다양한
제한이 있지 않을까? 그중에서 시간
은 절대적이다. 우리도 석 달쯤 시간
을 낼 수 있다면 좋겠다. 그러나 불
가능한 것을 어떡해?

이런 상황에서 해결할 수 있는 방
법은 두 가지! 하나는 취사선택, 둘째는 짧은 직접경험에 자세한 탐색을 결
합하기다.

많은 곳을 둘러볼 시간이 없으니 취향에 따른 취사선택은 당연하다. 바
이칼 호수를 잘 알기 위해서 며칠의 여행이 적절할까? 무척 어려운 질문이
다. 관심 분야, 이유, 수준 등에 따라 다르고 여행자 사정에 따라 천차만별
일 듯싶다.

나흘 동안 강습을 받고 딴 나의 초급 스쿠버 자격증은 18m까지 잠수할
수 있다. 더 깊은 곳으로 내려가거나 야간, 장애물, 동굴 잠수 등을 하려면
추가로 훈련을 받아야 한다. 단순한 취미인데 어디까지 수련을 받아야 할
까? 정답이 있을 수 없다. 각자의 선택이 그에 대한 답이다. 그래서 우리의
선택은 최소 일정으로 전체를 파악할 수 있는 직접경험이다. 물론 디테일
이 필요하면 나중에 검색으로 해결하거나 보완한다.

창밖으로 스쳐 지나가는 카자흐
스탄 대평원. 세계에서 제일 넓다
는 말이 실감나게 하루 종일 변화
가 전혀 없다. '아니, 이럴 수가! 한
두 시간은 그러려니 했지만 도대체 몇 시간째야?'

　풍경의 아래쪽 절반은 풀이며 위쪽은 하늘이다. 나무도 없이 긴 풀만 자
라는 땅, 이것이 스텝(steppe)이다. 산이 있는 몽골의 스텝과 달리 땅에 굴곡
이 없다. 풀의 바다? 세찬 바람에 긴 풀들이 파도처럼 흔들리지만 바다의
느낌은 없다. 끝없이 평평한 수평면이지만 누런색 때문일까?

　알마티에 도착하기 약 한 시간 전에 기차가 카프차가이호수 옆으로 달린
다. 이때 갑자기 나타난 톈산산맥! 뜨거운 여름인데 눈 덮인 고봉이 연속된
다. 지금까지 초원과 하늘 둘로 나뉘었던 풍경이 초원, 호수, 설산, 하늘의
네 부분으로 바뀌었다. 어디에서도 볼 수 없는 장관이다. 이제 곧 남쪽으로
높은 산맥을 만나 동서로 이어지던 대평원은 끝난다.

　러시아를 떠나 남쪽으로 국경을 지났다. 이어서 계속 남쪽으로 대평원을
쉼 없이 25시간이나 달렸다. 기차 안에서 37시간, 이틀 밤을 열차에서 자
고 다음 날 이른 새벽에 알마티역에 도착했다.

　침대 기차에 아주 익숙해졌을까?
규칙적으로 덜컹거리는 움직임이
주는 안마 효과 때문일까? 일찍 깼
지만 몸이 가뿐하다. 비좁고 부산
한 곳이지만 잘 잔 모양이다. 여행

체질일까? 고급 호텔에서 시차 때문에 잠을 못 자며 뒤척이다가 깨는 경우도 있지. 생리 현상은 가격과 무관한 경우가 많아. 정말 그래! 불쾌한 사람과 마주 앉으면 최고급 음식도 잘 넘어가지 않는 법이니까.

일찍 일어난 우리와 다르게 이른 새벽의 알마티역은 아직 잠에서 덜 깬 모습이다. 같이 내린 승객들이 분주하게 빠져나가자 역은 금방 다시 한적해진다. 이른 시간에 갈 곳 없는 우리만 도토리 두 알이 된다.

24시간 영업을 하는지 다행히 문을 연 식당이 있다. 아무도 없어 반갑게 맞아줄 것이라고 은근히 기대했을까? 종업원의 무표정한 느낌에 음식마저 무성의하게 나올 듯하다. 그림을 보고 손가락으로 주문한 볶음밥은 의외로 맛있었다. 그러나 음식이 훌륭한지 아니면 세계 공통의 볶아진 기름 냄새가 우리의 코를 흘렸는지 알 수 없다. 기차에서 저녁을 부실하게 먹은 우리는 사실 무척 배가 고팠었다. 그러니 무엇인들 맛이 좋지 않았을까?

식사를 마친 후에 관광 정보를 얻으려고 인포센터로 갔다. 팸플릿이나 소책자 등의 인쇄물은 없고 설명이 적힌 멋진 대형 사진들이 벽에 붙어 있다. 앉아 있던 여직원에게 '알마티 관광'이란 말을 시작하자, 알 수 없는 대답을 하더니 어디론가 사라져버린다.

한참 후에 남자 직원을 데리고 나타났다. 문의를 했을 뿐인데, 뭐가 잘못되었나? 그에게 같은 문의를 다시 했더니 그가 반가운 표정을 짓는다. 30분 후에 야간 근무가 끝나니, 기다리고 있으면 그가 시내 관광을 직접 안내하겠단다. 문의를 했는데, 직접 안내? '극진한 친절'을 넘어서 '지나친 환대'이다. 이를 어떻게 받아들여야 할까? 의사소통이 어려운 생소한 곳에서 기적처럼 만난 천사일까? 기쁜 마음으로 밤샘 근무를 한 그가 퇴근하기를 기다렸다.

조금 후에 그를 다시 만나자 훨씬 반가웠다. 그러나 만사에 횡재를 조심해야 하는 법. 겉으로는 행운이지만 속에 재앙이 숨어 있는 경우도 흔하다. 우리 여권을 보여주면서 카자흐스탄의 주민등록증이 궁금하다고 보여달라고 했다. 스스럼없이 꺼내서 보여준다. 우리의 주민증과 거의 동일하다. 그의 이름 사켄과 사진을 확인했다.

사켄의 안내를 받아서 맨 먼저 숙소를 정한 후에 시내 관광을 했다. 현지 가이드가 앞장서니 여러 면에서 엄청 편했다. 찾아갈 곳의 관광 정보를 쉽게 검색할 수는 있겠지만 젠코프 성당, 질료니 바자르, 메가몰, 모스크, 대통령 공원 등에도 편하게 다닐 수 있었다. 추천한 식당에서 샤실리크와 맥주를 곁들여 점심도 푸짐하게 먹었다. 근무 때문에 동행이 어렵다면서 다음 날의 침불락 공원, 셋째 날의 차린 협곡 투어 예약도 대행해 준다.

늦은 오후에 헤어지면서 사례에 관해 언급하자 사켄은 두 손을 저으며 단호하게 거절한다. 점심을 잘 먹었다면서 새삼 다시 고마워한다. 처음에 그의 호의를 의심했던 것이 너무 미안했다.

작가 파울로 코엘료의 2005년 작품 『자히르』(Zahir). 자히르는 아랍어로 '집착에 빠져드는 상태'를 표현하며, 광기 어린 편집증과 목표를 향해 나아가는 에너지 원천의 양면성을 가진다고 한다. 소설에서 묘사한 카자흐스탄의 신비로운 아름다움에 대해 막연한 관심이 싹텄다.

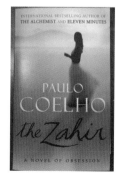

작가는 스텝 대평원을 '끝없이 아무것도 없으며 동시에 생명으로 가득한 곳'이라고 표현한다. 진실한 사랑을 찾아서 어느 날 갑자기 사라진 주인공 에스테르. 그녀는 사랑과 꿈으로 가득 찬 진정한 삶을 얻기 위해 파리의 집을 떠난다. 흔적 없이 사라진 아내를 찾기 위해 유명한 작가인 남편은 고군분투한다. 수년 동안 종군기자 활동을 하면서 정보를 얻게 된 그녀는 현자를 찾기 위해 카자흐스탄으로 간다. 초원의 작은 마을에서 유목민 문화를 배운다. 이를 터득하면서 그녀는 진실한 일상에서 행복을 느끼며 생활한다.

예전에 소설을 읽고 주제의 반향이 컸다. 구체적이지도 않고 특히 나의 일상과 관련이 없는 내용인데도 이렇게 마음이 흔들리다니! 의외였다. 원칙이라고 확신하는 나의 자히르에 대한 재점검, 믿음의 의심, 타자화, 자아 인식 등이 뒤따른다.

이제는 카자흐스탄을 나의 두 발로 둘러보며 스텝을 관망한다. 대평원이 끝나며 갑자기 나타난 톈산산맥의 설봉들도 조망한다. 만나는 현지인들을 관찰하면서 그들의 진정한 행복을 살핀다.

꿈과 사랑으로 가득한 삶을 설파한다는 대평원의 현자는 어디에 있을까? 무척 궁금했다. 나아가 숨어있는 나의 자히르는 무엇일까? 내 주변의 모든 이들이 알지만 나만 인지하지 못한 채 지내는 나만의

크고 작은 집착이 많을 텐데…. 여행 중에 대평원의 현자를 만나 대화를 나눈다면 나의 자히르를 깨닫게 되겠지.

6. 침대 버스로 국경을 넘다

알마티에서 신장 위구르의 우루무치(乌鲁木齐)로 가기 위해 교통편을 알아보았다. 산악 지역의 국경을 통과하는 열차는 버스보다 시간이 두 배나 걸린다. 그래서 장거리 버스를 선택했다. 하루에 한 번 새벽에 출발한다. 전날 미리 예매하러 갔더니 무슨 까닭인지 예매를 할 수 없었다. 2009년 이후 시간이 많이 지났으니 지금은 개선되었겠지.

차표가 매진되면 일정이 꼬여 불편하다. 불안한 마음에 버스 출발 시간보다 훨씬 일찍 어두운 새벽에 터미널에 도착했다. 그런데 매표창구가 대부분 닫혀 있다. 너무 일찍 왔나 보다. 주변이 어둡고 서늘했다.

우리나라 버스 터미널과 전혀 다르다. 엄청 넓은 공터에 작은 간이 건물들이 여러 개 있다. 건물만큼 큰 간판에 노선과 출발 시간이 적혀 있다. 노선이 많은데, 작은 회사들이 서로 경쟁하며 모여 있는 듯하다. 창구가 열리기도 전에, 어디로 가는지 물으며 자기 회사의 표를 사라고 접근하는 젊은이들이 있다. 그들이 미심쩍어 창구가 열리기만 기다렸다. 직원이 도착해서 창구를 열고, 장부에 승객의 인적 사항을 하나하나 적으면서 표를 판다.

표를 사고 출발지로 갔더니 침대 버스가 대기하고 있다. 앞 유리창과 옆면에 적혀있는 'Almaty-乌鲁木齐' 행선지. 이를 보니 어제 예매를 못 한 이후 드디어 안심이 됐다. 이제 떠나는구나! 생판 모르는 곳에서 처음 하는 일은 아무리 간단해도 불안한 구석이 항상 있다.

베이징에서 몽골로 갈 때 탔던 일반형 버스는 2층 침대가 3열이었지만 이번에는 호화 버스이다. 2층 침대가 2열 배치이고, 가운데의 양탄자에는 승객들이 오손도손 앉아 있기도 한다.

도중에 작은 마을의 식당 앞에서 정차한다. 식사와 휴식 시간인데 30~40분으로 여유가 많다. 버스 승객이 주 고객인지 높은 산골의 작은 마을에 식당이 꽤 많다.

우루무치까지 이동 시간이 너무 길다. 그래서 중국에 입경한 후 처음 정차하는 이닝(伊宁)에서 내릴 예정이다. 국경도시에서 이틀을 보내며 주변을 살펴보는 일정을 세웠다.

모두 하차하여 국경 검문소에서 출입국 신고와 짐 검사를 받는다. 모두 마친 후에 다시 버스를 타고 출발한다. 검문소가 붐비지 않아서 수속이 순조롭다. 그런데 곧 출발하나 싶더니 다시 차를 한쪽에 세우고, 하얀 가운을 입은 여성이 올라와 일일이 체온을 측정한다. 당시 유행하던 조류독감(AI)에 대한 조치라고 상상했다. 말이 통하지 않으니 많은 상황을 짐작으로 추측한다.

이것도 순조로워 이제는 정말로 출발하겠지 여기는 순간 갑자기 권총을 찬 군인 두 명이 버스에 오른다. 하필 우리 앞에 서더니 여권을 뺏어 들고 따라오라고 명령한다. 모두 현지인들인 다른 승객들은 출발하지도 못하고 버스에서 우리를 내려다본다. 다른 담당자가 오더니 우리 여권을 들고 사라진다. 권총을 찬 군인은 계속 우리를 지키고 서 있다. 여름 땡볕 아래서 감시당하며 하염없이 버스 옆에 서 있다. 설명이나 안내문도 없고 이유도 모른 채.

당시 나에게는 비장의 무기가 있었다. 말도 못하는 긴 중국 여행 중에 생길 수 있는 난처한 경우에 대비하여 준비한 나의 대책! 다음과 같다.

직장 일로 알고 지내던 후베이성 우한대학의 쉔 박사에게 나의 여행을 설명했다. 내가 중국말을 못하니, 혹시 의사소통이 어려울 경우에 대처하려는 방법을 소개했다. 즉, 내가 쉔 박사에게 전화하여 영어로 상황 설명을 한 후에 현지인에게 전화를 바꿔주면, 나 대신에 중국말로 설명하는 방법이다. 이런 내용과 쉔 박사의 휴대전화 번호를 중국어로 적어서 보내주라고 부탁했다. 흔쾌히 승낙하여 보내준 중국어 설명을 크게 출력하여 여권과 함께 가지고 다녔다.

권총을 찬 군인에게 쉔 박사의 중국어 설명 종이를 보여주니, 읽어본 후에 사무실로 들어갔다. 한참 후에 나오더니 서류에 우리의 서명을 받고 여권을 돌려주었다. 드디어 다시 출발한다. 우리 때문에 30분 이상 버스에서 기다린 다른 승객들에게 몹시 미안했다. 그렇지만 이런 일이 자주 있는 듯 별거 아니란 표정들이다. 어쨌든 조류독감 때문에 국경 검사가 무척 까다롭다고 느꼈다.

인구 45만 명의 이닝은 국경도시로 인근 신장 지역의 중심지이다. 부근의 소도시에는 지금도 위구르인들이 많고, 모든 간판에 한자와 위구르 문자가 함께 적혀 있다. 이닝에서 이틀을 보냈다. 상점의 간판을 제외하면 카자흐스탄 소도시에서의 느낌과 비슷하다. 국경은 마치 종이를 가위로 오려 나누고, 떡 썰듯 땅을 두 나라로 나누지만 부근에 거주하는 주민들의 문화 양식은 비슷한 면이 많다. 이동하면서 도중에 관찰한 현지인들의 생활상은 무척 서서히 알게 모르게 바뀐다.

이틀 후에 버스를 타고 우루무치로 이동했다. 출발 후, 곧 버스가 식당 앞에 서더니 도시락을 싣고 다시 출발한다. 잠시 후에 달리는 버스에서 도시락과 물을 나눠준다. 장거리 버스의 승차권은 회사마다 다르다. 식당 앞에 내려 단체로 차표 가격에 포함된 지정된 밥을 먹고, 휴식 후에 떠나는 경우도 있다.

막 도시락을 먹으려고 하는데 갑자기 뒤편 좌석에서 성인 남자들이 뭔가 외치며 치고받고 싸운다. 여성과 아이들의 비명도 짧게 들렸다. 싸움 통에 도시락이 머리 위로 날아다니고, 한바탕 요란스런 난리법석이 좁은 버스 안에서 일어났다. 그런데 서로 치고 때리고 하더니 놀랍게도 싸움이 1~2분 만에 곧바로 끝난다. 아무런 일도 없었던 것처럼 금방 조용해졌다. 버스도 정차하거나 속도를 줄이지도 않는다. 아니, 세상에 이럴 수가! 심지어 앞뒤 승객들이 다들 다시 식사를 한다. 우리도 조심스레 먹기 시작했다.

도대체 무슨 시추에이션? 격투기 시합에서 주먹 한 방으로 기절시키는 살벌한 실신 KO가 간혹 있지만 세상에 이런 급변이 있다니! 엄청난 난리가 아무런 중재자도 없이 순식간에 조용해지다니! 상상할 수 없다. 버스 기사도 파출소나 공안 건물로 가지 않고, 아무런 동요 없이 그대로 고속도로를 달린다.

중국말을 알아들을 수도 없고, 다들 조용하니 물어볼 수도 없지만 무척 궁금했다. 우리 부부를 놀려주려고 모두가 서로 짜고 연출한 코믹 쇼였을까? 도저히 상상할 수 없는 상황이었다. 어찌 되었든 우루무치에 도착하여 모두 하차할 때까지 별다른 조짐이 전혀 없었다. 과연 어떤 일로 싸우고, 어떻게 금세 멈췄을까?

7. 역사적 현장의 중심

여덟 시간을 달려 도착한 우루무치 터미널은 수많은 사람들로 북적거리는 아주 번잡한 곳에 있었다. 첫날은 터미널 근처의 호텔에서 묵고, 다음 사흘은 알마티에서 예약한 30층짜리 큰 호텔에서 지낼 예정이었다.

짐을 풀고 밖으로 나가 근처에서 저녁 식사를 하고 나니 어두워진다. 근처만 둘러볼 수밖에 없다. 가까운 회족 시장이 유명하다고 여행 책자에 소개되어 있다. 우리는 프런트에서 그곳으로 가는 길을 물어보았다. 여직원이 두 명 앉아 있는데, 두 명 모두 질겁하며 외친다. "거기에 가면 안 돼!"

호텔에서 사용하는 판박이 영어 표현 이외에는 의사소통이 시원찮은 두 명이 뭔가를 설명하려고 애를 쓴다. 그렇지만 정확한 내용을 알 수 없다. 그러나 그곳에 가면 절대로 안 된다는 것을 표정과 몸짓으로 충분히 알 수 있었다. 웬일일까?

이미 어두워졌다. 할 수 없이 큰 길에 있는 호텔 근처만 거닐다 돌아왔는데, 특별하게 눈을 끄는 것 없이 다들 평범했다. 조그만 마트에서 음료수만 사 들고 돌아왔다.

그런데 방에 들어와 TV를 켜니, 온통 뉴스 채널마다 완전히 동일한 내용을 다루고 있다. 시위대와 경찰이 맞서는 긴급 상황에 관한 뉴스 속보만 계속 반복된다. 앵커를 제외하고 리포터, 동석한 전문가 등 모두 흥분상태다. 영어 채널도 없고 중국말을 모르니 내용을 알 수 없지만, 자막에 적힌 한문과 숫자는 이해할 수 있다. 반복되는 197과 사망(死亡)의 자막! '큰 시위와 소요 사태가 발생하여 197명이나 사망하는 비극이 발생했구나.'라고 짐작만 할 수 있었다. 다음 날 아침 신문을 보니 소요 사태에 관한 글과 사진으로 가득했다.

세월이 흘러 이제는 '2009년 7월의 우루무치 소요 사태'라는 역사적인 사건이 되었다. 2009년 7월 5일에 우루무치에서 위구르족 주민들이 분리 독립을 요구하며 발생한 사태이다. 중국 정부가 공식 발표한 사망자 수는 197명이다. 그러나 훨씬 많은 사상자가 발생했다는 외부 언론 보도도 있었다.

우연히 알마티에서 이닝으로 넘어오는 날에 비극적인 소요 사태가 발생했었다. 중국 정부가 가장 민감하게 다루는 내용이 분리 독립 요구이다. 그러니 얼마나 무자비하게 대처했을까?

이로써 며칠 사이 불가사의처럼 여겨졌던 많은 의문들이 이해되었다. 왜 국경 검문소에서 따로 버스에서 내려 땡볕 아래에서 기다려야 했는지, 버스 안에서의 싸움이 왜 그렇게 빨리 일방적으로 진정되었는지, 왜 첫날 호텔 직원들이 위구르 시장에 간다고 하니 질색을 하며 말렸는지.

우루무치에는 정책적으로 위구르족 주민보다 한족이 훨씬 많다. 우리가 그곳에 머물던 때는 소요 사태 발생 후 신속하게 진압된 다음인지 길거리는 외견상 평온했다. 도로에 인파도 많고 별다르지 않았다. TV 뉴스 상황의 분위기와 달리 상점, 식당, 길거리 좌판, 시내버스 등 모두 정상 운영하는 모습이다.

그러나 한 가지 특이한 모습이 눈에 띈다. 평상복을 입은 한족으로 보이는 서너 명의 청년들이 약 1.5m의 쇠 파이프와 각목을 들고 큰길에서 활보한다. 이런 무리들이 많이 보인다. 이들의 폭력적인 사태를 목격한 적은 없었지만 뭔가 과시하듯 시내를 걸어서 돌아다니고 있다. 오히려 우리나라에서 익숙한 수많은 경찰, 공공질서를 내세우는 차벽 등을 우리가 머물렀던 나흘 동안 전혀 볼 수 없었다.

사흘 묵었던 30층 호텔의 높은 층에 경찰 부대가 머무른 듯하다. 아무런 안내나 통제 없이 엘리베이터에 기관총을 든 경찰이나 군인들이 탄다. 함께 탄 적이 몇 번 있었다. 좁은 곳에서 서로 가깝게 있어서 화약 냄새가 나는 착각마저 들었다. 그러나 마치 우리 아파트의 엘리베이터에서 만난 무심한 주민이나 바쁜 택배 회사 직원처럼 아무런 표정이 없다. 그냥 우연히 함께 탄 모르는 사람일 뿐이다. 완전무장이 없었다면 아무런 사태가 발생하지 않은 듯 보였다. 하지만 호텔 내부나 마당에서 수시로 부대를 목격할 수 있었다.

신장의 대표 도시라 도착 첫날
다음의 사흘을 이곳에서 머물렀
다. 긴 여행의 딱 중간이라 조금 고
급 호텔에 머물며 여유 있는 시간
을 갖고 싶었다. 그러나 아무리 평
온한 듯이 보여도 시위가 발생한 곳에서 자유롭게 돌아다니기가 두려웠다.
행선지를 정하기도 어렵다. 고심 끝에 한 시간 거리에 있는 톈산산맥의 톈
산톈츠(天山天池) 투어를 신청했다. 중국 사람들의 단체 여행에 끼어 가기로
했다.

가이드가 중국어로 설명을 하니 전혀 이해할 수 없었지만 관광버스, 케이
블카, 점심 등이 제공되니 괜찮다. 단지 개별 자유 시간 후에 다시 집합하는
시간을 확인해서 메모에 적었다. 칼데라 화구호인 백두산 천지와 달리 동명
의 톈츠는 산으로 둘러싸여 있는 매우 넓은 호수다. 인근에서 벌어진 비극
적인 사태에도 불구하고 명소를 찾아온 중국 관광객들이 엄청 많았다.

8. 실크로드를 따라가다

우루무치를 떠날 때
문제가 생겼다. 가까
운 투루판으로 가려던
원래의 계획이 불가능
하게 되었다. 그곳으

로 가는 이동이 모두 통제되어 교통편이 없다. 투루판에는 위구르족이 압도적으로 많다고 한다. 그래서 이 지역 전체를 봉쇄하나 보다. 할 수 없이 건너뛰어 다음 목적지인 둔황으로 직행한다.

다시 시작한 긴 버스 이동. 이번에는 사막과 매우 건조한 지역을 지난다. 카자흐스탄 대평원을 지나며 끝없는 풀의 세상을 만난 지 며칠 만에 이제는 끝없는 모래와 자갈의 세상이 전개된다. 풀의 바다를 코엘료는 '텅 빈, 그러나 생명으로 가득한 곳'이라 표현했다. 풀이 있으면 벌레와 초식동물부터 온갖 생명이 가능하다. 그러나 이 부근에는 풀과 이끼가 없다. 모래, 자갈, 암석, 바람뿐. 안타깝게 느껴진다.

그러나 부근의 몇 군데를 찾아가 보니 나의 생각이 바뀐다. 건조지역에도 생태에 적응한 삶과 주민들의 생활이 있다. 오랜 세월을 이겨내고, 독특한 문화를 형성하며 역사를 이끌어간다. 환경에 따른 독특한 역사와 문화는 세계적인 유적지와 명소가 된다. 건조한 지역이라 보존 상태도 양호하다. 관광객이 끊임없이 찾아온다.

오아시스 소도시인 둔황의 중심에서 시내버스로 불과 십 분 거리에 명소가 있다. 실크로드를 대표하는 풍경으로 유명한 밍사산(鳴沙山)과 웨야취안(月牙泉)이다. 높은 모래언덕 아래에 자리 잡은 조그만  오아시스. 발이 푹푹 빠져 걷기도 힘든 곳이다. 바람이 지형을 수시로 변화시키는 사막에서 오랜 세월 동안 모습을 유지하고 있는 월아천. 밍사산과 어우러진 비경을 보기 위해 수많은 사람들이 몰려든다.

　다양한 2,000년의 불교문화, 상세한 채색의 역사적인 그림을 고스란히 간직한 700여 개의 석굴군이 막고굴이다. 고대 불교문화뿐만 아니라 많은 왕조의 다양한 시대상을 상세하게 보여준다. 건조한 기후 덕에 보존 상태가 훌륭하다. 오랜 세월을 이겨낸 역사 자체라 할 수 있다. 지역을 뛰어넘어 세계 문화유산의 높은 가치가 느껴진다.

　만리장성의 서쪽 끝이면서 실크로드의 중요한 관문 역할을 했던 위먼관 (玉門關)을 둘러본 후에 동쪽으로 이동한다. 도중에 주취안(酒泉)을 지난다. 이름이 독특하여 술에 관한 역사적인 스토리가 있겠다고 추측한다. 그러나 나에게는 TSR에서 보드카를 함께 마신 안드레이가 생각났다.

　건조지역이어서 차창 밖의 풍경이 단조롭게 계속된다. 녹색이 거의 없다. 생기와 청량감이 빠져나가는 느낌이 든다. 이때 갑자기 눈부시게 아름다운 풍경이 거대하게 나타난다. 바로 하서주랑(河西走廊)의 중간에 있는 칠채산이다. 차창에 그려지는 화려한 그림이자 엄청난 크기의 조각 작품이다. 이름은 일곱 가지 색이지만 보는 이에 따라, 보는 각도나 햇빛에 따라 다양하리라.

　엄청난 역설이다! 풀조차 자랄 수 없는 건조지역. 사라진 녹색 대신에 나타난 화려한 채색. 연속적으로 색채가 변하며 명료하게 그려지는 모습이 나의 눈에는 만채산으로 보인다.

　여행에서 보고 접하는 모든 것이 여행자에 따라서, 상황과 시간에 따라 달리 느껴지리라. 역사적 진실, 자연의 법칙, 현지인들의 실상이 있지만 여행을 하면서 받는 느낌과 교훈은 여행자 각자의 몫이다. 동일한 곳을 여행할지라도 얻는 느낌과 해석이 같을 수는 없다.

여행 책자는 많고, 여행 정보는 더욱 넘쳐난다. 여행 후에 감동이 커서이겠지만 유난히 산티아고 여행 이야기와 서역 기행 글이 많다. 그래서 관련 정보가 넘친다. 우리도 여행 전에 찾아본 정보가 많아서 편리했다. 그러나 막상 중요한 것은 여행에서 얻은 본인만의 생각과 해석이겠다.

여행이란 '생각 채굴하기'이다. 과거 수렵인들이 먹거리를 채집하고, 골드러시 시대에는 금과 은을 캐고, 최근에는 코인을 채굴하는 것과 동일하다. 공통점은 '찾아내기'이다. 여행 중에 실제 겪은 내용이 단초가 되어 나만의 생각과 스토리를 엮는다. 이것이 내 생각을 채굴한 나만의 여행기이다.

칠채산의 이미지를 머리에 담고 란저우에 도착한다. 바이타산공원에 올라 도도히 흐르는 황허강 물줄기를 내려다본다. 사흘 후에 시안으로 향한다. 여러 왕조의 수도였기 때문에 역사 스토리와 유적이 무척 많다. 여기서 수집할 수 있는 생각의 단초는 무궁무진하다.

하서주랑의 동쪽인 란저우와 시안, 베이징에 여행자가 많다. 여행 정보와 감상문도 무척 많다. 평범한 기행문은 설 자리가 없다. 이번에 주워 담은 광석에서 추후에 귀 기울일 만한 아름답고 쓸모 있는 스토리를 기대한다.

이번 여행을 통해 얻은 수많은 생각의 단초 꾸러미에 만족한다. 그러나 단초는 시작이자 첫걸음에 불과하다. 단초에 만족하다니, 착각 아닐까? 유명한 금광이 있는 마을을 여행하고 즐거울 수 있다. 그러나 더 큰 의미를 갖기 위해서는 나만의 생각이라는 금을 얻는 채굴 작업이 뒤따라야 하지 않을까? 여행을 통해서 찾아낼 수 있는 나만의 생각과 교훈을 채굴하여 많은 이들에게 유익한 스토리를 만들고 싶다.

옛날 먼 곳이 아니라 지금 여기의 문제에 관심을 갖자. 여행 중에 얻은 과거의 단초를 오늘과 내일의 일상사에 슬기롭게 연결할 수 있기를 바란다. 머나먼 서역 기행에서 얻은 교훈이 우리 동네와 식장에서 좋은 결실을 맺을 수도 있다. 마음을 다스리는 위구르 사람들의 방법이 멀리 떨어져 있는 우리들의 상처를 치유할 수도 있다. 이런 생각과 희망을 갖고 베이징을 거쳐 귀국했다.

#3
아프리카

가슴에 인류애를 새기다

1. 여유로운 올리버를 만나다

예전 '동북아 한 바퀴'처럼 일 년 치
의 연가를 활용하여 여행을 떠난다.
당시에 소말리아의 치안이 매우 불
안정했다. 또한 인근 해역에서 해적
들의 불법 약탈 행위는 세계적인 골
칫덩어리였다. 덩달아서 접해 있는
에티오피아의 치안도 나빠졌다. 북
동부 아프리카에서 주요국인 에티오
피아를 여행 목록에서 뺄 수밖에 없
었다.

그 결과, 여행국을 선택하여 여정을 결정하기가 무척 쉬워졌다. 즉, 케이
프타운에서 출발하여 육로로 주—욱 북쪽으로 버스와 기차를 타고 이동하
여 케냐의 나이로비에서 귀국한다. 중간에 거치는 보츠와나, 짐바브웨, 잠
비아, 탄자니아를 포함한 6개 국가 모두 치안과 정세에서 보통 수준을 유
지한다.

당시에 여행안내서가 미비하여 인터넷 정보와 『론리 플래닛』 책에 의존
했다. 흔히 여행 정보에 사진이 많으면 화려하고 호감을 주는 듯 보이지만
막상 필요한 정보가 적다. 정작 원하는 정보를 얻기 위해 검색하여 찾는 과
정이 필요하다.

흔히 알려지지 않은 대상을 가리켜서 암흑세계라고 한다. 나의 무지함을
탓하기보다 상대를 비하하여 암흑세계라고 단정 짓는다. 그러나 아프리카

는 현재도, 오백 년 전에도, 천 년 전에도 암흑의 세계가 아니다. 외부 사람들이 몰랐을 뿐이다. 오히려 눈을 크게 뜨기 힘들 정도로 태양이 작열하는 곳이다.

예정대로 요하네스버그에 잠시 기착한 후 다시 케이프타운으로 향한다. 이젠 짧은 마지막 구간이다. 첫 도시인 케이프타운은 인근에서 남아프리카를 대표하며, 부근에 둘러볼 곳이 많다. 그래서 무려 4박 예약을 했다. 공항은 시내에서 먼 곳에 있어 택시를 타고 한참 달린다.

숙소는 아주 큰 길에 접해 있어 편리했다. 정원이 넓고, 한쪽에 야외 바가 있는데 밤에만 열었다. 객실의 끝에는 아주 큰 공용 부엌이 있다. 장기 투숙객들은 여기서 식사도 한다. 부근 마트에서 장을 봐와서, 봉투에 자기 이름을 적어 냉장고에 넣거나 선반에 올려둔다.

숙소에서 알게 된 올리버(Oliver)는 도대체 관광을 다니는지 알 수 없었다. 부엌 옆에 있는 휴게실에서 4일 내내 항상 볼 수 있었다. 부엌에서 간단하게 준비하여 식사를 하고, 휴게실 소파나 베란다 의자에 앉아서 여러 책을 읽고 있다. 독서에 그리 열중하는 것처럼 보이지 않았다. 지나치는 모두에게 다정한 미소를 보내며 말을 걸고, 부엌에서 식사 준비를 하는 숙박 손님들과 잘 어울린다. 그가 즐겨 먹던 간단한 오믈렛 준비에도 한참 걸린다.

식사 준비와 독서는 핑계 아닐까? 어울려 함께 말을 나눌 친구를 기다리기 위해 독서를 하며, 본격적으로 참견하며 자연스럽게 말할 소재를 찾아 화제를 이어가기 위해 요리를 하는 것처럼 보였다. 올리버는 관광 와서 숙소 밖으로 나가긴 할까? 물론 장을 보려고 식품점에는 다녀오겠지. 지금이 1월이니 스웨덴이 너무 추워서 따뜻한 이곳으로 관광 겸 휴식하려고 왔나? 아무튼 그는 예상하기 힘든 유별난 여행객이었다.

첫날 생소한 곳에서 먼저 따뜻한 미소를 보내준 그가 고맙고 반가웠다. 박식해 보이는 그와 이야기를 나누는 것은 다른 어떤 외국인보다 편했다. 내가 영어 표현에 버벅거리면 금방 적절하며 품격 있는 말로 바꾸거나 제시하면서 대화를 자연스럽고 편하게 이어준다.

계획한 일정에 따라 명소를 찾아다니기에 바쁜 우리 부부. 항상 먼저 다정하게 다가오는 그와의 대화가 점점 짧아진다. 하루 종일 싸돌아다니다가 돌아오면 너무 피곤하다. 다음 날 일정도 만만찮다. 어떤 경우에는 올리버가 귀찮기도 했다. 빨리 쉬고 싶은데….

자유여행을 다니다 보면 숙소 인근의 여행사에 들러서 관심 있는 투어를 신청한다. 케이프타운은 카이로와 더불어 아프리카 대륙에서 최고의 관광 명소이다. 그래서 여행사가 많고 경쟁도 심하다. 투어에 다양한 참여 활동을 넣어서 흥미를 높인다. 하루 여덟 시간의 빡빡한 일정을 마치고 숙소에 들어오면 지칠 수밖에 없다. 그것도 매일 반복된다.

우리가 휴게실을 지날 때마다 보이고, 숙소 안에서 누구에게나 미소를 짓는 올리버를 이해하기가 점차 어려워진다. 그러나 반대로 생각해보자. 언제나 바빠 들락거리고, 항상 허둥대는 우리를 보며 올리버는 어떻게 생각했을까? 우리와 마찬가지로 그도 우리를 이해하기 어려웠을 듯하다.

　케이프타운 시내에서 테이블마운틴 정상까지 케이블카로 금방 오른다. 위에서 보는 조망이 빼어나다. 사방을 둘러보면 바다, 도심, 로벤섬, 연이어진 산들이 한눈에 들어온다. 시쳇말로 미모, 지성, 품격, 건강, 돈 등 모든 희망 사항을 다 갖추고 있는 모습이다. 물류 중심 역할을 하는 시내의 항구, 오랜 역사를 통해 형성된 화려한 중심가, 가까운 거리에 있는 청정 바다의 비치와 휴게 시설. 드넓게 펼쳐진 포도밭과 와이너리, 생태공원 등과 함께 인근의 자연경관도 빼어나게 훌륭하다.

　내려올 때는 케이블카를 이용하지 않고 걸었다. 이렇게 수려한 경관을 자세하게 살피지 않고 단지 몇 분 만에 내려가는 것은 자연에 대한 최소의 예의가 아닌 듯했다. 그러나 온통 절벽이어서 내려가는 길을 겨우 찾았다. 경사가 심한 가파른 길이라 미끄러웠다. 도중에 올라오는 사람들과 가끔 마주친다. 오를 때 걷는 것이 현명한 선택이란 생각이 들었다. 그러나 걷는 사람은 극히 드물다. 편리한 케이블카 때문일까, 아니면 사람들이 바쁘기 때문일까?

　가이드나 친구도 없이 수많은 곳을 나흘 동안 아침부터 저녁까지 정신없이 찾아다니는 우리를 보고 올리버는 과연 어떻게 느꼈을까? 호기심 많은 동양인 커플? 아니면 혹시 앞뒤 분간 못하며 정신없이 뛰어다니는 얼빠진 여행자?

2. 고난에서 희망을 찾다

오늘은 어제 신청한 케이프 반도 일일 투어를 한다. 시내에는 투어 사무실이 많았다. 제공하는 프로그램도 무척 다양했다. 짧게는 두세 시간부터 10일 등 선택의 폭이 넓다. 작은 사무실의 사방 벽이 온통 투어를 소개하는 글과 사진으로 꽉 차 있다. 시내 근교와 달리 약 50㎞ 떨어진 희망봉과 도중의 볼거리를 편하게 둘러보기 위해서 하루짜리를 선택한다.

그런데 포함된 항목이 너무 많게 느껴진다. 단 하루의 투어지만 직원이 소개하는 내용은 끝없이 이어진다. 지나치는 여행자를 붙잡으려고 서로 경쟁이 무척 심해서 이렇게 많은 항목을 넣었을까? 아침 7시 25분에 차량이 호텔 앞에 도착할 예정이니 미리 대기하라고 안내한다. 놀러 가는데 그렇게 일찍?

기다리고 있는데 정시에 승합차가 도착한다. 차량 외부가 광고로 도배되어 있다. 이미 오늘 투어를 함께할 조원들이 타고 있다. 올라타며 어색하게 엉거주춤 인사를 나눈다. 마치 여러 부대에서 차출된 정예 특수 요원들이 심각한 미션을 처리하기 위해 이른 시간에 모인 것 같은 착각이 든다. 체격이 컸지만 20살 안팎의 서양 청년들이다. 우리와 상관없는 다른 무리에 낀 모양새다. '괜찮아, 오늘

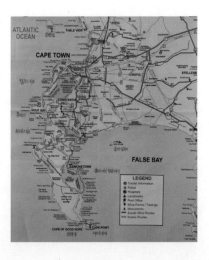

하루 노는데.'라며 스스로 안심시킨다.

반대쪽 노선의 차에서 내려 합류한 투어 신청자들도 모두 모여 서로 인사를 나눈다. 오늘 차량 두 대로 16명을 안내하는 스태프가 세 명인데 조장은 찰(Charl)이다. 키가 크고 마른 체격에 검게 탄 얼굴이 날카로운 인상을 준다. 그러나 가이드 특유의 달변에 유머가 풍부해서 친절한 면도 있어 보인다.

찰이 주의 사항을 설명하고 바로 출발한다. 조금 달리다가 테이블마운틴 열두 봉우리가 멋있게 보이는 비치 옆에서 잠시 멈춘다. 어제 산에서 걸어 내려온 후에 시내버스를 타고 온 곳이다. 케이프 반도가 남쪽으로 삐죽 튀어나온 지형이라 오늘은 종일 해변 도로를 달릴 것으로 예상한다.

한참 신나게 달리다가 홋베이 선착장에서 잠시 멈춘다. 채프먼스 피크 길의 전망 좋은 곳에 차를 또 세운다. 모두들 나가서 서로 인증샷을 찍어준다. 우리도 찍었다. 한참 후에는 해변을 떠나 부드럽게 구릉진 들판을 달린다. 공원 지역에 들어서니 뻥 뚫리게 뻗은 길에도 교통량이 적다. 다시 멈춘 곳에는 작은 트럭 뒤에 연결된 트레일러에 자전거가 실려 있다. 이제부터 자전거 라이딩 코스다. 스태프들이 모두에게 자전거와 헬멧을 나눠주고 안장 높이를 조절하여준다.

'아차, 쉽지 않겠다.'는 생각이 든다. 어떻게 된 셈인지 우리 둘 외에는 모두 서양 청년들이다. 우리가 투어를 잘못 선택했을까? 시내의 관광지에서 그렇게 많던 동양인이나 서양 노인이 없다. 우리가 자전거를 언제 탔을까? 30년 전에? 후회는 이미 늦었다. 할 수 없이 쉽게 탈 수 있도록 안장 높이를 최대한 낮췄다. 우리의 불안을 찰이 눈치 챘는지, 뒤에서 차 한 대가 따라오니 걱정 말라고 격려한다.

서양 젊은이들은 물개가 바다에 풀린 듯 앞으로 나아간다. 뒤에서 우리 둘만 조심스레 달린다. 한참 가니 내리막길이다. 다른 조원들은 언제 사라졌는지 이제 보이지도 않는다. 경사를 타고 너무 가속이 붙어 걱정이다. 주변 경치를 감상할 겨를이 전혀 없다. 겨우 라이딩을 마치고 점심 장소에 늦게 도착하니 모두들 박수를 치며 맞이한다. 겸연쩍었다.

다시 차를 타고 또 걸어서 마침 내 도착한 곳은 희망봉 표시판이 길게 있는 바닷가의 자갈밭이다. 비록 대륙의 최남단은 여기서 다시 동남쪽으로 150km 떨어진 아굴라스 곶이지만 뾰죽하게 바다로 돌출한  이곳의 상징성이 크다. 이곳에서 난류와 한류가 섞이고, 인도양과 대서양의 물이 만난다. 합해진 물은 다시 두 개의 바다로 헤어진다. 다들 목재 표시판 앞에서 사진을 찍는다. 평평하게 낮은 지역이라 명성에 비해 전망이 없다. 그래서 넓은 바다와 반도를 한꺼번에 조망할 수 있는 등대에 오른다. 도중의 돌산 길과 절벽에서 감상하는 풍광이 빼어나게 훌륭하다.

마크 맨슨(Mark Manson)은 그의 저서인 『신경 끄기의 기술』에서 인생에서 매우 중요한 것에만 집중하는 것을 강조한다. 그는 경험과 생각을 솔직하며 거칠게 표현한다. 19살 어릴 적에 친구 조시가 익사하는 아픔을 당하는 이야기가 이 중의 하나다. 먼 후에 그는 희망봉을 여행하며 절벽 길을 걷는다. 바로 이곳 절벽에서 한 발짝씩 계속 절벽 끝으로 다가선다. 점차 다리가 떨리며 심장이 거칠게 뛴다. 죽음 앞에서 모든 것들이 자질구레해진다.

거친 파도를 한참 쳐다보다가 드디어 물러선다. 일상으로 돌아온다. 물론, 가치도 없으면서 평소에 마음을 뒤흔드는 사소하며 자질구레한 생각들을 절벽 아래로 던져버리고.

마침내 도착한 등대. 높고 뾰죽한 돌산의 정상이다. 뻥 뚫린 넓은 바다를 보니 눈이 시원하다. 세찬 바람에 몸이 흔들린다. 날씨가 청명하여 남극대륙이 아스라이 보이는 듯한 착각마저 든다. 바라보는 광경은 현재지만 내 생각은 과거로 돌아간다. 15세기 말에 최초로 희망봉을 발견했던 바르톨로뮤 디아스를 만난다. 또한 이곳을 지나 처음으로 인도에 도착하여 대항해 시대를 열 수 있게 한 바스쿠 다 가마도 그려본다.

그들이 미지의 거친 바다를 개척하는 긴 항해 도중에 만난 이곳은 어떤 곳이었을까? 목숨처럼 절실했던 신선한 식품과 물을 구하고, 휴식을 취하며 선박을 수리하지 않았을까? 너무 당연하다. 이뿐만이 아니다. 미지의 불안을 잠재울 수 있는 희망도 절실하다. 이곳을 지나면서 이제 곧 목적지에 도착할 수 있으리라, 또 돌아오는 길에는 이제 곧 고향에 도착할거라고 믿는다. 이것이 희망이다. 누구에게나 희망이야말로 지금의 고난을 이겨내는 힘이다.

나는 등대 위에서 희망봉 끝 방향으로 바다를 바라보면서 거친 항해 길의 선원들을 상상해본다. 선원들은 나와 반대 방향으로 희망봉 육지를 바라보며 거친 파도를 이겨내는 희망을 가졌으리라.

3. 예상치 못한 버스 고장

조벅(요하네스버그)에서 보츠와나의 수도인 가보로네(Gaborone)로 가는 버스를 탄다. 대중교통의 시간과 종류의 선택이 없다. 매일 딱 한 번 출발뿐이다. 장거리 버스에서 할일이 없으니 다시 올리버가 생각난다. 그가 하는 여행과 우리의 여행은 매우 달랐다. 왜 그럴까? 성격 탓? 우리는 빨리빨리 성격으로 조급하며, 그는 성격이 느긋하여 뭐든 천천히 하는 것을 좋아할까? 그럴 수도 있겠지만 다른 이유가 더 클 것 같다.

짐작에 그의 여행 목적과 우리의 여행 목표가 다르지 않을까? 우리는 여행 국가의 풍경, 관광지, 음식, 도심 명소, 고유 풍습 등을 찾아가서 체험하며 사진을 찍는다. 멀리서 왔기 때문에 더욱 열심히 찾아다닌다. 물론 전문가들이 찍은 멋진 사진이 인터넷에 많지만 나만의 인증샷을 얻으려고 애를 쓴다. 자랑스레 블로그에 올리기도 한다. 고등학생이 문제 하나라도 잘 풀려고 학원을 돌듯이 여행자들은 한 곳이라도 더 들러서 사진을 찍으려고 애를 쓴다.

그러나 올리버는 전혀 그렇지 않다. 왜? 아마도 그의 여행 목적은 '인간의 이해'이리라. 숙소에서 그가 한 행동을 보면 짐작이 간다. 그는 오가는 사람을 관찰한다. 또한 상대를 더욱 잘 알기 위해서 다양한 대화를 시도한다. 내 추측으로 여행에서 그의 관심거리는 풍경이나 명소가 아니라 사람이다. 사람의 유형과 그 안에 있는 마음의 상태.

책에는 여러 가지 유형의 성격이 표현되어 있다. 우리나라의 대표적인 캐릭터에는 흥부, 놀부, 심청, 뺑덕어멈, 홍길동, 김선달이 있고, 세계적으로는 햄릿, 돈키호테, 로버트 랭던, 라스콜니코프와 소냐, 토마시와 사비나, 해리 포터, 제임스 본드, 타잔 등이 뚜렷한 인간형을 제시하는 데 성공했다.

우리들이 책이나 사진으로 잘 알고 있는 코뿔소, 기린, 사자들을 사파리 투어를 가서 직접 보고 또 사진을 찍어온다. 이와 똑같이 올리버는 심리학 책이나 소설을 읽어 잘 알고 있는 다양한 캐릭터에 해당하는 실제 인간을 여행지에서 직접 보고 또 대화를 시도하여 마음 상태를 파악한다.

이렇게 보면 우리의 여행과 올리버의 여행이 다르지 않고 동일하다. 단지 우리의 관심 대상은 동물이나 경치인데, 올리버의 대상은 만나는 사람과 그들의 마음이다. 그래서 당연히 우리들은 대상을 찾아 분주하게 돌아다니고, 올리버는 숙소에서 책을 읽으면서 관심 대상인 여러 유형의 사람들이 드나드는 여행자 숙소에서 그들을 만나기 위해 기다리고 있다.

올리버가 숙소에서 빈둥거리며 책이나 읽으며 지내는 것이 아니다. 그는 아주 열심히 '그의 여행'을 하고 있다. 올리버는 마주치는 누구에게나 먼저 다정하게 인사를 하고, 관심거리를 찾아서 대화를 이어간다. 마치 우리들이 동물원에서 보는 생소한 동물의 사진을 찍고 또 요리조리 살피는 것과 유사하다.

태양이 밝고 뜨겁게 내리쬐는 아프리카. 그러나 유럽인들은 이를 모른 채, 암흑대륙이라 불렀다. 항상 다정하게 인사하며 말을 거는 올리버. 그러나 관광 명소를 정신없이 싸돌아다니느라 지친 사람들은 그를 이해하지 못한 채, 할 일 없이 수다스러운 사람이라 여기고 심지어 게으른 백수라고 비난한다.

예전에 어린아이가 조선 시대의 27명 왕 모두의 이름을 노래하듯 외우는 것을 봤다. 유치원에 다니는 아이가 기특하다. 부모도 흡족한 표정으로 기뻐하는 기색이 역력하다. 아이는 어떤 왕이 백성을 편하게 하며 국방을 튼튼하게 다스렸는지, 또는 반대 경우의 왕인지 알 턱이 없고 관심도 없다. 그냥 왕의 이름만 줄줄 왼다. 우리도 사파리 투어에서 날아다니는 새와 뛰어다니는 동물의 사진을 마구 찍는다. 왕 이름을 무작정 외우는 유치원생처럼 임팔라인지 톰슨가젤인지 알려고 하지 않는다. 오릭스, 쿠두, 영양, 스프링복 또는 익숙한 노루나 고라니와 구별도 하지 않고 무작정 찍는다.

여행에 어찌 옳고 그름이 있을까. 단지 저마다 주요 관심 대상이 다를뿐이다. 다른 사람이 선뜻 받아들이기 어려운 경우도 있겠다. 독특한 맛과 향의 커피나 와인을 찾아 여행하는 사람을 본 적이 있다. 올리버에게는 사람인 것처럼 여행에서 관심 대상이 빵, 치즈, 산, 향료, 음식이 되기도 한다. 나의 관심 대상만 중요하다고 주장하기 어렵듯이 남의 대상을 이해하지 못하고 하찮게 여기는 것은 실례다. 이런 생각에 미치자, 그와 진지하게 대화를 나누지 못한 채 헤어진 아쉬움이 후회로 다가왔다.

국경을 지나 불과 십여 km 달려가서 곧 가보로네에 도착했다. 도착 예정 시간이 늦은 밤 9시여서 걱정했는데 고장 때문에 많이 지연됐다. 자정을 지나 1시쯤이다. 비록 한밤중이지만 그래도 한 나라의 수도이며 가장 큰 도시이니까 그럴듯한 터미널에 도착하기를 기대했다. 대합실과 상

가가 있는 밝은 종합 정류장. 늦은 밤중이지만 24시간 운영하는 맥도널드
나 편의점 한두 개는 열려 있겠지. 그러나 부시맨의 나라는 예상과 매우 달
랐다. 숙소를 찾아가는 데 애를 많이 먹었다.

항상 그렇듯이 도착 후에 가장 먼저 하는 작업은 다음 행선지의 교통 예
약이다. 이틀 후에 짐바브웨 불라와요(Bulawayo)로 갈 예정. 인터넷 예약은
상상할 수 없는 실정이다. 다행히 가보로네는 수도이지만 도심이 별로 크
지 않았다. 웬만한 곳은 걸어서 다닐 만하다.

철도와 버스, 두 가지 선택이 있다. 버스 고장으로 지연된 기억 때문에
먼저 기차역으로 갔다. 역이 엄청 넓고 규모가 크다. 그러나 웬일일까? 한
낮인데 너무 한산하다. 이렇게 넓은 역에 수위 한 명과 청소하는 듯 보이
는 사람뿐이다. 아무도 없으니 당연하게 매표창구도 닫혀 있다. 웬일이지?

오래전 식민지 시절에 건설된 철도 시설이 심하게 낙후되었다. 필요한
보수와 시설 개선이 여의치 않아서 고장이 잦다고 한다. 고장이 나면 버스
와 달리 고치는 시간이 엄청 길어서 이용자가 급감했다고 한다. 인구가 적
어서 일인 소득은 높지만 사회 기반 시설이 열악함을 느낀다. 승객이 없는
넓은 역과 플랫폼은 아주 깨끗했지만 쓸쓸한 느낌이다. 들어올 때 간이 의
자에 앉아서 우리를 쳐다보던 수위가 이젠 졸고 있다.

선착순으로 자리를 차지하는 버스에서 좋은 좌석은 어디일까? 본인이
원하는 것을 최대로 얻을 수 있는 자리이다. 달리는 길의 풍경을 즐기고 싶
다면 맨 앞줄 좌석이다. 그러나 만일의 사고에 대비하여 항상 앞줄을 피해
서 3~5번째 줄에 앉기도 한다. 뒤쪽은 흔들림이 커서 장거리 노선에서 모

두들 피하는 자리다. 이런 점을 고려하여 본인이 바라는 것을 많이 얻을 수 있으면 좋은 자리이겠다.

그러나 이게 맘대로 될까? 우리도 출발 시간보다 일찍 도착했다. 세 번째 줄, 왼쪽에 앉는다. 일반적으로 한 줄에 2+2로 4명이 앉지만 아프리카에서는 2+3으로 5명이 앉는 경우가 흔하다. 엉덩이가 큰 사람과 함께 3인 좌석에 앉으면 엄청 끼일 수 있다. 좋은 자리는 다분히 그날의 운에 따라 정해진다.

보츠와나 수도에서 짐바브웨의 두 번째 도시인 불라와요로 가는 국제 장거리 노선. 18시간 예정이다. 만원이다. 빈자리가 없다. 중국에서 탔던 누워서 가는 침대 버스가 아니다. 노후 일반 좌석 버스를 수입한 듯하다. 우리 둘 빼고 모두 현지인이다. 외국인 여행자가 있겠거니 예상했는데 전혀 없다.

일반 버스를 타고 18시간 달리는 것이 외국인에게는 비정상일까? 그러니까 아무도 없겠지. 그렇지만 비행기를 타고 위로 후딱 날아가면 뭘 볼 수 있을까? 보며 경험할 수 없다면 왜 여행을 할까? 서로 생각이 다르면 타인을 이해하기 어렵다. 이해하기 어려우면 동일한 행동이 불편하다. 도보 여행으로 유명한 실뱅 테송은 모든 구간을 걸어간다. 버스 타고 여행하는 우리를 실뱅이 이해할 수 있을까? 그것은 여행이 아니라 지나치는 것이야! 여행 방법이 다를 수 있다. 선택은 각자 취향이니까.

짐을 지붕에 묶는 데 오래 걸리는지 출발 시간이 지나도 움직일 기미가 없다. 차에 탔던 사람들이 다시 내려서 음식과 음료를 사 오기도 한다. 에어컨은 고사하고 선풍기도 없는 버스가 만원인데, 움직이지도 않는 상황.

독자들의 실감 나는 상상을 돕고자 몇 가지 부연한다. 때로는 후각이 예민해지는 경우가 있다. 자국인들끼리는 덜 하지만 서로 민족과 문화가 다르면 체취가 심할 수 있다. 지나가는 경우는 상관없지만 가까이서 오래 머물 때는 심각하다. 다행스럽게 후각은 급속하게 둔감해진다. 장거리에 대비하여 먹거리를 많이 준비한다. 닭튀김 냄새가 요란하다. 청각도 예민하다. 언어가 다르지만 상관없다. 칭얼거리는 유아, 떼쓰는 어린이, 아주 작은 뚜껑 달린 휴대폰으로 끊임없이 통화하는 어른.

드디어 차가 움직인다. 바람이 들어오고, 노후 엔진 소리에 인간의 소리가 묻혀서 훨씬 귀가 편하다. 그런데 공터를 빠져나가기 전에 다시 멈춘다. 기사가 앉은 채 고개만 뒤로 돌려서 뭐라 말한다. 뭐지? 알 수 없다. 잠시 후에 중간에 앉아 있던 30대 여성이 일어나더니 기사 옆으로 옮겨간다. 도대체, 뭘 하는 걸까?

내가 교인이 아니어서 그럴까? 평생 처음 보는 광경을 목격한다. 그녀는 승객을 대표하여 안전한 장거리 버스 여행을 기원하는 기도를 능숙하게 한다. 모두 박수를 치며 화답한다. 차가 곧 다시 출발한다.

보츠와나는 동쪽 국경 근처만 사막이 아니다. 그래서 버스는 사막과 목축 지대를 번갈아가며 북쪽으로 달린다. 갈수록 인가가 드물어진다. 그래도 이 나라의 가장 중요한 고속도로여서 주변에 가게들이 가끔 나타난다. 고속도로라고 부르지만 우리나라 시골길 수준이다. 대신 도로 폭이 넓고 양옆에는 집도 나무도 없이 드넓게 펼쳐져 있다. 나라 전체가 고원으로 평균 고도가 1,000m라는데 산이 보이지 않는다. 낮은 구릉과 지평선뿐이라

광활하게 보인다. 도로에 차량이 없거나 아주 적다.

한참 달리다가 길옆의 공터에 선
다. 소위 휴게소다. 길가에 허름한
가게들이 몇 개 있고, 행상인들이
땡볕 아래에 좌판을 깔고 있다. 모
두들 내려서 뭔가 사 먹는다. 시장
기를 느낀 우리도 둘러본다. 지금
까지 살펴보고 느낀 이곳 사람들의
최애 3가지 - 마이클 잭슨 노래, 치킨, 코카콜라. 그렇지만 우리의 선택은
옥수수. 공터에서 아이 두 명이 작은 숯불 화로를 놓고, 옥수수를 구워서
팔고 있다. 막 구운 옥수수는 조금 뜨겁지만 아주 맛있었다. 물론 값이 싸
다. 근처 좌판에서 토마토 한 봉지도 샀다.

누가 사자나 하이에나가 무섭다고 했을까? 맹수보다 모기가 더 무섭
다. 당연히 벌레보다 세균과 바이러스가 더 치명적이다. 아프리카의 HIV/
AIDS 감염률이 높다. 특히 대륙 남부가 심해서 여행 당시에 보츠와나는
30%, 그리고 짐바브웨는 20% 수준이었다. 이로 인해서 평균수명이 40세
안팎으로 낮았다. 물론 지금은 많이 개선되어 다행이다. 의료 지식이 부족
한 우리는 이 점을 매우 걱정했다.

그러나 만원으로 꼼짝할 수 없는 버스 안에서 부대끼며 지낼 수밖에 없
다. 호흡기 질환이 아니어서 다행이다. 하지만 앞뒤 가까운 좌석에서 기침
하여 타액이 튀면 어떻게 해야 할까?

지금 향해서 가고 있는 짐바브웨에서 우리가 여행하기 1~2년 전인 2008

년에 콜레라가 창궐하여 수백 명의 사망자가 발생했다. 주변 국가까지 콜레라가 퍼져서 야단법석이었다. 그래서 최소한 이 근처에서는 뜨거운 음식만 먹기로 작정을 했다. 아프리카에서 가장 덥다는 여름 우기의 한가운데인 1월에 뜨거운 것만 찾다니! 급성질환을 피하기 위해 어쩔 수 없다. 이런 점에서 바로 구운 옥수수는 안전 식품이다.

　수면은 본능이다. 부족하면 고통이며 많이 부족하면 고문이 된다. 버스가 심하게 흔들리며, 조금도 뒤로 젖힐 수 없는 고정 좌석에서 잘 수 있다는 것은 오로지 본능 덕분이다. 규칙적인 움직임만 반복하는 안마 의자보다 불규칙하게 다양한 흔들림을 제공하는 버스의 안마 효과가 더욱 지능적일까? 언제 잠들었는지 기억나지 않지만 이른 새벽에 눈을 떴다. 옆에서 자고 있는 아내의 모습이 안쓰럽다. 그러나 잠 못 이뤄 뒤척이는 것보다 훨씬 나을 성싶다. '잘 자라, 우리 아가.'
　새벽이라 서늘한 기운마저 느껴졌다. 어디쯤 가고 있을까? 밖이 캄캄하다. 환해도 알 수 없으리라. 이제는 길옆에 나무가 많아진 듯하다. 어제 오후의 풍경이 아니다. 아마 사막지대에서 사바나로 옮겨왔겠지.
　사바나는 우리에게 생소하며 동시에 익숙하다. 우리나라에서 전혀 볼 수 없는 기후와 식생이라 생소하지만 날마다 TV에서 보여주는 〈동물의 왕국〉의 고향이다. 카자흐스탄의 건조기후대에서 넓게 형성된 초원이 대표적인 스텝이다. 반면에 열대지방에서 평원에 우기가 더해져 만들어진 삼림과 초원의 중간 지역이 사바나다.
　점차 밝아지며 나무들이 많이 보인다. 어디에 숨었는지 동물은 전혀 보이지 않는다. 각종 동물이 TV 속의 사바나에는 많은데…. 시청자들이 소파에 편히 앉아서 잘 볼 수 있도록 숨어 있는 동물들을 촬영하느라 카메라맨들이 얼마나 많은 고생을 했을까.

쉬지 않고 달리던 버스가 조그만 공터에 멈춘다. 주변을 보니 가게나 인가가 없다. 고장 났을까? 안마 의자의 작동이 끝나면 일어나듯 버스가 멈추자 다들 잠에서 깬다. 일찍 도착해서 국경 사무실이 아직 열리지 않았으니 기다려야 한다고 기사가 설명한다. 그러나 내릴 수는 없단다.

한참 후에, 출발할 때처럼 동일한 여성이 앞으로 나와서 아침기도를 선도한다. 버스 노선 양쪽 국가의 기독교 비중이 전체 인구의 80% 이상이니 자연스럽다.

'다양한 의견'이 공존하며 상반된 의견을 부담 없이 서로 논박할 수 있는 사회가 건전하며 바람직하다고 누구나 주장한다. 그러나 현실적으로 단일 종교가 압도적인 지역은 최소한 종교적으로는 안정된 사회로 보인다. 마치 이곳처럼. '다양한 의견'에서 종교와 이념은 예외일까? 사회에서 가장 중요한 핵심이라 여겨지는데.

국경 사무소 직원들이 업무를 시작할 때까지 대기하다가 시간에 맞춰 출국장 옆에서 모두 하차한다. 출국 도장을 받은 후에 세관 신고. 곧바로 있는 짐바브웨 입국 심사와 세관 신고. 한 나라에서 다른 나라로 넘어갈 때 거치는 당연하고 동

일한 절차다. 30달러를 내면 즉석에서 비자를 발급해주기 때문에 여권과 황열병 예방접종 카드만 내밀면 된다.

딱 하나 특이했던 점이 있다. 가방과 수하물 검사가 건물 내부가 아니라 땡볕 아래 땅바닥에서 이뤄졌다. 각자 가방을 땅 위에 줄지어 늘어놓는다. 심사관이 요구하면 모든 사람이 보는 앞에서 개인 물건을 풀어헤쳐 놓는다. 프라이버시고 나발이고 전혀 없다.

우리 가방은 장기 여행이라 아주 작았다. 우선 옷이 얇았고, 필요한 것은 현지에서 저렴하게 사서 이용하고 모두 버릴 셈이었다. 너무 가방이 작아서일까? 우리 가방을 본체만체한다. 왜? 원래 비싼 것은 작은 법인데! 사람과 물품이 많아서 그늘도 없는 야외에서 기다려야만 했다. 시간이 많이 걸린 점 외에는 의외로 아무런 어려움이 없다.

4. 배고픈 조반니의 표범

일정에 쫓겨 수도 하라레를 생략하고 반대 방향인 서쪽으로 향한다. 드디어 빅토리아폭포로 간다. 출발 시간에 맞춰서 예매한 회사로 갔더니 의외로 버스가 작다. 유명한 곳이라 관광객이 많겠다는 예상이 빗나간다. 여행자가 전혀 없다. 일하러 가는 듯한 현지인 네 명과 동행한다. 그런데 현지인들은 짐이 많다. 원래 그런지 모르겠지만, 승합차 뒤에 작은 2륜 트레일러를 연결하여 짐을 거기에 싣는다. 차가 넉넉했지만 짐을 따로 실으니 편하다.

도로 주변 땅이 온통 평평하다. 넓다는 김해평야나 호남평야를 지나가도 부근에서 작은 산을 많이 볼 수 있고 터널도 지나가는데, 여기는 몇 시간을 달려도 대지의 굴곡이 없다. 우리나라 6배가량인 국토의 평균 고도가 1,300m라고 하는데, 어떻게 이렇게도 평평할까? 농사를 짓거나 공장, 택지조성 등 무엇을 해도 편하겠다.

그러나 도중에 변변한 도시 하나 없다. 교통량이 거의 없어서 달리는 데 아무 문제없는 A8 고속도로에서 7시간이나 걸리는 거리다. 물론 중간에 작은 마을은 있다. 손들면 태우고, 말하면 어디에나 내려준다. 그렇지만 마을이 없으니 타고 내릴 사람도 없다. 가끔 강도 지나고 주변에 나무도 많다. 놀고 있는 듯 보이는 광활하고 평평한 땅이 너무 아깝다.

지나는 길의 남쪽으로는 모두 황게 (Hwange)국립공원이다. 우리가 TV로 보는 〈동물의 왕국〉의 본거지다. 바로 국경 너머 서쪽으로 연이어 있는 초베(Chobe)국립공원과 오카방고 델타 지역이 매우 유명하다. 아쉽게 일정을 할애하기 어려워 다음 기회로 미룬다. 이번에는 가장 단순한 일정을 택해서 폭포와 인근만 살펴보고 북동쪽으로 계속 이동한다.

숲 전체를 파악하고 나서 안쪽의 나무를 효과적으로 살펴봐야 한다. 바라건대, 이번에는 가능한 한 많은 것을 둘러보고 다음에 기회를 찾아서 흥미로운 몇 곳을 다시 찾아볼 수 있으면 좋겠다.

7시간 걸려서 빅토리아폭포 마을에 도착했다. 밀집한 만원 상태가 아니고, 자주 멈추니 쉴 수도 있었다. 몇 명이 타고 내렸지만 빈자리가 많아 여유롭다. 도로 주변에 나무가 많아 눈도 편하다. 출발할 때 기사가 숙소를 묻더니 다시 묻지 않고 정문 앞에 내려준다.

1월은 남아프리카에서 우기의 중심이다. 그런데 웬일인지 도착 후 10일이 지났는데도 비가 한 방울도 내리지 않는다. 우리가 비를 피해서 이동이라도 하나?

숙소는 무척 큰 규모다. 평소에는 이용자가 많을지 모르지만 당시에는 한산했다. 본관 옆에 식당이 붙어 있다. 바로 옆에 바비큐 시설이 있고, 무대와 파티 장소가 연달아 있다. 앞 정원은 넓고, 작은 연못 주위로 의자가 배치되어 있다. 반대쪽에는 방갈로가 줄지어 있다. 물론 빙 둘러 높은 담이 있고, 정문 앞은 항상 총을 들고 있는 경비가 지키고 있다. 주위에 나무가 많고, 담 안쪽의 대부분은 잔디다.

우리는 샬레(chalet)를 예약했다. 비가 오지 않지만 모든 안내서에 무더운 우기라고 설명이 되어 있어서인지 어디를 가도 여행자가 거의 없다. 이곳처럼 유명한 곳도 한산하니 앞으로도 계속 이렇지 않을까? 일반 객실과 샬레의 서비스는 동일하다. 그렇지만 방에서 곧바로 정원으로 나갈 수 있어 옆 객실과 분리된 느낌이 좋다. 당연히 모두 일층이다. 단점은 어디론가 작은 도마뱀이 들어와서 벽과 천장에 붙어 있다. 도마뱀은 익충이라 상관없지만 더 작은 다른 벌레도 자유롭게 드나들겠지? 걱정이 된다. 기분을 떠나서 내일부터는 본관으로 옮겨야 할 모양이다.

빅토리아폭포 공원은 정문에서 입장권을 구입한 후에도 한참 걸어간다.

전혀 무료하지 않다. 온갖 이국적인 꽃과 식물들이 많아 구경하기 좋다. 여기는 긴 건기에도 항상 비가 오는 셈이다. 물방울이 하늘 높이 올랐다가 다시 부근으로 가는 비처럼 떨어진다. 항상 꽃과 식물들이 싱싱할 수밖에 없다.

폭포 맞은편에 당도하니 장관이다. 가장 강력한 표현을 찾아야 할 텐데 쉽지 않다. 여러 가지 느낌이 가능하겠지만 가장 먼저 엄청난 힘이 청각, 시각, 피부감각에 함께 느껴진다. 땅이 흔들리는 듯하다. 유명한 나이아가라폭포나 이구아수폭포와 달리 이곳은 관광객이 서 있는 곳과 건너편의 폭포가 엄청 가깝다. 낙차와 수량이 비슷하더라도 근접하여 마주 서 있으니 전달되는 느낌이 훨씬 강력하다. 폭포 아래는 U 자 형태의 골짜기인데 폭포 아랫면 폭이 좁아서 바로 맞은편에서 이렇게 가까이서 볼 수 있는 곳은 어디에도 없으리라 여겨진다.

더욱 놀랍게도 폭포 아래로 이런 협곡이 멀리까지 계속된다. 그래서 잠베지강에서 즐기는 래프팅은 세계 최고로 평가된다. 흐름도 격렬하지만 바로 양쪽은 높은 절벽이다. 잠베지강과 폭포가 짐바브웨와 잠비아의 국경이다. 폭포 바로 아래쪽 잠베지강 위에 교량이 있는데, 다리 양쪽에 두 나라의 간이 출입국 사무실이 있고 다리 한가운데에 번지점프 시설이 있다.

공원에서 돌아오는 길에 여행사에 들렀다. 수많은 참여 활동이 화려하다. 안타깝게 일정에서 할애할 수 있는 시간이 부족하다. 숙박하는 프로그램도 있지만 우리는 오로지 당일치기만 가능하다. 마지막까지 고심했던 '초베 사파리 투어'를 내려놓는다. 바로 옆에 있는 광활한 초베 공원에서 실제로 지프차를 타고 '동물의 왕국'에 다녀오는 것이다. 앞으로 다른 공원도 있을 테니 여기서는 생략한다. 결국 다음 날 래프팅과 선셋 크루즈 두 개만 신청했다.

카페에서 잠시 쉰 뒤에 여행자 거리를 걷는다. 그런데 뒤따라오던 현지인 청년이 가까이 와서 말을 건넨다. 누추한 모습의 그는 'Giovanni is hungry. 20 bucks.'를 반복하며 손에 쥔 물건을 내민다. 그의 이름이 조반니이고, 돈이 없어 배가 고프니 물건을 20달러에 사주라고 계속 따라오면서 보챈다. 어린이도 아니며, 눈빛이 약에 취한 듯 보이기도 하여 단숨에 거절하고 도망치듯 빨리 걸었다. 그렇지만 조반니는 무척 끈질겼다.

장기 여행자인 우리는 기념품을 사지 않는다. 견물생심, 기념이라고 구입하면 다음 날 가방 꾸리면서 바로 후회한다. 기념은 물건이 아니라 기억으로 한다. 그를 떼어놓으려고 아무 가게나 들어가서 눈요기하다가 나온다. 또 따라온다. 다른 여행자가 없어서 우리가 타깃이 되었을까?

계속되는 '조반니는 배고파, 이것 20달러에 사주세요.' 걷다 지쳤다. 도대체 무엇인지 물었다. 조각한 검정 돌 표범을 종이에서 풀어 보여준다. 보자마자, 혹시 '슬쩍 훔친 장물 아닐까?'라는 의심이 번쩍 든다. 장물을 거래하면 곤란할 텐데. 이제는 도망가듯 빨리 걷는다. 조반니도 뛰어서 쫓아온다.

'아니, 도대체 이게 뭐야?' 도망가다 생각해보니 억울하다. 아프리카에서 맹수가 아니라 사람에게 쫓기다니! 이건 아니다 싶었다. 멈춰 돌아선다. 그리고 따진다. '사지 않는다. 사지 않겠다. 따라오지 말라.'고 강한 어조로 말한다. 그러나 조반니는 포기하지 않는다. 정말 배가 고픈 모양이다. 내 말이 강하면 그의 대답은 애절하다.

마침내 우리가 지고 조반니가 이겼다.

우리는 도망치다 포기하고 길 위에서 배고픈 조반니의 먹잇감이 된다. 이제는 14년이 지났지만 그때 가져왔던 검은 표범은 아직도 책꽂이 위에서 조용히 우리를 지켜보고 있다. 세월이 흘러도 변하지 않고 여전하다. 조반니의 눈꼬리는 많이 처져서 슬퍼 보였는데, 조각품 표범의 눈매는 여전히 매섭게 날카롭다.

조반니의 표범

숙소 정문의 경비원은 항상 긴 총을 어깨에 메고 있다. 환한 낮에는 정문을 열어두지만 어두워지면 큰 문을 잠그고 일일이 출입하는 사람을 확인한 후에 작은 문을 열어준다. 이뿐만이 아니다. 빙 둘러 있는 담이 높은데 그 위에 있는 철조망도 상당히 높다. 위험한 동물이 근처에 출몰할 수 있다는 것을 암시한다.

우기라지만 연일 날씨가 아주 좋다. 여행에 불편이 전혀 없다. 다행이다. 장마 없는 우리나라 여름과 흡사하다. 건조하여 덜 덥게 느껴진다. 선선한 이른 아침은 쾌적하다.

연이어 있는 샬레 앞의 잔디밭이 넓다. 아이들이 축구도 능히 할 수 있을 정도. 새벽에 일찍 환해진다. 문을 열고 나가니 새들이 지저귀며 이슬 맺힌 잔디밭이 촉촉하다.

'아니, 이게 뭐지?' 넓은 잔디 마당 한가운데에 뭔가가 비닐로 덮여 있다. 어제저녁에는 없었는데…. 궁금하여 한참 살펴보다가 조금 걸어 가보았다. 텐트일까? 너무 작은데. 바로 앞으로 걸어 가보니 1인용 초소형 텐트였다.

바로 옆에는 비닐 봉투에 넣은 신발과 커다란 배낭도 있다. 혹시 방해가 될까 염려하여 슬그머니 물러섰다. 이렇게 작은 텐트가 가능한지 새삼 놀랐다.

그런데 누가 여기서 야영을 할까? 기분 내려고, 객실 침대를 두고 밖에서 자나? 아니면 침대 수에 비해 식구가 너무 많아서 아들이 밖에서 잘까?

다시 방으로 들어왔다. 와이파이가 잡혀서 i-pod로 뉴스를 읽는다. 한참 후에 창문으로 보니 야영객이 나와서 텐트를 접고 있다. 여성처럼 보인다. 호기심이 생겨 아내를 불러 함께 나갔다.

멀리서 서로 알은체를 한다. 조금 더 가까이 간다. 텐트를 펼쳐서 이슬을 말릴 셈인가 보다. 짧게 우리를 소개하자 그녀는 일본에서 온 미사코라고 한다. 그녀는 13개월째 세계여행 중이란다. 호텔의 정원에서 야영을 하며 공용 샤워실을 이용하는 것이 저렴하다고 설명한다. 나는 호텔 정원에서 야영이 가능하다는 사실을 처음 알았다. 펼친 텐트와 배낭을 배경으로 함께 사진을 찍었다. 이야기를 나누고 싶어 30분 후인 6시 30분에 식당에서 만나자고 제안을 했다. 미사코가 확실한 대답을 하지 않는다. 아마 우리를 못 믿어서 망설이는 것일까? 너무 엉겁결이라 이해한다.

곧 그녀가 왔다. 다시 인사를 나눴다. 서로의 여행을 간단하게 소개한다. 우리는 한 달 여행에서 이제 겨우 10일이 되었는데, 미사코는 13개월째 여행 중이다.

그것도 혼자서! 놀랍다. 놀라 말이 막힌다.

나이를 묻지 않았다. 그녀에게 그런 것은 모두 필요 없다는 느낌이 들었다. 거친 타국에서 오로지 행동과 생존만 있을 뿐이다. 걷고, 부딪치고, 해결하고, 나아가기.

아니다. 천만에! 전혀 아니다.

그녀는 전체 여행의 특징을 짧게 요약한다. 날마다 관찰하며 생각한다고 자신만의 여행을 설명했다. 미사코의 계획은 단순하고 확실했다. 즉, 날마다 관찰과 생각을 쌓고, 얻은 결과를 토대로 15개월 후에 그녀는 새로운 직업을 찾겠다는 것이다. 미사코의 목표는 만나는 사람들이 무엇을 원하는지를 파악하는 것이다. 그녀의 여행은 '필요를 찾는 경험'이라고 말한다.

어제 예약한 반일 래프팅에 혼자 참가한다. 사진과 동영상에는 위험하게 보이는 장면이 많다. 급류, 회오리 물결, 큰 바위에 부딪히는 파도로 인해 역동적인 흐름을 만들기로 유명한 장소가 수십 군데나 있다. 그래서 세계 최고의 래프팅 장소로 평판이 나 있다. 폭포를 경계로 아래쪽

은 래프팅, 위쪽 넓은 호수에서는 유유자적 뱃놀이를 할 셈이다.

숙소에서 7시 45분 픽업이라 미리 준비한다. 사실 준비물이 없다. 운동화 대신에 스포츠 샌들을 신고, 긴바지 대신에 반바지 수영복을 입으면 끝이다. 중요한 것은 물에 대한 두려움을 진정시키는 마음의 준비다. 이미 설명을 읽고 동영상을 보아서 대충 파악하고 있다. 사전 교육 받기, 2시간 급류 타기. 믿는 것은 구명조끼와 스태프들이다. 관광객을 대상으로 즐기는

프로그램이니 설마 해병대 훈련은 아니겠지.

래프팅 사무실에 모두 모였다. 참가자는 단지 3명인데 스태프는 무려 10명이 넘는다. 함께 물에 들어가는 운영진이 5명이란다. 너무 미안했다. 성수기에는 한 팀에 6명이 타는 보트가 여럿 있는데 쉴 수밖에 없다. 이곳을 찾는 관광객이 급감했다. 무가베 정권의 실정으로 사회 혼란과 국제적 제재 조치, 1~2년 전에 엄청난 콜레라 확산 등으로 이곳의 관광산업이 크게 위축되었다. 국가 지도자의 잘못으로 수입이 이렇게 줄다니 누구에게 하소연할까?

위험할 수 있어 사전 교육을 한다지만 급류에 허둥댈 때 교육받은 대로 할 수 있을까? 정신이 없을 텐데, 걱정이 컸다. 그렇지만 귀에 딱 하나 들어왔다. 조장이 '엎드려!(Get down)'라고 외칠 때 보트 바닥에 몸을 숙이며 옆에 있는 밧줄을 붙잡는 것이다. 옛날 승마 교육에서 딱 하나를 기억한다. 위험할 때는 어떤 일이 있어도 말고삐를 놓지 말고 붙잡고 있어야 한다고 들었던 것과 같은 모양이다. 교육받지 않아도 보트에서 나가떨어져 물에 빠지지 않으려고 본능적으로 붙잡지 않을까?

협곡의 높이가 수직 방향으로 엄청나서 조심스레 물로 내려갔다. 참가자는 나 외에 스페인 청년 둘뿐이다. 대신 조장 외에도 조교 둘이 함께 있어 훨씬 안심이 된다.

드디어 보트에 올랐다. 본능적으로 엉덩이가 보트 안쪽으로 향하는데, 바깥쪽에 대고 노를 저으라고 지적한다. 보이지 않는 강바닥 바위 때문인지 물결이 돌며 하얗게 튀어오른다. 여지없이 보트가 뒤흔들린다. 온통 세상이 뒤죽박죽이다. 영상으로 상상했던 움직임이 아니다. 도대체 알 수 없는 미지의 혼란이다. 내 평형기관이 대혼란을 겪는다. 급류와 격랑에 따라 보트가 추풍낙엽처럼 갈피를 못 잡는다. 내 전정기관이 요동을 쳐서 뇌가 한 번도 경험하지 못한 급변하는 신호를 처리할 수 없어 어찌할 바를 모른다. 팀장이 노를 저으라고 외친다. 이 혼란 속에 노를 저으면 좋아질까 의심스럽다. 노를 젓지만 맞는 방향인지 도무지 알 수 없다. 위로 떴다 곤두박질치며 물벼락을 맞는데 정신이 없다. 도무지 위와 아래, 좌우를 알 수 없다. 단 하나, 물에 빠지지 않고 아직 보트에 달라붙어 있는 것만 알겠다.

다행히 격랑이 급류로 바뀐다. 조금 진정된다. 이제 다시 뒤에 서 있는 캡틴과 조원들이 보인다. 두 조원들 덕분에 보트가 뒤집히지 않은 듯하다. 스페인 청년들도 정신없기는 나와 마찬가지다. 군대나 특수 기관에서 훈련을 받지 않은 사람들은 모두 같을 것 같다. 일상생활에서는 상상도 할 수 없는 혼란이다. 지진을 겪어본 적이 없지만 이 정도는 아니겠지, 쓰나미라면 몰라도.

평생 모르고 지냈던 나의 평형기관이 깜짝 놀라며 오로지 본능적으로 동작한 것 같다. 전혀 훈련이 되지 않아서 뇌가 평형 신호를 따라가지 못하고, 우왕좌왕 아우성만 친 꼴이다. 그렇다고 이제 와서 훈련을 할 필요가 있을까?

혹시 훈련되지 않아서 오히려 흥분되고 쾌감을 느끼는 것이 아닐까? 훈련을 받아서 폭주하는 림프액과 요동치는 이석 운동 신호를 쏜살같이 잘 처리하면 쾌감과 즐거움이 생길까? 고도의 훈련을 거친 서커스단원처럼 긴장감을 느끼며 만족할 수는 있어도 혼란의 쾌감은 오히려 적을 듯하다고 생각된다.

급경사 길을 올라 사무실로 돌아왔다. 얼굴을 모르는 다른 스태프들이 무사 복귀를 환영해준다. 야채 샌드위치가 준비되어 있는데, 나도 모르게 힘을 썼는지 배가 고프다. 모시(Mosi) 맥주와 함께 맛있게 먹었다.

작별의 시간. 미안하다. 그러잖아도 셋뿐인데 스페인 친구 둘만 남기고 빠진다. 어쩔 수 없이 이것이 생계 수단일 스태프들에게 쓸쓸하게 손을 흔든다. 보물처럼 엄청난 이곳에 많은 관광객들이 다시 몰려와서 텅 빈 보트와 관광객 거리가 회복되길 바란다.

잠베지 선셋 크루즈. 상품 이름으로 포함된 세부 내용을 쉽게 예상할 수 있다. 우리는 해가 지는 멋진 노을의 석양이 아니라 배 위에서 편한 시간을 갖기 위해 선택했다. 만원 버스에서 시달린 답답함을 탁 트인 여유로움으로 보상받고 싶었다. 역시 예상 그대로 진행된다. 만족스럽다. 다만 관광객이 적어서 2층 덱으로 구성된 대형 선박에 단지 열 명 내외뿐인 점이 마음에 걸린다. 물가에 빈 채로 묶여 정박하고 있는 수많은 배가 현지인들의 소리 없는 애환으로 보인다.

그러나 경험 많아 보이는 거구의 선장은 함박웃음으로 접대한다. 표정과 행동이 에티켓 교과서다. 준비된 주류와 음료, 서빙되는 식사 코스는 센강이나 라인강 선상과 다를 바 없다.

우리는 평상복이었지만 한 커플은 결혼식장에서 곧바로 도착한 듯한 옷차림이다. 다른 커플도 신혼여행인 듯 보이지만 3일째 무렵일까, 얇은 겉옷이 무척 가벼워 보인다.

아주 나이 많아 보이는 노부부가 가족들과 함께 있다. 이 부부에게는 첫 번째 방문이 아니겠다는 짐작이 든다. 근처 가까운 리빙스턴 국제공항(LVI)은 15㎞ 거리에 있다. 폭포가 국경이니 가까운 곳에 두 나라의 국제공항이

각각 있다. 대륙 한가운데 깊숙한 곳이지만 공항을 이용하면 여행이 짧고 편하다.

물가를 천천히 돌면서 커다란 하마 무리, 코끼리 떼, 나무 위의 원숭이 가족을 볼 수 있다. 멀리 배에서 보니 동물도 안심인지 우리를 거들떠보지 않는 듯 자연스럽다. 심지어 풀밭에 있는 악어는 미동도 없다.

똑같은 0도를 관점에 따라 빙점과 융점이라 부른다. 졸지에 물이 되고, 또 딱딱한 얼음이 되기도 한다. 물만 그럴까? 전혀 아니다. 모든 것이 그렇다. 쇠도 녹고, 유리도 녹는다.

0도처럼 폭포를 경계로 잠베지강이 둘로 나뉜다. 아래에는 격동과 혼란의 래프팅 상품이 있고, 바로 위에는 느림과 고요, 휴식의 크루즈 상품이 있다. 이뿐만 아니다. 스포츠 샌들과 검정 구두, 마른 캡틴과 거구의 선장, 랩으로 싼 샌드위치와 풀코스 만찬, 공포의 비명과 환한 미소, 본능적인 반응과 품위를 뽐내는 거동 등 대비는 끝이 없다. 그러나 우리는 양쪽 모두의 즐거움을 거두어 모은다. 멋진 기억이 오래갈 거야!

우리 모두 물을 마시고 얼음도 활용한다. 이곳 인근 주민들은 래프팅 투어의 스태프로 일하며 급류를 즐기는 관광객을 안내한다. 또한 크루즈에서 휴식을 원하는 손님도 접대한다. 자연을 활용하는 자연스런 삶의 모습이다.

5. 26시간 내내 달리는 버스

짐바브웨의 빅토리아폴스 마을에서 잠비아의 리빙스톤 마을까지는 외길이다. 다리 위를 걸어서 국경을 건넌다. 리빙스톤을 거쳐 수도인 루사카의 버스 터미널에 도착한다.

경제 상황이 최악이다. 어쩔 수 없이 단지 하루를 지내고 탄자니아로 떠난다. 출발하기 위해 다시 돌아온 터미널. 처음에는 놀람과 이질감, 이번에는 측은함과 기도. 부디 이 많은 얼굴들에게 하늘과 땅의 축복이 있기를!

그러나 이들에게 시급한 것은 일자리다. 걸어 다니는 수많은 길거리의 행상인에게 절실한 것은 아마도 한곳에 머물 수 있는 조그마한 가게가 아닐까? 버스에 올라타서 보는 장면은 여전하다. 별달리 움직이지 않고 앉아 있는 사람들이 많다. 시야를 돌려서 멀찍이 짐을 옮겨 싣고 있는 손수레를 본다.

대형 여행사 상품보다 공정여행을 추천하는 경우가 많다. 순수한 의도를 이해한다. 아름다운 마음의 발로다. 우리 여행의 지출이 곧장 현지인에게 전달되기를 바란다. 그러나 당장 경제적인 어려움을 겪는 현지인들 사이로 돌아다니는 여행자가 오히려 미안한 마음이 든다.

이 버스를 선택하기 전에 두 가지를 망설였다. 수도 루사카에서 잠비아 남부까지도 멀다. 서울과 부산의 두 배가 넘는다. 탄자니아에 들어서서 다르에스살람(Dar es Salaam)까지도 마찬가지 거리다. 이렇게 먼 거리를 한꺼번에 이동할까? 아니면 중간에 있는 음베야(Mbeya)에 내려서 이틀 동안 말라위 호수의 북쪽 부근을 둘러볼까? 일정에서 단 이틀을 할애하기 어려워서 결국 직행하는 전자를 택한다.

두 번째는 기차와 버스, 어느 교통편이 편리할까? 기차보다 버스의 소요 시간이 훨씬 짧아서 결국 버스를 타고 다르에스살람까지 곧장 간다. 예정 소요 시간 26시간. 중국에서 장거리 침대 버스를 탄 적이 있는데, 이번에는 뒤로 젖혀지지 않는 고정 좌석이다. 가까운 거리에서 직접 살펴볼 수 있다는 이유로 비행기 대신 택한 이동 방법이다. 그러나 이번의 이동은 극심한 인내심 테스트다. 이럴 때마다 실뱅 테송을 떠올린다. 터벅터벅 걸어오는 그를 생각하면 버스는 호강이다. '생큐, 실뱅!' 그를 몰랐더라면 심리적으로 훨씬 힘들었을 텐데, 고마워 실뱅.

넓은 나라다. 도로변의 나무는 변하지만 저 멀리 원경은 그대로다. 한참 달려도 똑같다. 〈동물의 왕국〉 사바나에는 긴 풀이 많은 평원에 나무가 듬성듬성 있었는데, 여기는 나무가 훨씬 빼곡하다. 그러나 우기에도 강수량이 적어서 정글은 전혀 아니다. 어찌 보면 우리의 장마 없는 여름과 아주 흡사하다. 우리도 농사를 짓지 않고 내버려두면 풀이 저렇게 많이 자라겠지.

저 넓은 평원을 개간하지 않고, 식량이 부족하여 기아라니! 땅이 아까웠다. 갑자기 아파트 뒤로 지나가는 큰길이 생각난다. 언덕 쪽으로 길 따라 기다랗게 있는 아주 좁은 공터에 동네 할머니들이 야채를 심고 가꾼다. 각자 1~2㎡나 되려나? 그래도 야채 몇 포기 가꾸기에 아파트 베란다보다야 낫겠지.

작은 마을이 나타나자 공터에 버스가 멈춘다. 순식간에 창가에 몰려든 행상인들! 내리기 귀찮은 듯 창문을 통해서 음료나 간식을 산다. 우리는 내렸다. 햇빛은 강렬해도 답답하지 않다. 간이식당과 판매대가 줄지어 있다. 우리의 단골 메뉴는 과일과 구운 옥수수. 굵지만 아주 짧은 바나나가 있어 먹어보니 맛이 훌륭하다. 너무 작아서 상품성이 낮은지 맛에 비해 싸다.

뒷좌석에 자꾸 보채는 아이가 있다. 고개를 돌려보진 않았지만 울음소리로 보아 두어 살이다. 출발부터 칭얼댔으니 장거리 여행 때문이 아니고 불편한 데가 있는 모양이다. 약을 먹고 푹 자면 나아질 텐데, 그런 상황이 아닌 모양이다. 부모는 얼마나 안타까울까? 버스 안에서 뾰족한 방법이 없다.

아이의 울음은 가장 근본적인 욕구의 표현이다. 그런데 지금 여기서는 아이가 필요한 것을 만족시켜 줄 수 없다. 해결할 수 있는 방법이 없다. 이것을 잘 아는 승객 모두가 눈만 껌벅인다. 차가 멈출 때, 슬그머니 나의 비상용 소화제와 해열제를 건네줄까? 성인용이니 조금만 먹어보라고 말하면서. 만약에 그걸 먹고 잘못되면 어쩌나? 약사가 아닌 나는 겁이 나서 포기하고 만다.

해가 질 무렵에 다시 멈춘다. 이번에는 큰 마을이다. 길가에 식당 여러 개가 줄지어 있다. 버스 기사는 아무런 말이 없다. 몇 분 후에 출발하는지, 얼마간 휴식하는지 등 언급 없이 사라진다. 불안하다. 우리를 놔두고 떠나면 어떻게 하지? 그런 일은 지금껏 한 번도 없었다는 듯 아무도 묻거나 신경 쓰지 않는다.

시간을 잘 지킨다는 것은 소심해서일까? 자꾸 시계를 보면서 초조하게 지내는 것은 스스로 속박하는 것일까? 천천히 식사를 마친 후에 커피도 한 잔 마시고 출발해야지, 출발 시간에 맞추어서 부리나케 식사를 하는 것은 선후와 논리가 바뀐 것일까? 인간이 언제부터 개인마다 시계를 가지고 다녔을까? 몇 가지 질문을 나에게 던져보았는데, 의외로 시간이 중요하지 않아 보인다. 아마도 기사가 말없이 사라진 것은, 다들 천천히 식사하고 여유 있게 떠난다고 말하는 것과 다름없을 듯하다. 좋아, 우리도 뭔가 찾아서 천천히 먹자.

Overlanding West Africa 홍보책 사진 캡처

어휴, 어떻게 버스에서 26시간을 버티지? 국민 20% 이상이 에이즈 감염자며, 콜레라도 만연했다는데! 생면부지인 사람들과 만원 버스에서 어떻게 지내? 손이나 제대로 씻고 식사를 할까?

이 글을 읽고 겁에 질린 독자가 많으리라 여긴다. 여행은 취향 따라 다르다. 취향과 기호는 천차만별이다. 그래서 여행 방법을 선택하는 폭은 아주 넓다. 여행사에 문의하면 얼마든지 호화스런 여정도 금방 만들어준다.

검색창에 아프리카와 트럭킹 단지 두 단어를 입력하면 많은 투어 회사의 정보를 얻을 수 있다. 트럭킹(Overland Trucking Tour)은 커다란 캠핑카를 타고 일주일부터 한 달가량의 폭넓은 기간에 다양한 루트의 여행을 즐기는 패키지 상품이다. 비포장도로를 달릴 수 있도록 지상고가 높은 트럭을 버스 형태로 개조한다. 물론 자체로 간단한 식사를 할 수 있는 구조다. 운전자, 요리사, 가이드 3명이 한 팀이며 대부분 10~25명을 모집하여 함께 여행한다.

아프리카 주요 도시에서 출발한다. 당연하게 출발지까지의 왕복 항공권을 추가로 구입해야 한다. 우리나라 여행사와도 연계되어 있다. 영어 한마디 없이 모든 수속이 가능하다. 물론 필요한 비자 발급과 예방접종은 자부담으로 한다.

주로 캠핑 시설을 이용하지만 간혹 호텔에서 자며, 식사도 고급 레스토랑에서 하는 경우도 있다. 물론 추가 비용이 따른다. 관광 명소에서는 별도 비용을 내고 지역의 다양한 투어에 참여할 수 있다.

따라서 이동, 숙박, 식사, 안내가 모두 해결된다. 구질구질하게 일반 버스를 타거나 교통편과 호텔을 일일이 찾아서 본인이 예약을 하고, 찾아갈 필요가 전혀 없다. 내가 원하지 않으면 현지인과 부대낄 일도 없다. 노는 것도 귀찮거나 피곤하면 그냥 차에 남아 있으면 된다. 항상 기사와 요리사가 차에 머무르고 있으니까. 트럭킹 프로그램에서는 내가 하는 수고가 전혀 없으며, 즐기기만 하면 된다. 본인이 직접 찾아가는 것이 아니라 매일 캠핑장에 데려다주니, 나중에 어디가 어디였는지 헷갈려서 혼동된다고 언급하는 경우도 있다.

6. 아프리카에서 맛본 커리

　버스가 어두컴컴한 새벽에 다르에스살람에 들어선다. 어슴푸레하지만 도시에 진입한 것 같은데 차는 계속 달린다. 드디어 큰 빌딩들이 연속되는 도심이다. 그래도 쉬지 않고 달린다. 이렇게 큰 도시? 영동대로를 달리다가 우측으로 꺾어서 테헤란로를 지나는 듯 보인다. 이렇게 고층 빌딩이 많다니 상상 초월이다. 갑자기 아프리카 밖으로 튀어 나간 것 같다. 조금 어둠이 걷히자 놀랍다. 차창 밖으로 규칙적인 격자형 도로에 5~10층 건물이 끝없이 계속 지나간다.

　새벽에 도착하여 인근에서 숙소를 찾는다. 빌딩 사이에 호텔 간판이 보인다. 그래, 알 수 없지만 우선 여기서 하루 숙박하기로 한다. 조금이라도 일찍 들어가서 씻고 자야겠다고 맘을 정한다.

　꿀잠이다. 버스에서 잤지만 호텔에서 다시 숙면을 해서인지 가뿐하다. 일어나자 현재의 위치가 궁금하다. 호텔 이름을 검색하니 이 큰 도시의 가장 중심지이다. 항만 시설에서도 가깝다. 모든 정보를 알고 있었더라도 이 부근에서 숙소를 선택했을 것 같다. 우연과 필연이 전혀 다르지만 오늘 새벽처럼 가깝게 나타날 수도 있다.

　새로운 곳에 왔으니 색다른 것을 먹어보고 싶은 식욕이 생긴다. 중심 지역 뒷길이라 들어가고 싶은 곳이 많았다. 사람들이 많은 곳을 택했다. 아프리카가 아니라 중동에 온 느낌이 든다. 식당 전체에 어쩐지 인도의 커리 마살라 향이 배어 있는 듯하다. 항구도시라 생선 커리를 주문했다. 주변 탁자에서 식사하는 이들도 흑인, 중동인, 인도 사람의 특징을 갖고 있다. 순수하게 3대 인종을 지키는 경우도 많지만 적절하게 혼류되어 특징들이 섞인 경우도 많이 보인다. 마치 삼원색의 물감을 이용하여 원색으로 그린 부분에, 또한 적절하게 섞은 혼합된 색상으로 그린 부분이 배합되어 큰 그림이 완성되어 있는 것 같다. 음식이 나오기를 기다리며 주변 사람들의 얼굴을 관찰하는 것도 즐겁다. 나도 조금씩 올리버의 취향을 따라가나 보다.

주요리인 생선은 큼지막하다. 바로 코앞에 엄청난 인도양이 있으니 그럴 만하다. 한 마리가 통째로 커리 국물에 잘 졸여진 상태다. 생선 살을 국물에 찍어서 맛을 본다. '어, 약한데.' 다시 맛을 본다. '아니, 안 되겠어.' 커리 국물을 떠먹어본다. 입안에 커리 향이 퍼지며 목을 넘어간다. 진한 국물인데 맛은 부드럽다. 우유와 요거트를 많이 넣었을까? 진하지만 부드러운 맛이 입맛을 당긴다. 즐거운 점심이다.

그러나 '3분 카레'의 즉석 맛은 아니다. 오랫동안 단일 상품의 맛과 향이 오천만 국민의 카레 맛을 정의하고 결정했다. '3분 카레'의 맛에서 벗어나면 그것은 카레도 커리도 아니다. 이상한 맛에 불과하다.

익숙한 맛에 길들여진 사람들에게 인도에서 직수입한 수많은 종류의 커리는 모두 카레가 아니다. 그것들은 이상한 카레일 뿐이다. 교조적으로 주입된 지식은 비교를 거부하며 다양성을 불허한다. 자신들의 인식과 다르면 모조리 이단이며 사이비다.

음식, 차나 커피, 옷의 색상 등 개인의 취향과 선택에는 절대적이며 무한한 자유가 있다. 설혹 무지나 오판에 의한 선택일지라도 본인이 즐겁고 행복하다면 충분하다. 그러나 불행하게도 개인 취향과 공익의 범주를 혼동하는 경우가 많다. 매우 곤란하다.

교통사고만 나지 않으면 나만의 운전 스타일? 그렇지 않다. 주변 운전자가 불안을 느낄 수 있다.

잔디밭에서 줄 없이 자유롭게 뛰노는 귀여운 나의 강아지. 그렇지 않다. 주변 누군가는 불안이나 공포를 느낄 수도 있다.

긴급하고 중요하여 큰소리로 자세하게 설명해야 하는 나의 전화 통화. 그렇지 않다. 주변 사람들은 듣기 싫을 수 있다.

귀하의 선택을 존중한다. 주변의 모든 이들도 역시 마찬가지다.

현재 탄자니아는 1961년에 영국에서 독립하여 탕가니카가 된다. 또한 대륙에서 불과 20㎞ 떨어진 작은 섬 두 개로 이루어진 잔지바르도 1963년에 독립하여 이슬람 술탄 왕국이 된다. 그러나 다음 해인 1964년에 쿠데타가 일어나서 왕정을 폐지하고, 탕가니카와 연합하여 탄자니아가 된다. 탕가니카와 잔지바르의 앞 글자를 딴 이름이다. 나라 이름에서는 대등하지만 제주도보다 작은 잔지바르와 펨바 두 섬의 합계 면적은 탕가니카의 0.3%에도 미치지 못할 만큼 작다.

크기는 아주 작지만 잔지바르 섬은 역사적으로 교통과 교역에서 매우 중요했다. 지금도 독립성이 강해서 섬에 들어갈 때는 여권을 제시해야 한다.

현재 잔지바르는 인도양의 섬으로 유명 관광지다. 다르에스살람 앞바다에 위치하여 지명도가 높고 관광객이 많이 찾는다. 역사성과 휴양의 양면을 잘 갖추고 있다.

그룹 퀸(Queen)의 리드 보컬인 프레디 머큐리(Freddie Mercury)의 부모는 인도 태생으로 잔지바르에 정착했다. 프레디는 잔지바르에서 태어나 유년시절을 보냈지만 어려서 인도로 유학 가서 초, 중, 고등학교 시절을 뭄바이에서 보낸다. 그러나 고교 시절인 1964년에 잔지바르에서 흑인들이 주도한 쿠데타가 발생하여 백인들이 몰살당했다. 노예무역의 본거지에서 복수극이 발생한 셈이다. 인도인도 재산의 절반을 몰수당하고 추방되었다. 프레디도 이때 부모와 함께 영국으로 이주한다. 그래서 머큐리는 인도계 영국인이 되었다.

사후 33년이 지났지만 프레디 머큐리는 여전히 전 세계적으로 사랑받는 최고의 보컬리스트 중 한 명이다. 여전히 많은 사람들이 즐겨 듣는 퀸의 명곡들이 많다. 엄청난 가창력을 뽐낸다. 폭발적인 성량과 노련한 발성 테크닉으로 1970년대 중후반부터 십여 년 동안 수많은 명곡을 남기며, 기념비적인 세계 투어 콘서트를 기록했다.

그는 청년을 지나 한창 왕성한 활동을 하던 중년기에도 고향 잔지바르를 증오했다. 1964년 10대 후반기의 학살과 추방의 기억이 이후에도 계속됐기 때문이다. 머큐리에게 악연의 기억은 참으로 질겼다.

잔지바르에 도착하여 입도 수속을 마치고 나오자 무슬림의 하얀 모자를 쓴 사나이가 반갑게 인사한다. 그의 이름은 오마르(Omar)인데 안내자 겸 삐

끼다. 날카로운 인상을 가졌지만 항상 싱글싱글 웃기 때문에 감정 파악이 어렵다. 우리를 보자마자 가방을 들면서 좋은 숙소가 있으니 따라오라고 한다. 우리 대답을 듣는 둥 마는 둥 앞장서 걷는다. 스톤타운이 작은 동네라 조금 걸어간다. 호텔은 평범한데 손님들이 꽤나 들랑거린다.

짐을 풀고 골목길 투어에 나선다. 스톤타운은 오랜 역사를 가진 세계 문화유산 지구다. 어디를 가도 관광객이 골목길에 가득하다. 해변의 안쪽에 아기자기한 지역 명소와 다양한 종류의 상점들이 많아서 이국적이다.

모란(Moran)이라 불리는 마사이족의 전사는 끝이 뭉툭한 나무 막대기(rungu)로 사자 사냥을 한다는 전설이 있다. 원래 전설은 믿거나 말거나이지만 이건 정말로 허풍이다. 그런데 기념품 가게에 룽구가 흔하다. 대략 60㎝가량이며 단단한 목재로 끝은 주먹 크기로 뭉툭하여 무게중심이 몰려 있다. 가게의 항아리에 많이 꽂혀 있는데, 그중 하나가 눈길을 끈다. 전통적인 형태에서 벗어나 끝이 사자 두상으로 조각되어 있다. 단단한 재질의 에보니이다. 길지 않지만 묵직하다. 평소에 그림엽서조차 사지 않지만 곧바로 샀다. 사자를 사냥한다는 전설이 연상된 충동구매이다. 나에게 용기의 상징물처럼 다가온다.

살다 보면 수시로 악마가 나타나서 속삭인다. 실실 웃으며 꼬드기기도 하고, 눈을 부라리며 협박도 한다. 그렇지만 달콤한 이익이 눈앞에 보인다. 그런데 어딘가에서 들리는 작은 목소리, 양심이다. 묵직한 에보니의 막대를 움켜쥐고 있으면 양심이 힘을 얻을 것 같다. 악마의 뿔을 이길 수 있는 힘이 생길 듯하다. 해리 포터의 지팡이처럼 마법을 부려 악마를 쫓아내겠지. 앞으로 나는 잔지바르에서 구입한 룽구와 좋은 인연을 맺어서, 악마가 나타나 속삭일 때마다 나에게 진정한 용기를 불러일으켜 주길 바란다.

다음 날은 섬의 북쪽 끝에 있는 능위(Nungwi) 비치로 갔다. 여기서부터 저 멀리 인도, 스리랑카, 수마트라섬까지 망망대해 인도양이 펼쳐진다. 끝없이 수평선만 보인다.

정말일까?

거짓말이다.

실제 가서 제 눈으로 확인하지 않고, 지구본을 보며 오로지 상상과 추측으로 얼렁뚱땅 지어낸 관념 속의 수평선이다. 거짓말은 그럴싸하다. 듣거나 읽는 이들도 대부분 상상하며 허구적으로 그려보기 때문이다.

실제로 수평선이 있을 수 없다.

땅따먹기하는 꼬마가 하늘과 땅의 경계를 그린다. 유치원 어린이가 바다를 그린다며 쫘악 선을 그어버린 것이 수평선일 뿐이다. 눈으로 보거나 망원경으로 들여다볼 때도 시야의 한계가 있다. 이런 한계를 지나면 당연히 아무것도 보이지 않는다. 보이지 않는데, 맘대로 굵고 진하게 그린 선. 수평선이 있을 턱이 없는 이유다. 단지 노병이 사라진다고 했던가? 사물과

바닷물이 시야에서 사라져서 희미해질 뿐이다. 그런 현상을 어린이가 수평선이라고 그렸고, 어른들도 따라 부르고 있다.

능위 비치. 인도양을 대표하는 백사장이다. 왜 유명할까? 주변의 산호초로 인해 바닷물 색깔이 청록색을 기본으로 다양하게 변한다. 바다가 보여줄 수 있는 가장 아름답고 다채로운 물빛이다. 거기에 떠 있는 다우(Dhow) 전통 배. 빛이 바랜 황갈색의 커다란 삼각형 돛이 물색과 대비된다. 바람이 없어 한가롭게 움직인다. 황홀한 풍경이다. 해변 야자수와 어울리는 이런 환상적인 풍경이 바로 발아래 널리 펼쳐지는데 어느 누가 보이지도 않는 수평선을 찾을까?

진실로 아름다움. 이것이야말로 우리 모두 추구하는 중요한 목표 중의 하나다. 우리는 능위 비치에서 소중한 이미지를 머리에 심어왔다. 혹시 인생이 우리를 슬프게, 짜증 나게 하거나 무료함이 느껴지면 꺼내서 다시 살펴보리라. 상쾌한 바람과 찬란한 물빛이 우리의 답답한 마음을 어루만져주겠지. 속이 편해지겠지. 능위 비치가 평생 우리와 좋은 인연으로 남아 있길 바란다.

다음 날, 오마르가 소개한 향신료 투어에 참가한다. 눈부시게 아름다운 능위 비치가 하루 종일 거의 텅 비어 있었는데, 스파이스 투어에는 참가자가 많아 놀랐다. 넓고 깨끗한 모래사장에는 사람이 거의 없고, 오히려 유료 투어에는 인파가 몰려서 우리나라와 다른 듯하다. 왜 그럴까?

승합차 3대를 나누어 타고 농장으로 달려간다. 본격적인 농장이 아니라 관광 투어용 맛보기 농장처럼 느껴진다. 재배가 아닌 자연 상태의 향신료 구경하기. 가이드가

직접 따서 보여주며 냄새를 맡게 한다. 종류가 많아서 계속 바뀌니 기억하기가 어렵다. 기다란 콩처럼 생긴 바닐라만 생각난다.

꽃과 줄기로 화관, 목걸이, 반지, 가방을 만들어주면서 분위기를 만들려고 노력하는데 대부분 졸졸 따라만 다닌다. 내가 흥미를 갖지 못하니 다른 참가자들도 시큰둥하리라고 느껴진다.

나는 작고 평평한 모래섬인 이곳에서 향신료 생산이 많은 이유를 투어 가이드에게 물어보았다. 대답을 들었지만 그럴듯하게 느껴지지 않았다. 바로 옆에 대평원이 있는데, 이렇게 좁은 섬에서 생산량이 많다니 도무지 이해하기 어렵다.

7. 탄자나이트 채굴하기

다시 돌아온 다르에스살람의 항구. 여전히 무더운 열기 속에 엄청난 인파로 분주하다. 큰 항구가 대부분 복잡하지만 세계에서 여기만큼 붐비는 곳을 찾기는 어려울 듯하다. 탄자니아 국가 전체 물동량의 90%를 처리하는 항구다. 전형적인 대도시의 오래된 항구 시설에 많은 것들이 뒤섞여 있다. 늘어선 손수레로 물건을 옮겨 나르는 작업자들, 잡다한 생필품을 길바닥에 늘어놓고 파는 행상인들, 머리 위에 짐을 얹고 가는 여성들, 밀집한 사람들 사이로 묘기 운전하듯이 오토바이를 모는 이들로 정신이 없다. 엉클어진 실타래를 정리하기 위해 어디서부터 손을 쓸까? 난감해 보인다.

'세상은 넓고 할 일은 많다.'는 것처럼 '탄자니아는 넓고 가볼 곳은 많다.'

너무 많아서 이번 아프리카 여행 일정이 지나치게 촉박하다고 느낀다. 아프리카 대륙을 종단하기에 한 달은 너무 부족하다. 한국보다 9배 넓고 다양한 자연 생태계를 가진 탄자니아에 7일을 할애했는데, 어림도 없다.

모시(Moshi)의 호텔 근처 큰길인 마켓로와 마웬지길을 천천히 걷는다. 오고 가는 행인들을 살펴보며 부근의 상점도 기웃거린다. 몇 명의 청년들이 '킬리만자로?'라고 묻는다. 여기까지 찾아온 외국인이니 등산을 할 계획이 있는지 묻는 것이다. 자기 여행사의 상품을 이용하라며 호객하는 젊은이가 많다.

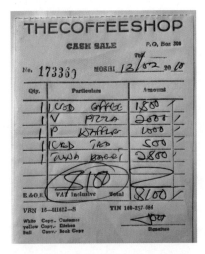

'The Coffee Shop' 이보다 강렬한 상호의 카페가 있을 수 있을까? 이름이 마음에 든다. 자연스럽게 문을 열고 들어간다. 커피 자체다. 오로지 커피만 팔아야 할 것 같다. 그렇지만 다양한 음료와 간단한 식사도 취급한다. 상호가 요즘 우리나라에서 흔한, 주민들도 외우기 어렵게 쓸데없이 긴 이름의 아파트와 대조된다. 실내와 바로 옆 정원에서 잠시 쉬었다 가기에 안성맞춤이다. 머문 김에 점심을 때우기 위해 몇 가지를 주문했다.

인류가 사랑하는 보석은 종류도 다양하다. 그중 가장 최근에 발견된 보석으로 탄자나이트가 있다. 1960년대 말에 처음 이곳에서 발견되어 인류 전체의 보석이 되었다. 아직까지는 세계에서 오로지 이 근처에서만 광맥이 발견된다고 한다. 이름이 탄자나이트인 이유다. 탄자니아의 블루 사파이어인 투명한 회렴석이다.

우리도 여기에 왔으니 탄자나이트처럼 파랗게 빛나는 소중한 보석을 찾고 싶다. 바로 앞에, 푸른 하늘을 배경으로 멋있게 솟아오른 킬리만자로 정상의 이미지처럼. 머릿속에 각인하고 또 가슴에 담아서 항상 아름답게 빛을 발할 수 있는 소중한 기억. 여행은 보석처럼 항상 꺼내 볼 수 있는 나만의 아름다운 '기억 채굴하기'다. 이런 소중한 기억들이야말로 그대를 진정으로 여유롭고 풍요로운 인간으로 만들어줄 것으로 믿는다.

모시에서 가까운 아루샤(Arusha)로 이동했다. 이곳은 서쪽에 있는 세렝게티와 응고롱고로(Ngorongoro) 사파리 투어의 본거지다. 세렝게티! 〈동물의 왕국〉에서 가장 빈번하게 등장하는 광활한 초원이다. 어린 시절부터 TV에서 수없이 보았던 곳이다. 수많은 동물들이 이곳과 북쪽 케냐에 붙어 있는 마사이마라 공원에서 살고 있다.

우리는 일정이 촉박하여 넓은 세렝게티 공원을 포기한다. 대신에 상대적으로 좁은 장소에 많은 동물이 살고 있는 응고롱고로 분화구 투어를 신청했다. 이곳은 지름이 20㎞인 대형 접시 모양의 분화구이다. 가장자리가 빙둘러 평균 높이 500m로 급경사를 이루고 있다. 내부는 평평한 초지이며 가운데에는 마가디 호수가 있다.

투어는 이른 아침에 출발한다. 아루샤에서 분화구까지 포장도로를 3시간가량 달린다. 공원 입구를 지나면 곧 높은 곳에서 분화구 전체를 볼 수 있는 전망대가 있다. 장관이다. 얼마나 큰 화산 폭발이었을까? 모두 날아가고 가장자리만 남아 있다.

사파리 차량들로 붐비는 검문소에서 잠시 대기한다. 비포장길을 따라 20분가량 천천히 내려간다. 우리가 탄 투어 차량은 일반형 지프인데, 완전 개방형 차량과 지붕에 올라갈 수 있는 전문 사파리용 지프차도 많다. 지정된 곳으로 많은 차량이 이동하다 보니 초원 위로 외길이 선명하다.

곧 나타나는 동물들. 철망과 울타리 없는 대형 동물원이다. 사육사와 함께 넓은 철망 안으로 들어온 셈이다. 모두들 사진 찍기에 바쁘다. 역시 덩치가 큰 들소, 얼룩말, 누, 코끼리가 눈에 잘 띈다. 마가디 호수 근처에는 하마가 누워 있다. 의외로 홍학과 여러 종류의 새도 많다.

날마다 수많은 차량이 줄지어 몰려오니 동물들은 익숙한지 개의치 않은 듯 보인다. 전혀 관심이 없다. 무관심이 아니라 오히려 짜증 나지 않을까? 주말 휴일은커녕 일 년 365일 단 하루도 빠지지 않고 인간들이 몰려온다.

처음 방문한 관광객들만 흥분하고 감동받은 표정들이다. 하이에나와 사자가 나타나면 감탄사를 연발한다. 어서 빨리 초식동물을 쫓아가서 사냥하여 잡아먹기를 기다린다. 그렇지만 배부른 사자들은 풀밭에 엎드려서 꿈쩍도 하지 않는다. 사냥은커녕 걷는 모습도 보기 어렵다. '여기까지 왔는데, 사자야! 제발 움직여라.' 돌멩이라도 던져서 깨우고 싶다. 그러면 야생동물 학대죄로 벌금이 있겠지.

다행히 가젤들은 열심히 움직인다. 풀을 뜯으면서도 사방을 살핀다. 약한 초식동물의 본능이다. 많은 동물들이 땡볕 아래에서 모두 제멋대로 살고 있다. 풀이 많아서 언뜻 보기에 여유롭고 평화스럽다.

사람들만 바쁘다. 누가 두 번, 세 번 왔겠는가? 모두 처음 구경 와서 사진 찍느라 정신없다. 초상권을 완전 무시한다. 거추장스럽게 커다란 렌즈를 부착한 카메라를 들고 온 관광객도 흔하다. 그렇지만 이곳의 주인을 위해 하다못해 싸구려 중국산 토끼 고기 냉동육이라도 들고 온 사람은 없다. 동물들이 보기에 얄밉게도 '동물들에게 먹이를 주지 마세요.'라는 팻말을 붙여놓았다. 동물들이 벌어들이는 외화 수입이 얼마인데!

  가장자리가 급경사이기도 하지만 분화구의 넓은 초지 안에서 모든 것을 해결할 수 있다. 그래서 이곳에서 사는 동물들은 여기가 세상의 전부로 느낀다. 분화구의 분지를 떠날 필요가 없으니까. 그야말로 모든 동물이 집단으로 초대형 '우물 안의 개구리'가 되어 살아가는 셈이다.

지금 살고 있는 아파트 동과 바로 앞 동 사이에 제법 큰 10×12m가량의 네모 분수대가 있다. 내부에 2×4m 크기의 아일랜드가 있고 그곳에 작은 나무를 심어놓았다. 주변의 넓은 목재 덱 위에 벤치가 여러 개 있다. 모두가 사각형인 데다 대리석으로 마감하여 깔끔하지만 친근한 느낌이 부족하다. 이를 보완하려는 듯, 십여 개의 큼직한 바위를 분수대 안에 배치하고 바닥에는 자갈을 깔아놓았다. 단지 여름 한 철의 무더운 오후에 매시간 5분가량 짧게 물을 뿜는다.

  비가 많이 내려 분수대에 물이 고이는 여름에는 어김없이 밤에 개구리가 몰려들어 울어댄다. 개구리들의 합창 소리가 14층에서 들어도 제법 요란하다. 예전의 추억 때문에 나에게는 정답게 들린다. 베란다 문을 열어놓고 개구리 소리를 들으며 잠이 들 때도 많다. 그러나 일부 저층 입주민들에게는 시끄러운 소음으로 여겨지지 않을까 걱정스럽다. 사실 떼창 소리가 커서 소음 데시벨이 무척 높을 듯하다. 가끔 의외로 개구리들이 조용할 때는 누군가 독성의 소독제를 물에 풀었다는 괴담이 돌기도 한다.

분수대는 개구리 서식지와 멀고 바닥에는 자갈뿐인데 어디서 무엇 때문에 몰려드는지 항상 궁금했었다. 아파트 단지가 큰길로 둘러싸여 있는데, 도대체 어디서 출몰할까? 의문이다. 하수도관을 통해서?

자갈뿐이고 아무런 먹이도 없는 분수대에 왜 모여들까? 떼창 소리로 미루어 짐작하건대 수백 마리이다. 그러나 비가 그치고 다시 물이 마르면 흔적도 없이 사라진다.

오랫동안 의문이 풀리지 않아서 나는 더 이상 '우물 안 개구리'라는 표현을 믿지 않는다. 내가 알지 못하는 이유와 방법으로 개구리는 수시로 멀리 이동하니까.

사실은 의외로 많은 사람들이 쳇바퀴 돌듯 똑같은 생활을 반복한다. 더구나 주변에 관심을 거의 두지 않고 혼자서 지내는 것을 좋아하는 사람도 많다. 혼자 산책하며, 혼자 차를 마시고, 집안에서 수석과 화분에 물을 뿌리며. 많은 경우에 이들은 스스로 '우물 안 인간'으로 지내기를 선택한다. 단지 개구리 서너 마리를 거느리는 황소개구리처럼 행동하며 행복을 향유한다고 느끼는 경우도 흔하다. 그들은 오히려 개구리보다 행동반경이 훨씬 좁을 수 있다.

누구나 개인의 삶은 자유 선택이다. 본인의 타고난 성격과 취향에 따라 우물 안의 개구리형이든지 아니면 반대로 어디로 튈지 알기 어려운 메뚜기형이 될 수도 있다. 자유의지로 선택하여 남에게 피해를 끼치지 않고 행복하게 살면 된다.

　그러나 종교의 편향된 교파나 정치 이념의 파벌에 몰입된 경우가 있다. 이들의 특징은 자발적인 폐쇄다. 우물이나 응고롱고로 분화구의 경우처럼. 사회의 거대 조직이 넓은 세상을 배척하고, 그들만의 함정에 스스로 갇히고 빠져서 헤어날 의지조차 없는 경우가 많다. 소통을 거부하며 실제 왕래하는 행동도 없다. 그들이 응고롱고로의 동물들처럼 전혀 의식하지 못한 채, 집단적으로 우물 안의 올챙이 꼴로 편협한 세상에 갇혀 지내지 않을까 우려된다.

8. 케냐에서 여행을 마치다

　아루샤에서 케냐의 수도인 나이로비까지의 이동 거리는 약 300㎞다. 포장된 길이지만 노면 상태가 열악하고, 나이로비에 진입할 때 정체가 심해서 주행 시간이 6시간이 넘는다. 도중에 국경 마을인 나
망가(Namanga)를 지난다. 여기서 외국인은 즉석 비자 비용을 내고 도장을 받는다. 그런데 나망가 마을은 두 개이다. 직선 국경의 남쪽 반쪽은 탄자니아에 있고 북쪽 절반은 케냐 땅이다.

　나이로비는 동아프리카를 대표하는 도시로 금융과 교통의 허브 역할을 한다. 도심의 치안이 양호한 편이라서 둘러보기에 불편이 없다. 센트럴파

크와 우후루 공원이 도시 중심에 평지로 조성되어 있다. 바로 옆에는 국회, 대법원, 시청, 그리고 정부 각 부처 건물들이 연이어 있다. 모이대로(Moi Ave.)의 좌우에는 상권이 크게 조성되어 있다.

이곳은 적도 바로 아래다. 그렇지만 평균 고도가 무려 1,700m나 되는 평원이라 우리나라 여름보다 덜 덥다. 설악산 꼭대기 높이로 평평한 땅이 계속되니 끝없이 넓은 고원이다.

한 달 여행의 경로를 너무 길게 잡아서 후회한다. 실뱅이 이해하기 어려울 정도로 열심히 달렸는데도 시간이 부족하다. 오후에 나이로비에 도착한 날과 귀국하는 날을 제외하고 딱 이틀 남았다. 이렇게 큰 나라를 이틀에? 어림없다. 주마간산으로도 불가능하다. 질주하는 말을 타고 케냐를 구경하더라도 이틀은 너무 짧다.

어쩔 수 없이 롱고노트(Longonot)산 공원과 리프트 지구대(Rift Valley) 전망대 투어에 참여하여 하루를 보내고, 마지막 날은 나이로비 시내를 살펴보기로 했다.

일일 투어는 아침 7시에 일찍 시작한다. 롱고노트 국립공원은 나이로비에서 90㎞ 서쪽에 있다. 나무가 울창한 고원을 지나 리프트 계곡의 동쪽 절벽을 따라 이동한다. 30분 후에 절벽 측면에 있는 리프트 밸리 전망대에 도착한다. 끝없이 계속되는 계곡 바닥 면의 경치를 내려다본다. 아프리카 지도에 나타나는 기다란 호수들을 연결해보면 쉽게 그려지는 대협곡이다. 500만 년 전에 형성되었다고 한다. 협곡은 홍해에서 에티오피아, 케냐, 탄자니아, 말라위를 거쳐 모잠비크로 내려간다.

이곳이 포함되는 동아프리카 지구대에서 인류의 진화를 연구할 수 있는 화석이 많이 발견되었다고 한다. 현생인류는 아니지만 원숭이와 유사한 인간인 구인류의 화석이라니, 아주 먼 옛날에는 이곳이 생존에 최적이었을까? 지금도 고원으로 고도가 아주 높아서 무덥지 않고, 거대한 계곡 사이라 식생이 우수하여 생존에 유리할 것 같다.

다시 30분을 달려 롱고노트 국립공원에 도착한다. 계곡의 바닥 면에 화산이 있기 때문에 먼저 내려간다. 다시 산을 올라가서 둥그런 분화구 가장자리에 도착한다. 움푹한 분화구 안쪽에는 물이 없고 대신 숲이 무성하다. 분화구 안쪽을 조망하면서 가장자리를 한 바퀴 돌 수 있는 길이 있다.

휴식 시간이 주어지자 투어 참가자들은 모두 흩어져 취향 따라 식당을 찾아간다. 우리도 식당에 들어갔는데 다행히 메뉴에 그림이 있다. 쉽게 짐작이 가서 어렵지 않게 주문을 했다. 만국 공통인 바비큐 고기와 감자 샐러드가 담긴 접시인데 냐마초마라 부른다. 콩과 옥수수를 부드럽게 삶은 간단한 음식인 기데리와 달걀 볶음밥인 필라우를 함께 먹었는데 만족스러웠다. 이른 시간에 투어를 시작하여 강행군을 예상했는데, 점심시간도 길며 의외로 느긋하다. 우리가 알지 못하는 다른 이유가 있을 법하다.

리프트 밸리의 절벽 위를 달려서 나이로비로 돌아오는 길은 아침과 같다. 그러나 정체가 심하다. 마치 서울 근교처럼 이곳도 대도시인 나이로비 인근이라서 인구 밀집 지역이다.

안타깝게도 너무 욕심을 부려서 한 달 여행의 경로를 지나치게 길게 잡았다. 실뱅 테송이 겉핥기라고 심하게 나무랄 만큼 열심히 달렸지만 시간이 너무 부족하다. 그러나 긴 여정을 지나오면서 주워 온 원석이 많다. 이

중에서 정말 나에게 소중한 보석으로 바뀔 것이 몇 개나 될까? 나의 생각을 바꾸거나 폭넓게 변화시켜주는 계기가 되는 것을 앞으로 찾을 수 있기를 바란다.

사계절이 뚜렷한 우리나라와 달리 열두 달 내내 큰 변화 없이 더운 아프리카. 들판과 산이 혼재한 우리 국토와 다르게 끝없는 지평선이 계속되는 사바나 초원. 다른 모습이 많다. 이렇게 다른 지역의 주변 환경과 고유 관습은 많이 다르다.

한 달 동안 아프리카에서 무엇을 느끼며 어떤 생각을 했을까? TV는 물론이고, 우리나라 동물원에서도 쉽게 볼 수 있는 사자와 가젤을 이곳의 넓은 초원에서 보았다고 우리에게 어떤 차이가 있을까? 당연히 거의 없다. 동물원 우리 속의 사자와 달리 초원에서 졸고 있는 사자를 사파리 차량에서 보았다고 너무 자랑할 일은 아니지 않을까? 나에게 어떤 차이가 있을까? 나의 생각에 어떤 변화를 줄까? 설마 단순히 이런 피상적인 것을 보려고 이 먼 곳까지 온 것은 아니겠지.

그럼, 무엇을 얻어야 할까?

그것은 큰 숙제다. 숙제와 이에 대한 답은 사람과 시간에 따라 다르며 또 변한다. 여행은 쉽다. 아주 쉽다. 그러나 여행 후에 얻어야 하는 생각과 숙제는 매우 어렵다고 느낀다.

앞으로 바뀔 수도 있겠지만 지금 당장 위의 질문에 대한 나만의 답은 '같음과 다름'이다. 아프리카의 사람들이 우리와 같고, 서로 다른 자원과 문화를 교류하여 서로의 혜택을 높이는 데 기여할 수 있기를 바란다.

예전에 많은 사람들이 한센인들을 손가락질하며 멀리했다. 똑같은 동포인데도 나병 환자라고 무서워하며 도망가거나 도외시했다. 나와 다른 사람이라며 외면했다. 그런데 놀랍게도 하얀 피부와 파란 눈을 가진 선교사와 간호사들은 이들을 같은 사람으로 대했다. 다르게 보이는 외국인들은 그들을 똑같은 사람으로 대했다. 심한 병에 걸린 환자로 응당 치료해주어야 하기 때문에 보살펴주었다. 똑같은 우리는 다르게 대했지만 다른 그들은 똑같은 사람으로 여겼다.

유사하게 200년 전 노예제도가 있었을 때는 흑인과 백인은 달랐다. 그러나 지금은 같다. 어떻게 이런 '다름과 같음'이 생기며 또한 시대에 따라 변할까?

'같음과 다름'이 무엇일까? 같은 이웃이 환자를 다르게 본다. 달리 보이는 외국인이 환자를 똑같이 대하며 치료한다. 환자를 보면서 상대방이 나와 다르다고 여긴다. 사실은 내가 보는 대상이 나와 똑같은데, 내 마음이 그들을 받아들이지 않고 터부시하기 때문에 내 눈에 그들이 달라 보이는 것이 아닐까?

루사카 길거리의 땡볕에서 넓은 소쿠리를 머리에 얹고 잡다한 싸구려 물건을 팔러 다니는 행상인. 쾌적하고 화려한 백화점 매장에서 산뜻한 유니폼을 입고 비싼 물건을 파는 직원. 가족의 생계를 위해 길거리를 돌아다니는 잠비아 행상인과 한국의 백화점 직원이 다를까? 전혀 아니다. 피부색은 다르지만 똑같은 인간이자 판매원이다.

패키지여행 상품의 단체 관광객으로 현지인들과 분리된 별도의 교통편을 이용한다. 현지 주민들과 나뉘어서 만나기 어려운 호텔에만 머문다. 비록 아프리카 대륙에서 여행하며 실제 걷고 있지만 과천 서울동물원에서 분리되어 있는 동물들을 관람하는 것과 큰 차이가 있을까?

원컨대, 지금 나의 답인 '같음과 다름'이 시간을 두고 더욱 정교하며 구체적으로 바뀌길 바란다. 더욱 욕심을 낸다면 당장의 단순한 나의 답이 훨씬 가치 있는 내용으로 바뀔 수 있으면 좋겠다.

여행 초에 케이프타운 숙소에서 만났던 올리버는 주변 여행객들의 행동 패턴을 관찰하고, 수시로 대화를 시도하여 마음을 읽으려고 했다. 즉, 똑같은 사람들이지만 마음이 다르면 행동도 달리 표현된다고 생각하고 관찰하는 듯했다. 잘 관찰하기 위해 많은 대화를 나누려고 노력한다.

반면에 나는 많은 사람들이 피부색, 빈부, 종교 등 많은 다름이 있어도 결국 종합적으로 동일한 특성을 갖는다는 생각을 바탕으로 같음을 발견하고자 했다. 올리버는 나와 정반대로 비슷한 사람들에게서 서로 다른 생각과 행동을 분석하여 다른 캐릭터를 찾는다. 나와 올리버는 같은 아프리카 여행을 하지만 서로 정반대로 다른 시각에 관심을 두며 살펴본 셈이다.

여행 중반에 빅토리아폴스 마을의 숙소에서 만났던 미사코는 제2의 직업을 찾고자 사업 구상을 하며 여행 중이었다. 그래서 그녀는 항상 만나는 사람들이 무엇을 필요로 하는지에 관심이 많았다. 상대방이 필요를 느끼는 물건을 저렴하게 제공하는 방법이 그녀의 관심거리였다.

자, 이제는 마지막 질문이다.

"여러분이 아프리카 또는 먼 곳으로 여행을 떠난다면 여행에서 무엇에 제일 큰 관심을 두고 싶나요?"

#4
순다열도

다양한 문화에 취하다

자유여행을 계획할 때 무엇이 가장 중요할까? 물론 여러 가지가 있겠지만 나는 경로가 중요하다고 여긴다. 특히 목적지가 여러 곳일 경우에 이들을 잇는 선이다. 나는 오래전부터 줄줄이 이어진 섬, 순다열도에 가보고 싶었다.

왜?

특별한 이유는 없다. 언젠가 지도를 보았을 때, 그곳에는 쭉 이어진 섬들이 너무도 많았다. 징검다리 건너듯이 한 번은 꼭 지나 가보고 싶었다. 물론 작은 섬들이 많지만 엄청 큰 섬들도 여러 개 있다. 큰 섬들은 우리나라 면적의 두 배, 네 배, 일곱 배라 무척 크다. 너무도 넓다. 그렇지만 욕심 없이 나의 일정에 맞춰서 몇 군데를 선택하여 둘러보면 되겠지.

적도 근방에 펼쳐져 있는 많은 섬들. 기대가 컸다. 섬이라는 경계로 그곳에서 오래 지켜온 다양한 문화와 넓은 국토에 살고 있는 많은 사람들이 내 기대를 충족시켜줄 것만 같았다.

1. 폭발과 평온의 공존

여행의 시작은 수마
트라섬이다. 메단에서
네 시간 거리에 있는
토바(Toba) 호수로 가
는 도중에 브라스타기
마을이 있다. 이름 없

(구글 지도 이용)

는 그곳은 근처에 있는 시나붕 활화산 때문에 유명하다. 화산이 많지만 유
별나게 시나붕의 분출 주기가 최근 들어 아주 짧아지고 있다. 화산 폭발이
있어도 몇 년 지나면 생태계가 회복되고, 경작에 유리하여 주민들이 떠나
지 않는다고 한다. 그렇지만 이곳은 폭발이 너무 자주 발생하다 보니 접근
금지 지역이 점점 넓어지고 있다.

세계에서 활화산이 가장 많은 나라가 인도네시아이다. 그중에서 가장 빈
번하게 활동 중인 화산이 바로 이곳 시나붕이라니, 조기 경보로 인근 주민
들이 안전하길 바란다.

수마트라섬이 매우 커서 관광할 곳이 많다. 인도네시아 관광청의 소개
자료를 보면 명소가 많이 있지만 항상 토바 호수가 가장 먼저 나온다.

토바 – 세계에서 가장 큰 칼데라 호수

칼데라 호수는 화산 분화구에 생긴 호수로 우리에게는 백두산 천지의 사
진으로 익숙하다. 팸플릿에서는 토바 호수 크기를 길이 100km, 폭 30km, 깊
이 500m의 수치로 표현하는데 느낌이 잘 와닿지 않는다. 호수 안에 있는 사
모시르(Samosir)섬의 면적이 520㎢다. 숫자는 정확할지라도 쉽게 파악하기

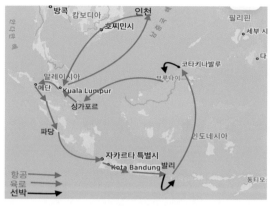

어렵다. 우리에게 익숙한 서울과 비교해보자. 섬 면적이 서울보다 조금 작다. 그럼 토바 호수의 크기는? 1,130㎢이니 섬 크기의 두 배가 조금 넘는다.

사모시르섬으로 가는 페리의 선착장이 있는 파라팟 마을에 도착했다. 우리는 시나붕 투어를 마치고 여행사 차량으로 편하게 왔다. 메단 시내 또는 공항에서 파라팟으로 이동한다면 방법은 네 가지이다. 제일 쉬운 택시부터 작은 승합차, 시외버스 또는 렌털이다.

렌털은 쉽지만 운전이 어렵다. 자세하게 묘사하면 현지인에게 모독으로 들릴 수 있으니 생략한다. 그러나 구불구불한 낭떠러지 길에서 흔하게 보는 과속은 상상하기 어려운 현지인들의 대담성을 보여준다.

버스와 달리 승합차의 요금은 사람마다 다를 수 있다. 소위 거래가 필요하다. 많은 사람에게 이상하게 들리겠지만 현지에서는 상식이다. 5~8명이 타는 승합차는 좌석에 따라 불편함의 정도가 다르다. 또한 정해진 시간에 출발하지 않고, 기사가 판단하여 충분한 수익이 가능한 인원을 태운 후에 출발한다. 쉽게 말하면, 언제 출발할지 아무도 모른다. 재수 좋으면 금방 갈 수도 있다. 물론 마지막으로 불편한 귀퉁이 좌석을 감수하면 곧바로 출발하겠다.

버스는 배차 간격이 크고, 상상하기 어렵게 오래 걸린다. 이곳 현지인들이 얼마나 느긋한지 배우려면 장거리 시외버스 타보기를 권한다. 세 번가량 체험하면 조급한 성격을 개조하는 데 큰 도움이 될 것이라 장담한다.

산림이 울창한 산 아래 조그만 마을에서 넓지만 잔잔한 호수를 보면 평온한 세상이 바로 여기라고 느낀다. 바다처럼 넓고 짙푸른 물빛은 태고를 품고 있다. 육지와 호수 안에 있는 섬을 잇는 큰 배가 떠다니고, 어부는 작은 배에서 그물을 친다. 속세를 떠난 듯 현실은 한가롭고 평온하다. 현재는 그렇다.

그러나 7만여 년 전에 이곳에서  화산이 폭발하여 모두 날아가버리고 세계에서 제일 큰 칼데라 호수가 생겼다. 토바 호수가 그 증거다.

토바에서는 120만 년 전부터 7만 년 전까지 네 차례 분화하였다. 이 중에서 가장 강력하고 현생인류가 멸망 직전까지 간 것은 7만여 년 전의 대형 분출이라고 한다. 지구가 현재와 비슷한 모습을 갖춘 이래 최대의 화산 폭발로 기록되어 있다. 당시에 어마어마한 양의 화산재가 햇빛을 막아 수년 동안 갑자기 지구의 기온이 내려갔다고 한다. 당시 현생인류가 고향인 아프리카를 떠나 중동과 아시아로 진출하기 바로 전이다.

토바 호수와 사모시르섬에 연관된 설명을 처음 들었을 때, 나는 직감적으로 깜짝 놀랐다.

"이렇게 최근에!" 등골이 오싹했다. 세상의 종말, 인류와 생명체의 멸종이 졸지에 곧 올 수 있겠다는 느낌마저 들었다.

눈앞에 펼쳐져 있는 토바에서 화산 폭발이 7만 4,000년 전에 발생하여 지구를 흔들었다니! 우리에게 영화로 익숙한 〈쥬라기 공원〉의 공룡시대는 2억~6,500만 년 전이다. 땅, 바다, 하늘 어디에서나 그렇게 많던 공룡이 어마어마하게 오랜 시기 동안 세상을 지배하다가 6,500만 년 전에 멸종했다.

6,500만 년 전과 7만 4,000년 전을 비교해보라.

거의 천 배의 시간 차이, 즉 0.114%에 불과한 시간이다. 천분의 일이다. 크게 보면 이렇게 최근에 대폭발이 일어나서 화산재와 유독가스가 지구 북반구를 2년 동안 뒤덮었다. 햇빛을 가려 암흑 세상이 계속 이어지고, 지구의 기온이 내려갔다.

나는 겁을 먹고 충격을 받았는데, 함께 설명을 들은 다른 관광객들은 여유롭게 먼 옛날의 '귀신 씻나락 까먹는 소리'라고 생각하는지 모두 태연했다.

브라스타기에서 산길을 한참 달려 파라팟 마을에 다다른다. 한적하고 평화로운 풍경과 마을. 승선표를 산 다음에 선착장 부근의 식당에서 점심을 먹는다. 사실 선착장 부근은 비탈진 곳이라 마을에서 떨어져 있다. 그래도 왕래하는 관광객이 많은지 상권이 형성되어 있다. 식사 후에 바나나튀김을 맛있게 먹었다.

배를 타고 사모시르섬의 물가에 흩어져 있는 자그마한 마을 중의 한 곳에서 내린다. 주로 관광객을 위한 숙소와 식당이 많고 여행자를 위한 서비스업을 고루 갖추고 있는 툭툭 마을이다. 넓지만 잔잔한 바다 아닌 호수의 뱃길.

서로 붙어 있는 호텔 몇 개를 보다가 딱 마음에 드는 곳을 찾았다. 그런데 당일 하루만 가능하고 다음 날부터는 빈방이 없다고 한다. 숙소가 마음에 들어 이곳에서 하루를 지낸다.

찰랑거리는 물결과 닿아 있는 숙소 방 앞의 정원. 슬리퍼를 신고 나와 정원의 나무와 꽃 사이를 둘러보다가 바로 앞 물가로 간다. 바다처럼 보여도 큰 파도가 없어서인지 객실은 물가로부터 불과 10m에 불과하다. 이렇게 가까운 위치에 방 안의 소파, 테라스에 있는 탁자와 의자, 정원 야자수 아래의 철제 탁자와 의자, 정원 물가의 나무 벤치, 물에 접한 펑퍼짐한 바위가 모두 다 있다. 키 큰 야자수 몇 그루 사이에 꽃나무들이 반갑게 피어 있다.

정원이 말하는 듯하다. '마음대로 선택하여 쉬세요.' 쉼터에서 편할 대로 취향 따라 골라서 마음대로 푹 쉬라는 배려다. 소박하지만 친절한 배려가 아름답다. 어디서나 토바의 잔잔한 물결과 멀리 건너편에 있는 높은 산 풍경을 즐길 수 있다.

절경과 평화마저 무료해지면 숙소의 카페 겸 식당에서 카푸치노 혹은 열대 과일 주스를 즐긴다. 이곳에서 나의 최애 선택, 패션프루트 주스. 이것도 따분해지면 왕복하는 배가 닿는 조그만 선착장 옆에 줄지어 있는 목재 3단 접이의자로 간다. 아주 푹 늘어져 쉬라고 바람이 말하는 것 같다.

집에 돌아온 후에도 혹시 정치집단들의 상호 비방에 마음이 상하거나 큰 사건 사고 뉴스를 접해 마음이 불편해지면 그곳으로 날아간다. 옆 사람들과 괜히 사소한 일로 언짢아지거나 책 보다가 눈이 피곤해지면 새롭게 '마음의 고향'이 된 토바 호수 안의 사모시르 정원으로 훨훨 날아간다. 그리고 패션프루트 음료 한 잔을 마신다.

어린 시절에 면벽 수행이란 말을 듣고 실제 수행 과정이 궁금했었다. 잡다한 생각을 물리치기 위해 아무것도 없는 곳에서 벽을 마주하는 마음의 정진 수행을 의미할 것이라 짐작했다. 들은 지 수십 년이 지났지만 여러 가지 핑계로 면벽 수행을 하는 것은 고사하고 옆에서 참관도 못 했다.

그런데 사모시르섬의 숙소에서 생각이 바뀌었다. 아름다운 정원, 넓은 호수, 원경의 산과 숲 풍경을 고요하게 바라보는 것이 벽을 대면하는 것보다 정진 수행에 낫지 않을까?

토바 호수에서 아름답고 맑은 경관을 바라보고 있으면, 내가 억지로 수행을 하는 것이 아니라 저절로 몸과 마음이 힐링되는 것처럼 느껴진다. 소위 선계처럼 훌륭한 환경에서 좋은 기운을 받는 듯하다. 깨끗하고 푸른 호수, 그림 같은 산의 경관을 바라보면 세상 속의 모든 두려움과 괴로움이 저절로 사라지는 느낌을 받게 된다. 억지스럽거나 힘든 노력 없이도 어느새 저절로 다가오는 순결한 느낌이 황홀하다.

토바 호수 안의 사모시르섬!

'내 마음의 고향.'

거칠고 힘든 일상에서 늘 평온을 맛보고자 나의 프로필 사진에 토바 호수를 올린다.

2. 역동성의 진수를 맛보다

토바에서 사흘 동안 꿈같은 휴식을 취하고 다시 남쪽으로 향한다. 기뻤다. 휴식을 가진 것이 즐거웠다기보다 휴식을 취하는 멋진 방법을 발견한 것이 기뻤다. 휴가가 길게 주어져도 즐겁게 지내는 방법을 찾지 못하여 안절부절못하는 경우도 흔하다.

도착한 날에 예약해두었던 버스를 타고 부키팅기(Bukittinggi)로 간다. 부키팅기의 위도는 남위 0.3도이니 사실 적도에 있는 셈이다. 오전에 버스를 타고 아무런 느낌 없이 적도를 지나 남반구로 넘어왔다. 고도가 높아서 습도와 기온이 높지 않아 비교적 상쾌한 편이다. 조그만 마을이라 번잡하지 않다. 그렇지만 여행자를 위한 모든 것이 부족함 없이 구비되어 있다. 소박하게 작고 평온한 마을이다.

인포센터에 들러서 인도네시아와 수마트라섬 관련 홍보 책자를 살펴보았다. 이때 내 눈을 사로잡은 사진이 있었다. 논에서 질주하는 소 두 마리를 연결한 간단한 도구 위에 청년이 서 있다. 흙탕물을 뒤집어쓰면서 달리는 소를 독려하며 균형을 잡고 함께 내달린다. 동영상이 아닌 사진 한 장이지만 튀기는 물, 질주하는 두 마리 소의 여덟 개 발의 움직임, 관중들의 함성이 느껴진다. 놀라운 역동성이다. 풀밭이나 초원 또는 좁은 투우장의 질주가 아니다. 온몸에 흙탕물을 뒤집어쓴 채 질주하는 청년, 논둑에서 환호하는 관중들의 흥분이 그대로 전해진다. 감동적인 사진이었다. 축제 장소를 확인하니 부키팅기의 인근 마을이다. 부근을 지나가면 꼭 들러보고 싶었다.

이 경기의 이름은 파추자위(Pacu Jawi)다. 부키팅기의 남동쪽 방향으로 20 km 거리에 마라피(2,891m) 화산의 정상이 있다. 마리피의 남쪽 기슭에 타나 다타르 지역이 있고, 넓은 구릉지에 네 개의 마을이 있다. 이곳의 마을들이 교대로 파추자위 축제를 개최한다. 수 세기에 걸친 전통을 이어가고 있다.

서부 수마트라에 많이 거주하는 미낭카바우족 마을에서는 마라피 화산을 신성시하기 때문에 화산을 바라보는 논에서만 경주를 열 수 있다고 한다. 마을은 쌀농사를 주업으로 이모작을 한다. 자연스럽게 추수를 마친 논에서 다음 농사를 시작하기 전에 축제를 연다. 따라서 축제는 매년 2회다.

농경 사회에서 논과 밭의 쟁기질은 매우 중요하다. 농작물을 재배할 땅을 갈고 흙을 잘게 부수는 기구가 쟁기다. 땅을 깊게 뒤엎으면 통기성이 좋아지고 영양소를 땅 위로 뒤엎어서 농사의 소출을 높일 수 있다. 이런 쟁기질에 힘이 센 소를 이용한다.

이를 파추자위 경기에 그대로 반영한다. 소 두 마리를 줄로 느슨하게 연결하여 뒤쪽에 쟁기 형태의 나뭇조각을 댄다. 소를 다루는 기수가 이 위에 타고 소를 몬다. 경주는 물이 가득한 논에서 60~250m를 달린다. 소 두 마리가 서로 느슨하게 연결되어 있어 각기 다른 속도와 방향으로 달릴 수 있다. 따라서 기수는 소를 통제하며 자신의 자세도 유지해야 한다.

경주 도중에 기수가 균형을 잃고 넘어지면 당연히 실격이다. 기수는 나무 발판 위에 서서 오로지 소꼬리를 움켜쥐고 균형을 유지한다. 경마 경기에서 기수가 말을 독려하기 위해 사용하는 회초리는 없다. 대신에 기수는 소의 꼬리를 이로 깨물어서 질주를 독려할 수 있다.

그러나 통상적인 다른 경주 종목과 달리 파추자위 경기에서는 소끼리 직접 경쟁하지 않는다. 즉, 소와 기수가 한 팀이 되어 독자적으로 질주한다. 주변 관중들이 이 과정을 보고 달리는 소의 능력을 평가한다. 이때 근처에 있는 관중에게도 흙탕물이 튀는데, 이것도 축제의 일부가 된다. 아마 흙탕물을 뒤집어쓴 기수와 동질감을 조금이나마 맛보는 효과가 있을 것 같다.

여러 평가 항목이 있지만 속도보다는 소의 직진성이 중요하다. 기수는 소가 일직선으로 달리도록 조정해야 한다. 이 점은 농사에서의 필요성과 일치한다. 이를 통해서 좋은 평가를 받은 소의 몸값이 높아진다.

전통적으로 소와 기수의 공식적인 승리 팀을 발표하지 않는다. 달리는 속도 순위보다 소의 능력 평가를 중요하게 여기는 것은 농경 사회에서 필요한 점을 반영한다고 느껴진다.

파추자위 소 경주는 '알렉 파추자위'라는 마을 문화 축제의 한 종목으로 동시에 열렸다. 추수를 마친 기쁨을 마을 주민들이 함께 나누는 자리에서 소 경주의 볼거리를 제공하는 것이 전통이었다.

그러나 최근에는 지역의 관광 상품, 특히 사진 촬영 동호인 클럽의 출사 대상으로 인기를 끌게 되어 지방자치단체의 지원을 받게 되었다. 파추자위 경기뿐만 아니라 인근의 풍광이 훌륭하여 사진작가들이 많이 방문한다. 마라피 화산, 굽이치는 넓은 구릉, 전통적인 형태의 경작지와 주민들의 생활 터전 등의 다양한 작품 소재를 찾을 수 있어 인기를 끌고 있다.

전통적으로 연 2회 열리던 행사가 점차 늘어나더니, 급기야 한 마을에서 두 달마다 파추자위 경기 행사를 열었다. 행사마다 네 번의 경기를 치르니 평균 격주로 열리는 셈이다. 전통적인 추수감사제 성격의 축제 분위기가 사라지고 있다. 대신에 상업성을 띠는 지역의 대표적인 관광 상품으로 부각되고 있는 것이다. 이름도 몰랐던 깊은 산중 작은 마을에 관광객들이 몰려오니 상업성이 고개를 드는 것은 자연스럽다. 해당 마을에서 자체적으로 상업성과 문화 보존을 함께 논의하여 주민들이 진정으로 원하는 방향으로 나아가리라 믿는다.

부키팅기에서 동쪽으로 30㎞ 거리에 비슷한 크기의 산속 마을인 파야쿰 부 시가 있다. 파추자위가 열리는 타나다타르 지역의 바로 북동쪽에 해당한다. 물론 이곳의 주민도 거의 미낭카바우인이다.

논에는 물이 많고 오리는 물을 좋아한다. 그래서 파추자위와 유사한 이유로 이곳에서는 파추이티아크(Pacu Itiak)라고 불리는 '오리 날리기' 경주 축제가 있다.

물론 오리는 물소에 비해 너무 작아서 경기의 역동성은 없다. 하지만 인근 주민들이 애착을 갖고 1,000년 이상 즐겨온 축제라고 한다. 경기에 참가하는 주민들은 애지중지 오리를 훈련시키며 키운다. 경기에서는 주인이 오리를 공중으로 던져서 날리는데 2㎞까지 난다고 한다. 오리가 그렇게 먼 거리를 날 수 있다니 놀랍다.

주민들의 생활환경과 밀접한 형태의 축제를 보존하여야 마땅하겠다. 주민들이 직접 참여하여 함께 즐기며 또한 외부에서 관광객들이 관심을 갖고 찾아오면 더할 나위 없이 좋은 일이다. 즐거운 전통을 오래 보존하며 번창하길 빈다.

3. 관광과 여행의 차이

파당은 부키팅기에서 가장 중요한 역할을 하는 도시라 교통편이 자주 있다. 승합차로 3시간 거리다. 멀리서 보이던 화산 두 개 사이로 들어간다. 좌우에 한라산 높이의 산이 점점 다가온다. 그렇지만 토바 호수에서 내려오던 깊은 산속은 아니다. 야트막한 산길을 달리다가 드디어 바다 근처로 간다. 바닷가에 있는 파당 공항(PDG)에서 기다리는 손님을 태우기 위해서다.

예약한 숙소의 체크인 시간에 맞추어 도착했다. 호텔이 큰 규모는 아니지만 의외로 깔끔하다. 숙소를 예약할 때, 호텔 등급과 사용자 후기를 검토하지만 실제와 다른 경우가 많다. 그래서 호텔의 영업 개시 연도를 참조한다. 정보를 찾을 수 없는 경우도 있지만 일반적으로 신규 호텔이 깔끔할 확률이 높다.

파당의 해안선은 거의 모두 백사장인데 직선이다. 따라서 도심 어디에서나 남서쪽으로 계속 걸어가면 백사장과 접해서 달리는 사무드라 대로와 직각으로 만날 수밖에 없다. 길을 건너면 백사장이고 비치 놀이터다. 수영 준비가 됐다면 곧바로 바다로 들어간다. 인도양이다. 끝이 없어 보인다. 계속 앞으로, 그리고 조금 왼쪽으로 가면 남극, 약간 오른쪽으로 가면 아프리카 동쪽 해안에 도달한다. 둘 다 아주 먼 곳이다.

바닷가 백사장에 서서 남극을 바라보면 보이지 않는다. 유치원 아이들의 노래처럼 지구가 둥글기 때문에 볼 수 없다. 청명한 날에 해변에 서서 보면 수평선이 대략 5㎞ 거리에 있다. 무척 멀리까지 볼 수 있을 것처럼 느껴지지만 사실은 의외로 짧다. 물론 10㎞ 떨어진 섬도 잘 보인다. 섬에 있는 높은 산 때문이다. 그렇지만 해안에 정박해 있는 작은 배는 볼 수 없다.

아주 특별하거나 유난스럽게 눈
에 띄는 점은 없지만 거시적으로
파악할 때 파당은 필연적 태생의
도시다. 우리나라 네 배가 넘는 크
기의 수마트라섬에서 동쪽 해안은
말레이반도와 근접하며 말라카해협의 장점을 누리고 있다. 그곳에 제일 큰
도시인 메단이 자리 잡고 있는 것은 어쩌면 당연하다. 또한 자와(Jawa)섬이
인도네시아의 중심이라는 사실은 명확하다. 메단이 북동쪽에 치우쳐 있으
니 자카르타에 가까운 섬의 남쪽 지역에 제2의 도시인 팔렘방이 있는 것도
자연스럽다.

그럼 제3의 도시는 어디에 있을 것으로 예측 가능할까? 자명하게도 매우
길게 인도양에 접해 있는 섬의 서해안일 것이다. 서해안의 중심에 파당이
있다. 제3의 도시가 파당이다. 지정학적으로 타당하다.

메단 공항에 내린 지 일주일이 지났다. 새롭고 기쁜 기억을 많이 얻었다.
행복한 느낌이 든다. 사진도 많이 찍었지만 더욱 중요한 것은 즐거운 이미
지를 머리와 가슴에 새긴 것이다. 항상 어디에서나 눈을 감고 되새겨보면
저절로 미소가 생기고 흡족한 기분이 들게 하는 기억들! 이런 기억과 기쁨
을 찾기 위해 여행을 하겠지.

그러나 지도를 보라!

순다열도의 수많은 섬 중에서 이제 겨우 첫 번째 섬의 절반을 찾아가 본

정도다. 물론 실뱅 테송이 보기에는 턱도 없다. 17시간 동안 야간 버스를 타고 먼 지역으로 후딱 지나가버리고 여행했다고? '그것은 여행이 아니라 단지 버스 타기야.'라고 그가 나무랄 것만 같다. 맞는 이야기다. 그러나 우리는 실뱅 테송이 될 수 없다. 연차를 모두 합한 기간이 끝나면 여행을 마치고 복귀해야 하는 직장이 있다.

'야간 버스 타기'보다 더 심하게, 수마트라섬의 나머지 절반을 포기하고 비행기를 타고 자카르타로 날아간다. 실뱅이 야단치더라도 어쩔 수 없는 선택이다.

파당 공항(PDG)에서 스리위자야 국내선을 타고 자카르타(CGK)에 내린다. 자카르타는 큰 도시다. 크기도 하지만 복잡한 도시라 표현하는 것이 합당하겠다. 아마도 크면서 혼잡스런 도시로 상하이, 뭄바이, 카이로, 뉴델리, 멕시코시티 등과 어깨를 견줄 듯하다.

공항에서 나와 담리 버스를 타고 독립기념탑이 있는 모나스(Monas) 공원 옆에 있는 감비르역에서 내렸다. 예상했던 대로 복잡하다. 처음 온 곳이지만 지도를 보고 윤곽을 파악하고 있다. 특히 엄청 넓지만 네모반듯한 모양의 모나스 옆이니 방향 잡기가 쉽다. 예약한 숙소도 가깝다.

그러나 쉽지 않다. 빤히 보이는 바로 앞의 티무르 대로를 건너는 것이 어려워 보인다. 도로에 차량이 많기 때문만이 아니다. 역 앞 좁은 공간에 택시, 베착, 모터바이크, 행인, 짐수레가 온통 섞여 있다.

극단적인 다양성을 폭넓게 제시하는 자카르타는 나에게 최고의 여행지에 가까웠다. 찾아갈 곳이 많아서 신나고 즐거웠다. 그렇지만 또 시간 부족으로 이틀을 보낸 후에 지역을 건너뛴다. 이번에는 기차를 타고 650㎞를 달려 욕야카르타(Yogyakarta)로 이동한다. 현지에서 보통 족자(Jokja)라고 부른다.

이른 아침에 숙소를 나와서 시간 여유를 갖고 역(Pasar Senen)으로 간다. 이틀 전에 숙소 옆의 편의점에서 기차표를 예약하여 그때 출력한 표를 손에 들고 있다. 노선에 따라 역이 분산되어 있는지 크게 붐비지 않았다. 7시 30분 정각에 출발한다.

기차를 타니 비즈니스칸이라 그런지 의외로 승객이 거의 없어 너무 한적하다. 한가한 승무원에게 이유를 물어본다. 라마단 기간이라 이곳에서는 여행을 거의 하지 않는다고 설명한다. 무슬림이 90%에 가까울 정도로 많으니 이해된다.

인도네시아는 '불의 고리'라고 부르는 환태평양조산대에 위치하여 활화산이 많다. 이 때문인지 비상사태 대응 계획 등 우울한 생각에 잠시 빠지기도 했다. 그러나 아주 편한 기차 여행이었다. 대체로 넓은 농지와 야트막한 구릉지대를 지나니 창밖 풍경도 정다웠다. 이곳은 욕야카르타가 정식 명칭으로 지도에 나와 있지만 현지 주민들은 족자라고 짧게 부른다. 예정 시간보다 조금 늦게 족자역에 도착했다. 흔히 옛 이름대로 투구(Tugu)역이라 부르기도 한다.

역에서 가까운 말리오보로는 족자에서 가장 중심 역할을 하는 여행자 거리다. 숙소, 음식점, 카페, 기념품 가게, 여행사 등이 몰려 있기 때문이다. 족자는 여행자를 위한 도시로 특화되어 있다. 아마도 도시 크기에 비해 이곳을 찾는 외국인의 비중이 높기로는 인도네시아에서 발리 다음이리라.

족자의 정치적 특징에 관심이 많아서 외국인 관광객이 몰려들까? 물론 아니다. 이곳은 여행 가치가 크기 때문이다. 사실 말리오보로 여행자 거리로 대표되는 현지 문화 수준은 여행자에 따라 견해 차이가 클 수 있다.

오밀조밀하게 꾸며진 카페에 감수성 높은 여행자는 원시적 자연미를 높이 평가해서 후한 점수를 줄 수 있다. 다양하고도 저렴한 기념품에 흥미를 갖는 여행자도 많다. 그러나 사소한 음료나 기념품이 근본 이유가 될 수 없다.

족자에서 북서쪽 방향으로 불과 42㎞ 거리에 보로부두르(Borobudur) 불교 사원이 있다. 거대하며 독특한 구조다. 심플하고 동시에 정교하다. 놀랍다. 신자가 아니어도 저절로 고개가 숙여진다.

9세기경에 샤일렌드라 왕조 때 축조되었다. 불행히도 근처의 므라피(Merapi) 화산이 폭발하면서 화산재에 파묻혔고 왕조도 사라졌다. 1815년에야 다시 발견되었고 1991년에는 아시아 최초로 유네스코 세계 문화유산으로 지정됐다.

사각형 기단을 오르며 거대한 구조에 놀란다. 계단으로 올라가서 사방으

로 돌면서 부처를 만난다. 보통 사찰 건물 안의 시원한 곳에 모시지만 보로
부두르에서는 적도의 뜨거운 태양 아래에 노출되어 정좌하고 계신다. 설계
자와 제작자는 죄송한 마음에 종 모양의 석조물 가리개(스투파)로 덮어드렸
으리라.

수많은 석조물 중에는 덮개가 사라진 곳도 많다. 부처는 전혀 아랑곳하
지 않고 사바세계를 교화하는 암시를 보내는 듯하다. 스콜이 쏟아지거나
햇볕이 뜨겁거나, 밤이나 낮이나, 참배객이 몰리거나 없거나, 불교 신자거
나 아니거나 상관없이 번뇌의 세계를 헤쳐나가는 지혜를 말없이 전하는 듯
싶다.

거추장스런 사찰과 제단 없이 오로지 석조물을 쌓아올리고 조각하여 대
사원을 축조한 1,200년 전 자와인들의 높은 득도 수준이 부럽다. 잡스런 치
장이 단순함을 이길 수 없다. 가르침을 위해 정교한 부조는 매우 많지만 부
질없는 재물을 올려놓는 제단은 없다.

부처는 아무것도 없는 공을 그렇게 가르쳤건만 온갖 허접한 것들을 제단
에 올리는 사찰들이 많다. 여기 보로부두르에는 불심, 자비, 지혜 외에는
아무것도 없다. 정화수 한 잔, 향 한 자루도 없다. 강렬한 햇빛과 어디선가
불어오는 바람뿐이다.

보로부두르와 함께 경이로운 사원이 또 있다. 50년 후인 9세기경에 건축
된 것으로 추측되는 프람바난(Prambanan) 사원이다. 족자에서 북동쪽으로
15㎞ 떨어져 있는 거대한 힌두 사원이다. 가운데 시바 사원을 중심으로 여
러 개의 사원들이 모여 있는 형태이다. 힌두교 3대 신에게 봉헌된 프람바
난 사원은 정교한 부조 장식으로 가득하다.

사원은 3개의 광장으로 설계되었는데, 유적지 안에 무려 224개의 사원이 있다. 가운데에 사원이 16개 있는데, 브라마 사원, 비슈누 사원, 중앙에 있는 높이 47m의 시바 사원이 핵심이다.

그러나 불행히도 보로부두르 사원과 마찬가지로 프람바난 사원도 완성된 지 얼마 되지 않아 북쪽에 있는 므라피 화산의 분출로 인해 황폐해졌다. 안타깝게 위대한 창조물은 화산재에 묻히고 왕조도 몰락했다.

프람바난 사원에서 불과 800m 북쪽에 세우 불교 사원(Candi Sewu)이 있다. 프람바난 사원보다 빠른 8세기에 건축된 세우 사원은 덜 알려져 있지만 매우 훌륭한 건축군이다. 중앙의 탑을 둘러싸고 있는 8개의 둘레 탑, 다시 주위를 둘러싸는 무수히 많은 작은 탑으로 사원이 구성된다.

사실 세우 불교 사원과 프람바난 힌두 사원은 연결되어 있다. 두 사원의 거리가 가깝기도 하지만 사이에 소규모의 부브라와 룸붕 불교 사원이 적절하게 배치되어 있다.

1,000년 이상의 세월과 므라피 화산의 잦은 활동으로 무너져서 아직 복원이 덜 된 사원이 많다. 비록 덜 알려져 관광객이 찾지 않는 소형 사원군이 프람바난 사원을 크게 둘러싸고 있다.

약 8세기 인근 왕조의 5대 왕에 의해 창건된 세우 사원은 이후 6대 왕이 확장한 것으로 여겨진다. 유적과 함께 발견된 점토판이 있다. 글씨를 새겨 적은 후에 구운 점토판인데 당시 힌두교인 왕이 불교를 믿는 스리위자야 왕조의 공주와 결혼했다는 내용이 적혀 있다. 힌두 사원인 프람바난 사원과 가깝게 연계된 곳에 세운 불교 사원이 있는 사실로 보아 당시에 서로 다른 종교를 믿는 두 왕조의 왕과 공주가 결혼하여 두 종교의 화합을 기원했던 것으로 추정한다. 아름다운 옛이야기다.

같은 뿌리를 갖는 유대교와 이슬람교를 믿는 신자들은 오랫동안 서로 반목한다. 이슬람교의 시아파와 수니파의 관계는 어떠한가? 서로 내부의 믿음을 강화하며 단결을 외친다.

믿음의 강화와 단결이 무엇일까?

내부 단결은 외부를 배척하는 것일까? 내부의 사랑이 외부로 향하면 증오로 바뀐다. 자기의 경전을 절대적으로 믿고 암송하면서 상대의 믿음에는 고개를 돌려 외면한다. 같은 교파끼리는 아무리 인종이 달라도 형제자매지만 다른 교파를 믿는 형제는 악마의 자식들이 된다. 사랑하라는 종교의 가르침은 내부에 그치며, 외부로는 성전에 자살 폭탄을 시도하고 전쟁을 불사한다. 무지한 종교가 끝없는 비극을 부른다.

인도 북부 잠무카슈미르의 레(Leh)에서 스리나가르(Srinagar)로 가는 길은 고도가 높은 험준한 산악 지대다. 눈 때문에 하절기에만 도로가 열리지만 상태가 좋지 않아 위험한 구간이다. 티베트 불교 지역에서 이슬람권으로 바뀌는 경계 지역을 지난다.

매우 높은 청정 지역이라 멋진 풍광이 도처에 많다. 그중에서 가장 잊을 수 없는 아름다운 광경을 나의 가슴속에 품고 있다. 깊은 계곡의 양쪽 가파른 사면에 조그마한 마을들이 간간이 이어진다. 한쪽 사면의 마을에는 티베트 불교의 곰파 사원이 있고, 마주 보이는 다른 쪽 사면의 무슬림 마을에는 모스크가 있다. 물론 계곡이 깊어 비록 가깝게 보일지라도 멀리 돌아서 가야 한다. 이들은 서로 반목하지 않고 마주 보고 있다.

오늘 찾아가서 목격한 프람바난 힌두 사원과 세우 불교 사원은 아무런 계곡이나 강이 없는 평탄한 지역에서 불과 800m 거리에 있다. 두 개의 다른 종교 사원이 아주 가깝게 연결되어 있다. 각자 인류 최고 수준의 장엄한 아름다움을 창조하여 아무런 외침 없이 고요하게 지혜와 사랑을 보여준다.

인류 최고의 아름다운 가르침이다.

이곳이야말로 사랑과 평화의 현장이다.

무릇 종교 지도자라면 반드시 찾아와서 포교 대신에 자기 성찰의 시간을 가져야 할 장소다.

4. 화산의 전설이 신앙이 되다

족자에 도착한 후, 적절한 여행사 상품을 찾아보았다. 가장 평범한 여정인 브로모 화산, 카와이젠을 구경한 후에 발리로 가는 2박 3일 상품이 있다. 짧은 일정으로 자와섬 투어를 하는 여행자들에게 가장 흔한 여정이다. 그래서 여행사마다 식사와 숙소 등급만 차이가 나는 유사한 상품으로 경쟁한다.

 투어 첫날 이른 아
침을 먹고 여행사 앞
에서 대기하고 있는
소형 버스에 오른다.
평범한 일정이라 참가한 팀원이 20명가량으로 많다. 외국인이 일부이고
인도네시아 여행자가 더 많다.

2박 3일 동안 차를 타는 시간이 매우 길다. 여행으로 포장된 '차를 타고
이동하기'다. 실뱅 테송의 질책이 다시 우려된다. 시간이 촉박하여 명소만
찾아가서 사진 찍고 또 차를 타고 이동한다.

시간이 없어서 전체 글의 내용을 파악하지 못하고 거두절미하여 중요하
게 보이는 일부분만 골라서 읽는 꼴이다. 왜곡이 발생한다. 잘못된 이해가
개선되지 못하고 더욱 고착된다. 여행의 몸통을 건너뛰고 설정된 특정 장
소만 살펴본다. 시간이 걸리더라도 진지한 대화를 통해서 속마음을 살피려
하지 않는다. 마치 소개팅에서 아무런 대화 없이, 뷰티 살롱에서 전문 스타
일리스트가 대신 꾸며준 외모만 잠시 살펴보는 셈이다. 이렇게 하여 상대
방을 제대로 알 수 있을까?

새벽 일찍 전망대로 올라가서 일출을 보기 위해 어젯밤에는 일찍 잠을
잤다. 어제는 버스 이동뿐이었는데 피곤하여 일찍 잠들 수밖에 없었다.

전망대는 추울 거라고 하니 옷을 잘 챙겨 입는다. 약속 시간 전에 로비로
내려가니 의외로 많은 사람들로 혼잡스럽다. 헤드랜턴을 쓴 가이드는 인원
체크를 위해 분주하다. 이곳 숙소에 우리 팀 외에도 방문객이 많은지 정문
길목에 시동을 켠 차량이 여러 대 있다.

이른 새벽 시간 3시 30분에 출발한다. 어제 올라온 길로 계속 4㎞를 더 올라가면 마지막 마을인 세모로라왕이다. 여기서 비포장길을 오르기 위해 사륜 지프차로 바꿔 탄다. 컴컴한 새벽에 눈앞에서 헤드라이트와 헤드랜턴이 번쩍인다. 정말로 많다. 인도네시아에 있는 지프차는 모두 작은 이 마을로 집결한 듯하다. 차량이 모두 빨강, 초록, 파랑색 등 화려하다. 우리나라에서 흔한 무채색 차는 단 한 대도 없는 듯하다.

캄캄한 산길을 오른다. 길이 파여서 차가 뒤뚱거린다. 작은 시냇물도 그대로 통과한다. 승객들이 놀라도 기사는 아무런 말이나 반응이 없다. 날마다 수차례 오르내리는 루틴인 모양이다.

20분가량 달려서 페난자칸 전망대에 도착했다. 껌껌한데도 우리보다 먼저 온 팀들이 많은지 좁은 길가에 지프차의 행렬이 끝없다. 비슷한 지프차가 이렇게 많은데 돌아갈 때 쉽게 찾을 수 있을까? 걱정스러워 타고 온 차의 앞뒤 사진을 찍는다. 어두워서 무작정 앞사람들을 따라 전망대 쪽으로 걸어간다.

날마다 뜨는 해를 보는 것에 어떤 의미가 있을까? 내가 기쁘거나 슬퍼도 태양은 변함없이 떠오른다. 내 마음 따라 해가 바뀌면 큰일 난다. 나의 환상일 뿐, 해는 진정으로 나와는 아무런 상관이 없고, 또 그래야만 한다.

'해가 뜨다니! 도대체, 무슨 말이야?' 지구가 돌아서 해가 있는 쪽으로 우리가 고개를 돌려 보는 것 아닌가?

멋진 일출? 정말 그럴까?

계란프라이 노른자처럼 작게 보이는 해가 멋있는 것이 아니라, 햇빛을 받아 구름에 반사되면서 빛이 분광되어 붉은색과 노란색 사이의 다채로운 빛을 내는 구름이 멋있게 보이는 것이겠지. 멋진 태양이 아니라 우리는 일출 시간에 멋지게 채색된 구름을 볼 뿐이다.

나는 오래전부터 일출에 관해 의미를 두는 것이 달갑지 않았다. 특히 새해 일출이 그렇다. 새해 첫날에는 조용히 새해 계획을 구상하며 대략적으로 점검하는 시간을 갖는 것이 타당할 듯하다. 새해 첫날부터, 아니 지난해 마지막 날부터 일출 명소를 찾아가는 엄청난 인파를 이해하기 어려웠다. 물론 새해를 맞아서 새로운 다짐을 굳게 할 수 있겠지. 그러나 인파가 몰리는 명소에 가면서 이미 진이 빠져버리지 않을까? 차라리 방에서 벽을 보고 굳센 다짐을 하는 것이 낫지 않을까?

페난자칸 전망대는 고도가 2,700m나 되어 추웠다. 비록 적도 아래의 열대지방이지만 고도 때문에 기온이 낮다. 낮에는 덥기 때문에 새벽에는 더 춥게 느껴진다. 가이드가 추위에 대비하라고 여러 번 강조했었다.

좁은 전망대에서 가만히 기다리니 더욱 춥다. 근처에 늘어선 간이 판매대에서 뜨거운 음료를 파는데 줄이 길다. 우리도 뜨거운 코코아를 마셨다.

여기까지 커다란 렌즈와 삼발이까지 갖추고 출사 나온 사진 애호가들이 많다. 미리 와서 앞쪽에 삼발이를 세운 작가, 뒤쪽 나무 사이의 조금 높은 곳에 설치한 전문가 등 모두 말없이 진지하다.

조금 웅성거리는가 싶더니 곧 누군가 소리를 지른다. 동쪽 하늘에 푸른 기운이 약간 보이는 듯하다. 모두들 고개를 들었지만 다시 잠잠해진다. 결코 해가 갑자기 쨍하고 뜨지 않는 모양이다. 그런데 푸른 기운이 점차 힘을 받는 것처럼 느껴진다. 다시 웅성거리기 시작하더니 곧 환호의 물결로 바뀐다. 푸른 기운이 조금 더 어둠을 밀어낸다. 이제는 조금도 춥지 않다. 움츠렸던 모두가 환하게 웃음 띠며 상기되어 있다. 동쪽 하늘이 아니라, 해가 주변 사람들의 얼굴에서 먼저 뜨는 것 같다. 어두운 전망대에 열기가 느껴진다.

동쪽 하늘의 푸른빛이 조금 하얗게, 다시 오렌지색이 보이는 것 같더니 점차 붉은 색조를 띠기 시작한다. 곧 멀리 산등성이를 따라서 붉은 기운이 넓게 펼쳐진다. 모두들 카메라를 들고 준비한다. 아마도 이미 찍고 있는 사람도 있겠지.

어둠에 묻혀 있던 화산 세 개, 바톡, 브로모, 스메루 화산이 윤곽을 나타낸다. 전망대에서 보니 20㎞ 거리에 있는 스메루 화산도 그리 멀어 보이지 않고, 가까운 브로모 화산은 내려다보인다. 산의 크기와 높이에 비해 유난히 넓은 분화구에서 연기가 피어오른다.

낮에는 너무 밝아서 맨눈으로 해를 볼 수가 없다. 그런데 일출 때 보니 움직임이 의외로 빠르다. 벌써 떠올라 붉게 물든 하늘 속에 오렌지색 원이다.

페난자칸 전망대(2,700m)에서 보는 풍경

해, 하늘, 그리고 세 개의 화산이 한 폭의 그림에 그려진다. 장엄한 광경이다. 브로모 분화구에서 구름도 피어오른다. 곁에는 이름 없는 산과 나무들도 있다. 함께 찍으니 우리도 있다. 우리 옆에 여러 나라에서 찾아온 방문객도 많다.

이제는 함성도 웅성거림도 사라지고 모두들 상념에 잠겨 있는 듯하다. 궁금하다. 어떤 생각들을 하고 있을까? 다들 다르겠지. 하늘과 용암을 생각하며 욕심 같은 잡생각을 분화구에 던져버릴 생각을 할까? 떠오르는 태양과 화산을 보며, 붉고 아름답게 물든 하늘처럼 모든 사람들의 마음도 밝아지길 바라본다. 기복의 마음으로 식구들의 안녕을 빈다. 많은 도움을 받아온 고마운 조 원장 부부와 세 자제분의 건강과 행복도 기도한다.

오래전부터 인근 현지인들이 이곳을 신성시한 것처럼 자연의 큰 힘 앞에서 미물인 우리도 저절로 경외감을 갖게 된다. 거대한 자연의 힘에 기대는 원시 토속신앙이 현대 종교와 그리 다를 것 같지 않다.

예전에 일본에서 사찰을 둘러보았을 적에 우리와 다른 점이 느껴졌다. 우리나라 사찰에는 인생과 생명의 진리를 터득하려는 엄숙함과 진지함이 많다. 반면에 일본 사찰에는 이에 덧붙여 세속적인 면이 많은 것 같았다. 아무개가 수만금을 사찰에 봉납했다는 종류의 표지 막대가 사찰 주위에 많았다. 사찰 내부의 한쪽에도 기복 패를 주렁주렁 매단 곳이 있다. 시험 합격, 승진, 취업 성공, 수술 쾌유, 건강 회복 등 다양한 세속적 기원을 적은 작은 표식 패를 매달아놓았다. 사찰이 매우 세속화되었다는 느낌을 받았다.

진리 탐구와 세속화. 언뜻 이질적으로 느껴진다. 과연 그럴까?

일반인들이 살다 보면 뜻밖의 재난을 당할 수 있다. 큰 병에 걸려 고생하기도 한다. 이보다 사소하지만 간발의 차이로 낙방할 수도 있다. 그렇기에 노력한 다음에 복을 원하는 기도의 시간을 갖기도 한다. 이렇게 천진난만한 기복 행위를 세속화되었다고 탓할 수 있을까?

색즉시공이라는 진리를 어렴풋이나마 이해할 수 있을 듯도 하다. 그렇지만 조그마한 바람과 희망에도 엄숙한 우주의 진리를 내세우며 하대하는 것은 온당치 않아 보인다. 일반인들의 작고 가여우며 예쁜 소원을 보듬어줄 수 있는 한쪽 공간이 정답게 느껴진다. 예전에 느꼈던 세속화가 어느새 인간적으로 다가온다. 세속화와 휴머니즘은 다른 듯 같은 말이다. 손등과 손바닥처럼 같은 손의 양면이다.

종교인은 발에 흙 묻히지 않고 허공을 날아다니며 천당과 극락처럼 이상적인 곳만 찾을 수 있겠지만 일반인들은 땅 위에 발을 붙이고 온갖 험한 꼴을 다 겪으며 세상을 살아가야 한다. 위험한 재난이 흔하고, 운수 나쁜 날도 많다. 그래서 가끔 행운과 복을 바라는 기도를 한다. 이것을 어찌 세속화라 탓할 수 있을까?

이제는 지프차를 타고 다시 내려가서, 브로모 화산으로 올라가는 일정이다. 300m나 더 높은 전망대에서 멀리 떨어진 화산을 내려다보았으니, 지금부터는 직접 분화구까지 걸어서 올라가는 트레킹 일정이다. 전망대에서 작은 길로 한참 내려와 평지에서 차가 멈춘다. 평평한 화산재 모래밭이 넓게 펼쳐져 있다. 그러나 차가 진입할 수 없는지 넓은 평지에 수많은 지프차들이 주차한다.

이곳부터는 걸어가거나 말을 탄다. 우리는 화산재를 느껴보기 위해 걸어간다. 모래밭과 비슷하지만 입자가 훨씬 작다. 풀이 전혀 없어 바람이 불면 날린다. 화산재 평지에 작은 힌두 사원이 외롭게 있다. 근처 현지인 중에 신자가 거의 없지만 브로모 화산에 얽힌 유명한 전설에 따라 마련한 시설인 듯하다. 평지를 한참 걸어가니 우측에 바톡 휴화산이 먼저 나타난다. 예전에 용암이 폭발하지 않고 얌전하게 흘러내렸는지 굴곡이 주름치마처럼 규칙적으로 잡혀 있다. 가지런한 모습이다.

여기서부터 조금씩 올라간다. 새벽에는 꽤 추웠는데, 고도가 낮아지고 해가 떠서 이젠 덥다. 따라오던 말 주인이 타기를 권한다. 타는 것도 무방하지만 발로 밟아서 화산을 가까이 느껴보고 싶다. 땅이 굴곡지고 점차 가팔라진다. 그러나 화산재가 훨씬 적어져서 오히려 걷기 편하다. 드디어 마지막 아주 가파른 분화구 아래에 도달했다. 그런데 긴 계단이 마련되어 있어 어렵지 않게 오른다. 이곳 입산료가 다른 박물관의 백 배 정도인데, 아마 계단 때문인 듯하다.

계단이 끝나자 커다란 원형 화구가 나타난다. 내려다보니 안쪽으로 매우 가파르고, 한가운데는 더욱 깊어 보인다. 무서웠다. 시뻘건 용암이 보이지 않았지만 끝없이 깊어 보인다. 만약 무엇이든 빠지면 어떤  것도 지구 안쪽으로 빨려 들어갈 것 같다. 차라리 칼데라 호수였으면 깊은 곳을 볼 수 없어서 경외감이 덜 들었을 텐데. 이렇게 거대한 분화구를 보니 이곳과 관련된 신화 같은 이야기가 전해 내려오는 것이 당연한 듯싶다.

카와이젠 칼데라 호수의 멋진 풍광과 이에 대비되는 유황 채굴 노동자들의 고달픔을 함께 느끼며 2박 3일 투어를 마쳤다. 케타팡 항구에서 훤히 보이는 발리섬까지는 5㎞ 거리로 가깝다. 가장 가까운 곳은 3㎞밖에 되지 않는다. 왕래하는 인구가 많으니 언젠가는 연도교를 건설할 듯하다.

쿠타 비치에서 가까운 곳으로 예약한 숙소는 중심지의 주요 도로인 르기안길에 있는데 깔끔했다. 잠시 쉰 다음에 가벼운 복장으로 부근을 돌아보았다. 큰길 따라 잠시 걸었지만 근처의 건물과 상점들의 윤곽이 느껴진다.

점차 어두워지자 도착했을 때보다 거리가 화려하게 바뀐다. 모두 여행에서 돌아왔기 때문일까? 거리에 여행자가 넘치고 조금 소란스런 느낌도 든다. 여행자에게 필요한 다양한 시설이 매우 가까운 거리에 있어서 편리하게 보인다.

5. 발리의 오색 물결

내일 일정은 인근 투어로 정하고 정보를 검색했다. 인기 있는 일일 투어에 참여해서 힘들지 않게 가이드를 따라다니기로 했다. 수많은 여행사에 다양한 프로그램이 있어 쉽게 결정했다.

아침 이른 시간에 호텔 앞에서 기다리니 승용차가 왔다. 발리에서 가장 인기 있는 곳을 소형차로 안내하는 상품인데, 오늘 손님이 네 명이란다. 안내한 곳에서 일정 시간을 머문다. 손님은 그 사이에 구경을 하거나 체험에 참여한다.

렘푸양 사원에서는 아궁산의 원경을 감상하거나 발리에 많은 힌두 양식의 문 앞에 서서 사진을 찍는다. 그렇지만 일부 방문객들은 유난히 뽐내는 의상을 갖추고 특별하게 화보 촬영을 한다. 주변 풍경과 화려한 드레스가 어울리는 멋진 사진을 연출한다. 멀리 보이는 아궁 화산은 신비롭다. 높기도 하지만 화산활동을 계속하고 있어 더욱 그렇다.

활동이 진행 중인 활화산과 생소한 형태의 힌두교 탑의 조합은 신비감을 한껏 높인다. 주변은 녹음으로 가득한 초록의 바다다. 멀리 보이는 바다와 산에 걸쳐 있는 구름, 아래쪽에 펼쳐지는 현세의 경작지 조합은 삼라만상을 보는 듯하다.

높이 솟은 한 쌍의 힌두교 탑 사이의 공간은 땅에서 하늘로, 현실에서 미래로, 사바에서 낙원으로 통하는 문이다. 여기에서 주변과 극단적으로 대비되는 빨강이나 흰색 계통의 긴 드레스를 입고 자신의 멋진 자세를 표현한다. 이 순간을 영원히 기억하고 널리 알리고자 사진에 담는다. 가장 멋진 사진을 선택하여 지인들에게 전송한다. 심지어 블로그에 올리기도 한다. 사원 이름을 검색창에 입력하면 수많은 사진들이 쏟아진다.

고요한 자연경관은 태곳적 그대로지만 사원은 이미 관광객들에게 점령된 듯 보인다. 엄숙함은 건축물과 조각품, 계단의 돌 속에만 있고, 주변은 온통 소란, 원색의 뽐냄, 대기하는 긴 줄, 요금 징수 등 온갖 시장터의 경쟁뿐이다.

이것이야말로 진정 종교가 바라는 것일까? 신자 없는 종교는 무의미하다. 신자가 있어야 구제한다. 찾아가는 신자보다 찾아오는 고객이 귀하다. 이미 득도에 가까운 선인보다 무지몽매한 허풍쟁이들을 천국으로 인도해야 한다. 이런 점에서 이곳이야말로 진정한 종교 사원의 현장이다.

사원을 찾아오는 신자들은 천국으로 가는 진정한 길을 희구한다. 진실한 인간들이다. 그러나 참된 길은 이미 경전과 수많은 해설서에 잘 설명되어 있다. 그러나 읽어도 보이지 않고, 이해하여도 뒤돌아서면 잊는 것이 현실이다. 그래서 딱 손아귀에 쥐어지는 답을 원한다. 일타강사의 요령과 힌트처럼.

그러나 진정한 스승은 일타강사일 수 없다. 답을 머릿속에 억지로 심어주고, 시험이 끝나면 깡그리 잊어버리는 일타강사의 시험 보는 기술. 운집한 경기장에서 수많은 관중을 환호의 박수와 격정의 감동으로 몰아가는 응원단장. 그는 치어리더들의 매력적인 몸놀림과 함께 감동의 중심에 있지만 경기가 끝나고 운동장을 떠나는 순간에 잊게 된다.

일타강사와 응원단장처럼 인기를 몰아가는 선생과 종교인은 사이비다. 진정한 스승과 종교 지도자는 학생과 신자들이 스스로 이해할 때까지 기다릴 수 있어야 한다. 물론, 오류에 빠져서 바른길을 진정으로 구하는 사람들에게는 정성스럽게 답을 제시할 수 있다. 딱 부러지는 정답을 손에 쥐여주거나 가르쳐주지 않는다는 무지몽매한 비난에도 미소를 지으며 이겨내야 한다.

정답은 이미 잘 알려져 있다. 더 이상 가르치려고 하지 말라. 지나치게 가르치려 들면 스스로 체득하는 것을 방해할 뿐이다. 가장 쉬운 답은 '거짓말하지 않기'다. 이미 유치원 시절부터 계속 배웠다. 그러나 실생활에서 끊임없이 많은 거짓말을 한다. 심지어 거짓말을 하면서 자신이 거짓말을 하고 있다는 사실을 인지하지 못하는 경우도 흔하다. 전 국민을 상대로 공개적인 거짓말을 필요할 때마다 수시로 하는 자칭 정치 지도자도 있다.

정답은 우리 주변에 많다. 답을 모르는 경우는 거의 없다. 단지 우리가 올바른 답과 바른길을 외면하고 못 본 체할 뿐이다. 알지만 실행하지 않으면서 답을 모르거나 불가능하다고 자꾸 핑계를 댄다. 어디에서나 수없이 볼 수 있는 불법 주차 문제를 보라. 위반을 모르고 불법 주차하는 사람이 있을까? 단지 내가 조금 편하고자 남들의 큰 불편에 눈을 감는다. 모르는 체 딴전을 부린다. 가장 쉬운 길은, 흰색을 하얗다고 말하며 검정색을 까맣다고 말하는 것이다.

순다열도에 크고 작은 섬이 많다. 발리에서 동쪽으로 여러 섬들이 계속 연이어 있다. 이번 순다 섬 여행에서 발리는 반환점이다. 동진을 멈추고 보르네오의 코타키나발루(KK, Kota Kinabalu)로 향한다. 먼 거리라서 할 수 없이 비행기를 이용한다. 그곳은 잘 알려진 작은 관광도시이다. 마침 일정의 중간이라 마음의 여유를 갖고 휴식을 취하려 한다.

6. 브루나이 황금 돔의 명암

KK에서 브루나이로 가는 선편이 하루에 한 번뿐이어서 서둘러 체크아웃을 하고 제셀톤 항구로 향한다. 전날 구입한 표를 제시하고 우선 중간에 있는 라부안 섬까지 간다. 라부안 섬에서 출국 심사를 받고 다음 선편까지 기다린다. 다시 배를 타고 브루나이의 무아라 선착장에 다다른다. 여기서 입국 심사를 받은 후에 한 시간 가까이 미니버스를 타고 가면 수도인 반다르스리브가완(BSB, Bandar Seri Begawan)의 버스 터미널에 도착하게 된다.

라부안 섬에서 무아라 항구까지는 가깝기 때문에 곧 도착했다. 크고 작은 다양한 배들이 많은 우리나라 항구와 달리 무아라 항구에는 여객선만 출입하는지 한산했다. 브루나이 전체 인구가 45만 명에 불과하니 오히려 번잡하면 이상할 듯하다.

배에서 내린 승객 중에서 몇 명만 입국 수속을 한다. 항만 입국 수속을 마치고 건물을 나왔다. 역시 한산하다. 국가의 대표 출입국 항구 시설이 있는 마을이 이렇게 조용할 수 있을까? 상상하기 힘들다.

항구에서 BSB로 가는 버스가 한 시간마다 있다고 해서 매점 앞 길가의 탁자에 앉았다. 가게 앞을 가끔 차량이 지나가지만 행인은 없다. 매점 주인에게 물어보니 30분 후에 버스가 온다고 한다.

로티차나이와 뜨거운 밀크티인 테타릭을 사서 아무도 없는 도로변 탁자에서 먹는다. 계란을 많이 넣고 여러 번 겹쳐 구웠는지 로티가 부드럽게 고소하고, 살짝 익은 양파 조각이 씹힌다. 시간을 때우며 먹기에 안성맞춤이다.

텅 빈 버스를 탔는데 한참을 가도 승객이 없다. 도로변에도 사람을 볼 수가 없다. 인구가 적으니 어디를 가도 사람이 없나? 드디어 수도의 중심에 있는 버스 터미널에 도착했다. 붐비지는 않지만 도심이라 사람들이 보인다.

예약한 호텔로 들어가서 짐을 풀었다. 주변 중심가를 둘러보기 위해 가벼운 복장으로 나왔다. 여기도 코타키나발루와 마찬가지로 적도 부근의 해안이라 연중 무덥다.

지도를 보면 경기도 절반가량의 면적을 갖는 브루나이의 대부분은 정글이다. 인구가 거의 모두 수도 인근과 북쪽 해안에 몰려 있다. 남쪽 내

륙에는 아예 도로가 없다. 정글에는 강을 따라 배가 진입할 뿐이다. 인구도 적은데 누가 정글에 들어가서 살까? 반대로 수도 근처의 강변을 따라서 수상 가옥 마을이 형성되어 있다. 작은 배를 타고 어디나 쉽게 갈 수 있기 때문이다.

브루나이도 오랫동안 말레이반도의 여러 술탄국처럼 독자적인 왕국을 유지하다가 식민지 시대를 거쳤다. 제2차대전 시기의 일본 점령이 끝난 후에 다시 점령한 영국에 저항하며 독립운동을 한다. 1961년에는 말레이반도의 11개 술탄국, 싱가포르, 북부 보르네오의 사라왁과 사바와 함께 말라야 연방에 가입하여 세력을 합친다. 언어가 유사하고 오랜 역사를 공유하는 연합체는 자연스러워 보였다.

그러나 브루나이에는 해저 원유와 천연가스 자원으로 인한 막대한 이익이 있었다. 이의 분산을 우려한 브루나이는 곧바로 일 년 만에 연방에서 탈퇴한다. 비록 아주 작은 약소국이지만 석유로 얻는 이익을 챙긴 것이다. 현재도 서민들의 체감이 아닌 통계 수치로 보는 일 인당 소득은 세계 5위로 매우 높다.

다음 날 아침 식사를 마치고 세
계 도처에 산재한 수상 가옥 중에
서 가장 규모가 크다는 캄퐁 아예
르로 갔다. 아주 가깝다. 브루나이
강(Sungai) 북쪽에 수도의 핵심이 있고 강의 남쪽에 아예르 마을이 있다. 사실 수상 마을이 여러 이름으로 나뉘어 있고 그중 하나가 아예르다.

이곳의 수상 마을은 자연 발생적으로 주민들이 물에 말뚝을 박고, 그 위에 얼기설기 집과 연결하는 길을 대충 만든 마을이 아니다. 브루나이 정부가 풍부한 예산으로 튼튼하게 지은 수상 마을 지역이다. 주택 수준도 땅 위의 집과 차이가 별로 없다. 물론 정원은 없지만 집집마다 배를 댈 수 있는 정박장이 있다. 아마도 지구상에 이보다 체계적이며 튼튼한 수상 마을은 없을 듯하다. 상점, 학교, 모스크, 레스토랑, 갤러리, 전망대 등 많은 시설을 갖추고 있다.

고속 보트로 강을 건너면 곧바로 수도의 중심 지역에 도달하니 아예르 지역의 장점도 크다. 비록 강물 위의 마을이지만 아마도 이곳이 가장 이상적인 수상 가옥 집합체일 듯하다. 이틀 전에 방문했던 가야 섬에서 본 비참한 상태의 수상 가옥들과 극단적으로 비교된다. 물론 가야 섬에는 보호받지 못하는 외부 바자우인들이 많다. 불과 이틀 사이에 극적으로 반대인 상황을 보니 마음이 무겁지만 또한 희망을 갖는다.

브루나이는 술탄 군주국이라서 국가의 재정과 왕가 재산의 차이가 명확하지 않다. 술탄은 엄청난 황금으로 치장한 황금 돔이 있는 왕궁에서 산다. 술탄은 세배를 오는 국민에게 세뱃돈을 하사하며, 조건을 갖춘 국민에게 차량도 선물한다. 국가의 서민 정책이나 사회보장제도가 아니라 충성을 유도하며 왕이 선물을 뿌리는 방식이다. 마치 남태평양의 작은 섬나라인 통가왕국이 모든 국토를 왕족과 귀족이 소유하며, 국민이 일정한 나이가 되면 주택용 대지와 농지를 임대하여주는 꼴과 유사한 맥락이다.

오늘날 수백 년을 건너뛰어 중세 시대의 봉건제 국가를 보는 듯하다. 상상하기 어려운 이런 체제의 국가가 21세기에도 존재할 수 있는지 의아하다. 나아가 안타깝다. 정치 체제가 술탄 군주국이니 모든 국민은 술탄의 신하일까?

7. 싱가포르에서 융합을 보다

단순한 여행객인 우리는 정치와 경제를 떠나 두 가지 면을 보고자 했다. 작은 도시국가인 이곳의 발전된 모습을 살펴본다. 다음은 원래의 말레이인과 주변에서 모여든 여러 민족들이 화합하여 만들어낸 문화의 현재 모습을 보려고 한다.

명소에 대한 정보를 쉽게 검색한 후에 도시 전역에 도달할 수 있는 메트로를 이용하여 찾아갈 수 있다. 효과적으로 자기만의 관심거리를 찾아가는 루트를 그려보는 것도 여행의 일부다. 이것이 귀찮다면 관광지를 순회하는 버스 티켓을 구매하여 기분 따라서 타고 내린다. 버스는 잘 알려진 명소에 빠짐없이 들르니 언제든지 내려서 구경하고 다음 차에 올라 이동한다. 도중에 먹거리 시장에서 점심도 먹고, 공원에서 쉬며, 카페에서 생각을 정리할 수도 있다.

돌아다니다 보면 인도풍 거리, 부기스(Bugis) 마을, 차이나타운, 불교 사찰, 무슬림 모스크, 천주교 성당, 도교 사원, 힌두교 사원의 고푸람 탑, 영국풍 키(Quay) 거리와 다리, 리모델링했지만 오래된 건물, 초현대식 거대 건축물, 혼잡스런 시장터, 깔끔한 대형 쇼핑몰 등 민족과 시대에 따라 아주 다양한 대상을 만난다. 정말로 다양하다.

서로 대비가 커서 뚜렷이 비교된다. 서로 다름은 일견 혼잡하고 부자연스럽지만 거기에 융합이 스며들어 있고 조화가 엿보인다. 표피적인 다양성의 불안함보다 내면적인 균형을 추구한다. 균형 속에 다양한 삶의 치열한 경쟁과 견제가 있는 듯하다.

다양성의 융합이란 말은 쉽다. 그러나 사실을 가감 없이 살펴보자.

한민족이 남과 북으로 나뉘어 초긴장 관계가 계속되고 있다. 한국은 동서로 의견이 다를 때가 의외로 많다. 이를 악용하여 이익을 취하려는 세력은 알력을 부추기도 한다. 하지만 싱가포르는 다인종이 유입하여 형성한 사회다. 원래의 말레이인, 중국과 인도에 뿌리를 둔 이주민, 수마트라에서 온 미낭카바우인, 술라웨시 출신의 부기스인 등이 대표적이다. 인종이 다양하면 혼혈은 자연스럽다. 중국계와 인도인이 만나면 소위 친디언 자손이 생긴다. 가장 중요한 용어는 바바(Baba)와 논야(Nonya)의 페라나칸이다. 조합에 따라 다양한 분류가 가능하지만 일반적으로 외지인과 현지인의 후손을 지칭한다.

사람 따라 문화도 전해지고 융화된다. 가장 기본은 음식, 복식, 주택, 공예품에서 볼 수 있다. 흔히 볼 수 있는 예가 많다. 앞선 여러 종류의 중국 음식이 현지의 향료, 양념, 채소와 결합하여 인기를 얻는다. 곧 토착 음식으로 자리 잡는다. 흔히 먹는 락사와 동남아시아의 절임 음식인 아차르가 대표적인 경우다.

의복에서는 커바야(kebaya)가 단연 돋보인다. 더운 현지에서 품위 있는 복식으로 얇은 소재에 기품 있는 자수를 추가하여 페라나칸 예복이 되었다. 물론 지금은 여성의 일반적인 대표 의상이다. 수마트라에서 유래한 직물의 바틱 염료와 문양의 영향도 지대하다.

건축에서도 동서양의 다양한 양식이 현지의 기후에 적합하며, 쉽게 재료를 얻을 수 있는 형태로 개량되었다. 기본 골격은 서양식 구조에 중국식 치장이 일반적이다. 중국에서 흔히 볼 수 있는 문양과 장식이 많아서 일견 중국풍으로 보일 수도 있다. 그러나 더운 지역이라 창문과 창틀은 아랍식으로 여겨질 수도 있다.

일본식 잔재를 싫어하는 우리의 눈에 유난히 띄는 점이 있다. 식민지 잔재인 오래된 유럽풍 건물이 버젓이 깔끔하게 새 옷으로 갈아입고 화장하여 보란 듯이 서 있다. 영국식 명칭인 키가 자랑스럽게 곳곳의 상권을 휘어잡고 있다. 수백 년의 식민지 역사가 곳곳에 녹아들어 청산하지 못하는 걸까? 아니면 오랜 역사에서 이미 다수 민족이 서로 화합한 것처럼 영국풍이 하나 더 추가된 것으로 자연스럽게 받아들여서 화합을 이루고 있을까?

우리나라에 일제풍의 건물이 도심 한복판에 남아 있다면 어떨까? 지하철 역사 이름이나 사거리 이름에 일본어 단어가 들어간다면? 상상도 할 수 없는 일이다. 그런데 가게 간판에는 왜 이리 영어가 많을까? 이미 절반을 훨씬 넘어서 불과 수년 지나면 간판에서 한글을 찾아보기 힘들 듯하다. 간판의 면적에서 일정 부분 이상은 한글이어야 한다는 강제적인 법이라도 만들어야 할까?

맥스웰 거리를 걷다 보니 앞에 호커센터(Hawker Centre)가 보인다. 들어가니 작은 가게가 양쪽으로 30개가량 있고, 가운데 놓인 탁자에서 식사를 한다. 점심시간이라 붐벼서 앉아서 먹을 수 있을지 모를 지경이다. 음식 코너들은 모두 구멍가게 수준이지만 이들의 집합체는 어엿한 대형 음식점을 이루고 있다. 서민 가게들이 모여 성황을 이루고 있는 모습이 보기 좋다. 손님이 각자 원하는 음식을 주문하여 가져다 먹고 치우니 종업원도 적고 손님의 회전도 엄청 빠른 듯하다.

싱가포르에서 꼭 맛을 봐야 하는 음식 리스트가 있는데, 일석이조로 둘이 합해진 상호가 눈에 띈다. 고추 닭고기 밥과 새우 국수를 망설임 없이 주문했다. 각각의 주인들이 단지 몇 가지 음식만 전문으로 다루니까 맛이 있고 기다리는 시간이 짧다.

레스토랑과 호커 식당의 대비가 흥미롭다. 저렴한 가격과 짧은 대기시간을 강점으로 내세우며 경쟁한다. 장식이나 추가적인 서비스 없이 가장 기본인 음식의 맛에만 충실하다. 그렇다고 길거리 노점 식당은 아니다. 손님들이 뒤섞여 있지만 센터 건물 내 공간이다.

간단한 식사를 마치고 다른 집에서 과일 로작을 하나 사서 나누어 먹는다. 한 곳에서 많이 먹을 필요가 없다. 조금 걸어가면 더 맛있는 곳을 만날 수도 있으니까.

싱가포르가 발전하여 인력이 필요하자 여러 민족들이 이곳으로 이주해 왔다. 화교, 수마트라의 미낭카바우족, 자와인, 부기스인, 인도의 타밀족이 대표적이다. 이주한 사람들이 정착하여 다양한 문화가 유입되었는데 종교와 음식 문화가 가장 돋보인다. 이것이 싱가포르가 먹거리 천국인 이유다.

다양한 볼거리가 있는 싱가포르에서 딱 하나만 선택한다면 당연히 마리나베이다. 우선 싱가포르의 상징물인 머라이언이 여기에 있다.

사자 머리에 물고기 꼬리가 달린 상상의 동물이다. 입에서 물이 나오는 분수인 머라이언을 처음 보면 우스꽝스럽다. 하지만 세계 어디에도 없는 디자인으로 싱가포르를 상징하는 역할에는 성공했다.

머라이언 조각상이 있는 공원 바로 뒤에는 이곳에서 가장 의미 있는 풀러턴 호텔이 있다. 예전에 우체국이었다. 후에 상공회의소 건물로 사용되다가 최고급 풀러턴 호텔로 변신했다.

여기서 작은 다리를 건너 북쪽으로 가면 에스플러네이드 공연장이 있다. 오페라, 발레, 뮤지컬, 연극, 음악 등의 각종 공연이 열리는 종합 문화 예술 시설이다. 두 개의 특징 있는 지붕 때문에 에스플러네이드는 한눈에 알아볼 수 있는 건물이다. 바로 옆에는 수변에 대형 야외 공연장이 있다.

바로 뒤쪽에는 다섯 개의 대형 빌딩과 컨벤션 빌딩으로 구성된 선텍시티(Suntec City)가 있다. 나는 여행하기 수년 전에 이곳에서 열린 전시회에 참석한 적이 있었다. 다목적 건물들로 대형 쇼핑몰과 전시 공간, 사무실로 구성되어 있다. 삼성동의 코엑스 건물들과 유사하다.

이어서 남쪽으로 가면 대관람차인 플라이어가 있다. 워낙 큰 원형 구조물이라 멀리서도 쉽게 볼 수 있다. 다시 시계 방향으로 조금 돌아가면 세 개의 고층 빌딩 위에 배 모양의 연결 구조물이 있는 마리나베이 샌즈 호텔이 있다. 2010년 이후 십여 년 사이에 시작한 호텔로는 아마도 세계에서 가장 유명하리라.

호텔이 들어서자 싱가포르의 랜드마크가 됐음은 물론이고, 세계에서 여행자들이 몰려오고 있다. 이 건물의 소유자는 미국의 카지노 리조트 회사인 라스베이거스 샌즈이다.

이것이 싱가포르의 힘이다. 미국의 자본이든 중국과의 합작이든 모두 싱가포르에 녹아들어 싱가포르의 이익을 창출한다. 남과 북, 동과 서로 사상과 이념이 외골수로 다르고, 서로 비방하는 자세가 고집스러워서 쉽게 융화하지 못하는 한민족이 반드시 유념해야 하는 싱가포르의 장점이자 교훈이다.

8. 쿠알라룸푸르 발전과 주석의 역할

조호르바루와 말라카를 경유하여 쿠알라룸푸르(KL)로 간다. 버스 터미널 TBS는 쿠알라룸푸르 중심에서 남쪽 외곽에 있다. 예약한 숙소가 시내 중심에 있어서 버스 터미널에서 택시를 탔다.

시내를 관통하는 고속도로를 달리던 택시가 중심지로 진입하니, 출퇴근 시간이 아닌데도 정체가 심하다. 인구가 200만 명이라고 검색한 정보에 나와 있는데 훨씬 대도시 같은 분위기이다. 수많은 고층 빌딩, 도심 속 고속도로망, 많은 차량, 도심 내 공원 등이 보인다. 복잡하고 매우 활기 넘치는 도시 느낌이다.

말레이시아는 현재도 엄청난 숲으로 둘러싸인 지역이 많다. 수백 년 전에는 어땠을까? 열대 정글은 어디나 인구 희박 지역이다. 도로가 없어 강을 따라서 겨우 진입한다. 말레이반도에서 근대 수백 년 동안 말라카와 반도 남쪽인 조호르 지역이 중심 지역이었다.

그런데 쿠알라룸푸르가 어떻게 대도시가 되었을까?

귀한 금속인 주석이 쿠알라룸푸르 인근에서 발견되자 급속하게 광산촌이 형성된다. 당시 광산촌은 현재도 도시의 중심 지역으로, 곰박강과 클랑

강이 합류하여 남쪽으로 흘러가는 지점이다. 정글이었던 이곳으로 현지인과 중국 노무자들이 몰려들었다. 나무를 베어내고 부근을 개척하기 시작한다. 쿠알라룸푸르는 광산 지역의 거점 역할을 하여 인구가 늘어난다. 1880년에는 인근 지역을 지배하던 슬랑오르(Selangor) 술탄국의 수도가 된다. 인구통계를 보면 1890년에 이미 인구가 2만 명으로 늘어난다.

주석을 채굴하고 가공하는 기업 중에서 가장 큰 기업이 로열슬랑오르이다. 화교 출신인 용쿤이 1885년에 창업한 회사인데, 현재도 주석과 퓨터 제품의 세계적인 기업이다.

산소는 지구 표면, 즉 땅과 바다에서 가장 흔한 원소다. 공기 중에도 산소는 21%나 차지하고 있다. 사람과 동물의 생명 활동에도 절대적으로 필요한 물질이다. 부족하거나 없으면 곧 사망에 이른다. 이렇게 흔하고 또한 중요한 산소가 언제 발견됐을까? 의외로 늦다. 영국의 프리스틀리가 약 250년 전인 1774년에 발견했다.

31 Ga	32 Zn	33 Ge
49 In	50 Sn	51 Sb
81 Tl	82 Pb	83 Bi

주석은 일상용품에 널리 사용되어 아주 익숙한 금속이다. 시원한 느낌을 주는 맥주잔에 흔히 사용된다. 싸구려 주전자, 막걸리 잔을 만드는 양철은 철에 주석을 도금한 금속 재료다. 예전에 통조림 깡통과 양철 지붕에 흔하게 사용했다. 심지어 권터 그라스의 소설 『양철북』도 있다. 이렇게 누구에게나 잘 알려진 주석은 언제 발견되었을까?

누가 언제 발견했는지 모른다. 너무 오래되어 알 수 없다. 산소를 발견한 약 250년 전과 비교하면 훨씬 옛날이다. 대략 5,500년 전으로 추정한다. 의외로 아주 먼 옛날에 발견된 이유가 뭘까?

주석은 쉽게 녹기 때문이다. 녹는 온도가 약 섭씨 232도이다. 빵을 구울 때 오븐 온도가 대략 180~200도이니 쉽게 비교할 수 있다.

주석 광석을 발견하면 주석을 쉽게 얻을 수 있다. 그래서 돌만 이용하던 신석기시대의 다음이 청동기시대다. 주석과 구리를 합한 합금이 청동이다. 주석 함량을 12%로 하면 청동의 인장강도와 강성이 구리에 비해 좋아진다. 주조가 쉬워서 폭넓게 보급되었다. 이렇게 아주 옛날에 청동기 문명 시기가 도래했다.

주석은 생산량이 많지 않아 의외로 비싼 금속이다. 구리 가격의 3배, 비슷한 용도의 아연 가격의 10배나 된다. 널리 사용하는 구리는 장점이 많은 금속이다. 그러나 녹이 슬면 인체에 유해한 녹청이 생긴다. 그래서 인체에 무해하고 녹이 슬지 않는 주석으로 코팅한다.

IT 제품이 많은 요즘은 주석의 가장 중요한 용도가 납땜이다. 전자 컴퓨터 기기의 회로 연결에서 납땜은 필수다. 땜납은 주석과 납의 6 대 4 합금으로 녹는 온도가 매우 낮다. 쉽게 녹여 회로를 연결하기 위해 사용한다. 심지어 고대 이집트 묘의 장식품에서 주석으로 연결한 유물이 발견된다. 현재는 납이 유해하기 때문에 다른 재료로 대체한 납이 없는 무연 땜납을 사용한다.

20세기 전반에는 말레이시아가 세계 주석 생산에서 압도적이었다. 용도가 많은 주석을 보유한 엄청난 자원 부국이다. 이 점 때문에 주요 생산 지역인 슬랑오르로 인구가 몰리고 가장 부유한 술탄국이 되었다. 이전에는 열대 정글 지역으로 이름도 없었으나 주석 광산의 발견으로 광부들이 몰려들었다. 허드레 마을이 1930년에 인구 10만 명으로 증가했다. 급성장을 계속하여 쿠알라룸푸르는 백 년이 채 지나기 전에 인구 200만 명의 대도시가 되었다.

숙소에 짐을 풀고 나와서 주변을 살펴본다. 경전철역 부근은 거대한 상권이 있고 인파로 붐빈다. 100년 전의 인구통계에 8만 명이라는 숫자가 허수처럼 느껴진다. 먹거리나 적절한 유인책이 있으면 거대한 도시가 쉽게 형성될 수 있다는 것을 보여준다.

과거에 신천동이란 마을 하나가 관악구의 신림동과 봉천동으로 나뉘었다. 전국에서 인구가 유입되어 크게 증가하자 신림동은 무려 14개 동으로, 봉천동은 12개 동으로 나뉠 정도로 커졌다. 불과 50년 사이에 한 개 동이 26개로 늘었으니, 100년 동안에 8만 명의 인구가 200만 명으로 늘어난 것이 비정상일 수 없다. 주석이란 확실한 성장 근거가 있는 쿠알라룸푸르의 발전은 다른 나라의 이상한 이야기가 아니다.

한때 세계에서 가장 높은 건물이었던 페트로나스 트윈타워가 숙소에서 멀지 않아서 걸어갔다. 더운 날씨에 네거리 횡단보도를 몇 번 건너지만 힘들지는 않았다. 여행에서 걷는 것은 기본 아닐까? 걸으며 주변을 관찰하고 대형 빌딩의 앞과 뒤를 볼 수 있다. 멋진 구두의 위와 아래 바닥이 다르고, 코끼리의 코와 꼬리가 다르듯이 한쪽만 보고 모두를 알기는 어렵다.

날씨의 햇빛과 조명에 따라 크게 변하겠지만 페트로나스 트윈타워의 전체적인 느낌은 육중하며 깔끔했다. 마치 주석괴 다발을 묶어서 위로 세운 느낌이랄까? 유리창이 많아서 실물과 다르겠지만 슬랑오르 전시관에 있는 주석으로 만든 건물 모사품과 유사한 느낌이다.

해가 지고 더위가 조금 누그러지면 알로르 야시장 거리는 갑자기 변신한다. 수많은 상인들이 몰려와서 긴 도로에 각자의 판매대를 준비하고, 도로변의 가게들은 거리에 의자와 탁자를 설치한다. 약간의 변화지만 수많은 사람들이 동시에 진행하니 변화는 순식간에 이뤄진다. 전등을 밝히고 어둠이 다가오면 상인들의 변화는 끝난다.

이제는 손님과 여행자들의 변화가 시작된다. 그들은 여기저기를 지나치며 살핀다. 마치 사바나 평원에서 사자가 먹이를 노릴 때처럼 결코 서두르는 법이 없다. 살펴보고 즐기며 사진을 찍는다. 사자에게 임팔라, 누, 얼룩말 등 여러 종류의 먹이가 널려 있듯이 관광객이 선택할 음식 종류도 해산물과 고기류의 탕, 구이, 찜, 사테, 국수(락사, 완탕미, 호키엔), 딤섬, 로작 등 다양하다. 서양 음식을 제외하더라도 말레이, 중국, 인도, 인도네시아 입맛이 모여 있어 자연스럽게 다양하다. 여기에 여러 종류의 풍부한 야채, 향료, 허브, 너트, 과일이 더해져서 향과 맛을 다채롭게 한다.

거리 전체가 전등과 숯불, 연기, 인파로 요란하다. 걷거나 앉거나 상관없이 공간을 가득 채운 굽고 삶는 음식 냄새와 분위기가 즐겁다. 식사를 하면서 대화를 나누는 흥겨운 모습이 시끌벅적하지만 행복해 보인다. 그야말로 이 거리는 여행자의 시각, 후각, 청각 모두를 음식에 집중하게 만든다. 알로르 거리는 모두의 식당이며 동시에 놀이터다.

쿠알라룸푸르에서 메단으로 가면서 여행을 시작했고, 이제는 다시 쿠알라룸푸르에서 마무리하고 귀국할 시간이다. 그동안 즐거운 일이 많았다. 그런데 직접 살펴보면서 무슨 생각을 하고 어떤 점을 내 것으로 받아들였을까?

쿠알라룸푸르를 흘러가는 클랑강에서 광부들이 잡석을 버리고 값진 알짜 주석을 채취하였다. 광부처럼 나는 여행 중에 많은 것을 보고 나서 어떤 쓸모 있는 생각을 채굴하고 지혜를 모았을까? 이것이 여행의 알짜배기다! 귀국 후 나의 생활에 조금이라도 보탬이 될 수 있도록 수많은 여행의 기억에서 가치 있는 알맹이를 채굴해보자.

2부
일상의 확장

#5
동네 여행

한 바퀴로 세상을 품다

1. 악성 미분양 아파트의 변신

지금 살고 있는 아파트는 소위 악성 미분양 단지였다. 입주 시작 후에도 팔리지 않은 세대가 많이 남아 있어 건설사에 큰 골칫덩어리였다. 그 때문에 입주 시작 일 년 후에는 옵션 제공뿐만 아니라 할인액이 컸다. 이만하면 괜찮겠지 짐작하며 우리는 남아 있는 미분양 세대를 계약했다.

조그만 물건도 세세하게 따지며 구입하는 사람들이 엄청 큰 자산을 덜컥 기분에 따라 사는 경우도 많다. 바로 우리가 그랬다. 사과 한 상자를 구매하면서도 종류, 크기, 당도, 구매 후기 등을 살펴보는데, 수억 원짜리 부동산을 기분 따라 눈치껏 짐작으로 매매계약을 한다. 실제로 일반인이 아무리 따져보아도 정가를 알기 어렵고, 미래의 부침을 예견할 수 없으니 그럴 수밖에 없다.

입주 후 16년이 흘러서 보일러를 교체한 지도 몇 년 지났다. 이제는 신축이 전혀 아니다. 그렇지만 계속 살아서인지 낡았다는 변화를 크게 느끼지 못한다. 예전처럼 이사한 후에 집들이하는 친척이나 지인들이 있다면 신축 집과 비교하여 변화를 느끼겠지만, 요즘 누가 귀찮게 집들이를 하나? 가까운 친척도 집 근처 카페에서 만나서 이야기하고 헤어지는데.

최근 수년 동안 부동산 가격이 매년 엄청나게 오른다고 야단들이었다. 투자한 젊은이들이 근로소득보다 큰돈을 얻으니 근로 의욕이 떨어진다고 걱정이 많았다. 그런데 시간이 지나 경기가 하향 곡선을 그리니 특히 여력이 부족한 젊은 층에서 곤욕을 치른다고 한다.

부침이 있더니 어느새 다시 부동산 한파와 건설사의 법정관리나 도산 뉴

스가 많아진다. 이렇게 심한 변화에는 뚜렷한 이유가 있을 텐데 평범한 일
반인이 파악하기 어렵다. 변화를 느꼈을 때는 이미 늦어서 손을 쓰기 어렵
게 느껴진다. 그래서 팔고 새로 구입하는 생각은 여러 번 하지만 실행하지
못한 채 세월만 흐른다.

2. 일상을 탈출하는 천변 산책길

우리가 살고 있는 단지는 별달리
내세울 것이 없지만 7~8분가량 걸
어 가면 곧 천변에 닿는다. 재개발
을 기다리는 오래된 주택들이 즐비
한 구역을 지나간다. 가까워서 자

천변 도로와 산책길

주 산책을 다닐 수 있어 좋다. 아쉬운 점은 비가 많이 온 다음이 아니면 수
량이 아주 적다. 물이 느리게 흐르니 어느 쪽으로 내려가는지 모를 지경이
다. 그래도 물 양쪽으로 풀밭이 넓은 편이다.

물길 따라 아스콘으로 포장한 산책길이 있다. 그런데 자전거길이 따로
없이 함께 이용한다. 좁은 아스콘길의 절반에 자전거 표시가 있을 뿐이다.
걷는 이들에게 벨 소리도 보내지 않고 빨리 지나가는 자전거에 놀라기도
한다. 시간에 따라 크게 다르지만 자전거 이용자가 천천히 걷는 사람보다
훨씬 많을 때도 있다.

가끔 천변길을 걷는다. 이용자들은 다양한 연령층이다. 양쪽으로 건너기
도 하며 천천히 걷는다. 자전거 라이딩을 즐기는 사람도 많다. 걷기보다 더

값진 다정한 시간을 보내려는 커플들도 흔하다. 또한 산책이 아니라 출퇴근의 지름길로 이용하는 이들도 있다.

풀밭을 지나 물가로 가본다. 하얀 백로가 미동도 없이 서 있어서 조형물로 보이기도 한다. 부리 외의 몸 전체가 하얗지만 다리는 검은색이다. 긴 다리로 성큼 걷다가 작은 물고기 사냥에 성공하면 부리와 머리를 하늘로 향해 쳐들며 삼킨다. 무심하게 보면 비슷하지만 키 큰 왜가리도 많다. 목 부위는 하얗지만 왜가리의 몸통은 전반적으로 회색을 띠고 머리 위에 검정색 댕기 깃이 있다. 약간의 차이지만 구별하기 쉽다. 그러나 나무젓가락이나 빨대처럼 가늘고 불안스러울 정도로 긴 다리는 비슷하다.

가장 귀여운 광경은 새끼 여러 마리를 거느리고 헤엄치며 놀고 있는 청둥오리나 쇠오리 식구다. 새끼 오리를 보면 과연 부화한 지 며칠 됐을까 궁금해진다. 불과 며칠 사이에 저렇게 활발하게 지낼 수 있을까 정말 놀랍다. 물론 어미가 준비한 보금자리, 따뜻한 어미의 깃털과 품 안이 있다지만 부화 직후에 거친 찬 바람을 막아줄 아무것도 없는 야생의 물가 아닌가?

원앙만큼 귀엽고 화려한 물새가 있을까? 사이좋게 어울려 지내는 모습을 멀리서 보아도 쉽게 알 수 있다. 원앙의 조상은 바람둥이 화가나 물감 장수였을까? 암컷은 수수한 외모인데 수컷은 지나치게 화려하다. 물가에서 다른 물새처럼 평범하게 살아가는데, 이렇게 화려해지려는 진화의 원동력은 무엇일까?

어느 날 뉴스를 보는데, 그동안 전혀 발견되지 않던 수달들이 최근에 도심 하천에서 발견되었다고 요란하다. 수달의 생존이 중요할까? 아니면 삭막한 도시의 아파트 단지에서 가까운 곳에서 발견되었다는 점이 뉴스거리일까?

수달은 포유류로 물가의 땅 위에서도 민첩하지만 물속에서는 움직임이 더 빠르고 자연스럽다. 사냥한 물고기를 뭍으로 가지고 나와서 식사하는 모습이 귀여운지 특히 어린이들이 좋아하는 캐릭터 중 하나다. 수족관에서 먹이를 주면서, 일부러 관객 앞에서 먹는 장면을 연출하는 것을 흔히 본다.

온몸의 털이 깔끔하게 매끄럽고, 균형 잡힌 얼굴에 기다란 수염이 어울려서 귀여운 캐릭터가 되기에 안성맞춤이다. 멸종 위기 상태인 이런 수달이 도심의 하천에 나타나니 반갑기 그지없다.

과연 그럴까? 악어나 아나콘다, 하마가 없는 우리나라 하천에서 수달은 최상위 포식자다. 서식지의 다른 동물과 위력에서 너무 격차가 커서 전혀 비교할 수 없다. 우선 크기가 월등하다. 성체 수컷은 약 120cm, 10kg 정도이다. 우리나라 하천에서 큰 물새인 왜가리는 보통 1kg 정도이다. 물갈퀴가 잘 발달되어 있어 수중에서도 매우 민첩하고 빠르다.

야행성인 수달은 물고기, 가재, 쥐, 개구리 등을 가리지 않고 잡아먹는다. 또한 물새를 잡을 때는 잠수해서 가까이 간 후, 재빨리 새의 다리를 물어 물속으로 끌고 들어간다. 물새 입장에서는 어찌할 수 없는 비극이자 끝장이다. 자연 생태계의 피할 수 없는 순환이지만 끔찍하다.

어린이들에게 귀여운 수달이지만 물가와 수중 생물에게는 끔찍한 악마! 확연하게 다른 두 가지 모습에 어느 정도의 비중을 두어야 사람을 포함한 지구 생태계에 적합할까? 물론 현재는 수달의 개체 수가 급격하게 줄어서 천연기념물로 지정하여 보호하고 있다.

3. 꿈속에서 수달 굴에 빠지다

천변에 카페가 많다. 오래된 작은 가게도 있지만 3~4층 신축 건물을 통째로 카페로 운영하는 곳도 들어섰다. 새로 오픈한 카페에 들어선다. 입구에 다가서니 건물 높이가 시야를 압도한다.

음료를 받아서 엘리베이터 대신 계단을 오른다. 천변의 원경까지 시원하게 볼 수 있도록 계단 옆 벽을 일부러 통창으로 마감했다. 창이 바닥에서 4층 천장까지 이어져 있다. 앞으로 '통창 카페'라 부르리라 생각한다. 최대한 멀리까지 볼 수 있도록 4층으로 올라갔다.

먼저 온 손님들이 창가를 잡아 빈자리가 없으면 어찌할까 염려했는데, 의외로 거의 비어 있다. 반면에 안쪽엔 손님이 오히려 많아 내심 놀랐다. 다들 노트북이나 패드를 켜고 포드를 낀 채 뭔가에 열중한다. 오피스 없이 아무 데서나 공유로 근무 중인 회사원들일까? 아니면 도서관이나 독서실 대신에 여기서 공부 중일까? 어찌 되었든지 확실한 것은 아무도 천변 광경에 관심이 없다는 점이다. '우리는 바쁘니, 실컷 조망을 즐기세요.'라는 말이 들리는 듯했다.

'아! 4층은 카공족 전용 공간일까?' 그렇거나 말거나. 음료 한 잔에 몇 시간씩 버틴다는데, 잠시 쉬었다 가는 게 대수야? 여유 있게 조망한다. 앞쪽에 건물이 전혀 없으니 천변은 물론이고 시내 전경과 멀리 주변 산까지 시원하다. 점심을 먹은 후 한참 걸어서인지 기분 좋게 졸리다. 의자도 푹신하다. 루이스 캐럴이 하숙집의 어린 딸 세 명을 데리고 강에서 뱃놀이하다가 만들었다는 『이상한 나라의 앨리스』처럼 천변 산책을 하다가 꿈속에 빠져든다.

일곱 살 소녀 앨리스가 강변의 토끼 굴속으로 떨어져서 놀라운 곳에 간 것처럼 달수 씨는 천변에서 수달 굴을 살피다가 안쪽으로 미끄러져 빠졌다. 물가 진흙길을 따라 한참 동안 정신없이 빠져 들어가니 환한 정원이다. 한쪽에서는 왕관을 쓰고 보석으로 치장한 젊은이들이 파티를 즐기고 있다. 반대쪽에서는 작업복 차림새의 젊은이들이 전투용 마차를 만들고, 다른 무리는 뜨거운 쇳물로 창검을 만들고 있다.

내려오면서 몸이 쪼그라들어 개미처럼 작아진 달수는 양쪽의 놀라운 광경을 몰래 살피고 있다. 큰 통창 너머로 달수만 양쪽의 광경을 살필 수 있는지, 젊은이들은 서로를 볼 수 없는 듯하다. 한쪽은 파티를 끝없이 즐기고 다른 쪽은 힘든 일을 쉼 없이 하고 있다. 달수는 양쪽으로 통창에 갇혀서 빠져나갈 길이 없다. 답답하다. 아무리 창을 두드려도 개미처럼 작아진 손으로 어림도 없다.

갑자기 어두워지더니 천둥과 번개가 요란해진다. 어느새 양쪽의 통창은 사라지고 없다. 작업에 열중하던 젊은이들은 모두 병사로 변했다. 양손에 창과 칼을 들었다. 전투 마차에 올라타고 종횡무진 달린다. 전투의 화신들처럼 구호를 외치지만 웬일인지 소리가 들리지 않는다.

반대쪽의 왕자와 공주 차림의 젊은이들도 모두 전투태세를 갖췄다. 벌써 거대한 목책을 가져와서 안전하게 둘러쌌다. 공주들은 목걸이를 풀고, 옷에 달린 보석을 뜯어내서 공격용 구슬을 만들었다. 왕자들은 목책 사이의 구멍으로 투석기를 이용하여 보석 구슬을 쏘아댄다. 반대쪽의 수많은 병사들은 함성을 지르며 칼과 창을 휘두른다. 그런데 언제 움켜쥐었는지 그들의 주머니는 날아온 보석으로 두둑해졌다. 어둠 속에서도 양쪽의 대치는 끝이 없다.

그러나 새벽하늘이 밝아오자 장면이 바뀌어 달수는 깜짝 놀란다. 커다란 돌판 테이블을 가운데 두고 양 진영의 대표 열 명씩 앉아 있다. 어찌 된 영문인지 왕자와 공주 차림의 열 명 앞에는 음식과 술이 잔뜩 있다. 싸움 통에 배를 곯은 듯 정신없이 게걸스럽게 먹는다. 그러나 맞은편 탁자에는 아무런 음식이 없다. 입을 굳게 다물고 눈을 치켜뜬 채 열 명은 모두 한결같이 화난 얼굴로 앉아 있다.

상대가 화를 내든 말든 전혀 상관없이 화려한 차림새의 젊은이들은 푸짐한 만찬을 즐기고 있다. 잔뜩 화가 난 표정을 짓고 있는 맞은편의 열 명. 무슨 이유일까? 기괴한 광경을 지켜보는 달수는 이해할 수 없다. '함께 나눠 먹어라.'라고 소리를 계속 지르지만 개미 목소리인 양 어느 쪽 누구도 반응을 보이지 않는다. 잔뜩 화난 사오정과 거들떠보지도 않은 채 먹고 마시는 저팔계의 대치는 끝이 없다.

그러나 정오를 알리는 사이렌이 울리자 갑자기 모두 사라지고 만다. 대신에 먹이를 손에 움켜쥐고 입에도 물고 있는 수달 식구들이 몰려든다. 마구 뜯어 먹는다. 이에 놀란 백로와 왜가리들이 날아오르고, 청둥오리와 원앙 식구들, 해오라기 떼들이 놀라서 허둥댄다. 먹고 먹히며, 쫓고 쫓기는 난장판이 계속된다. 그런데 커다란 쓰나미 물결이 갑자기 몰려든다. 수달 집도 쓸려가고 원앙의 보금자리도 흔적이 없다. 모두들 혼비백산 사라지고 만다.

그러자 다시 나타난 커다란 석판 테이블. 다시 양쪽에 열 명씩 앉아 있다. 그런데 이번에는 양쪽 모두가 머그잔의 커피를 마시며 노트북과 패드를 열고 무엇인가 깨알 같은 글씨를 읽고 있다. 무엇을 하고 있는지 알 수 없는 달수는 이제 더 이상 궁금하지 않다. 모두 전투를 이미 끝내서 서로 싸우지 않고, 화를 내고 있지도 않으니까.

달수는 빠져나갈 방법만 찾는다. 그런데 다시 보니 어느새 젊은이들이 모두 석판에 올라가 함께 춤을 추고 있다. 석판 테이블이 몹시 흔들린다. "안 돼, 위험해!"라고 달수가 외친다.

이때, "그만 일어나세요! 나이 들어 졸고 있는 모습이 꼴불견이야."라면서 아내가 내 어깨를 마구 흔든다.

4. 꽃길과 꽃밭의 차이

낮잠 후에 가볍게 걸어가니 새롭게 조성한 듯 보이는 넓은 꽃밭이 나타난다. 자주 걷는 길에서 처음 보아서일까? 조성 일정에 쫓겨 급히 마무리했는지 화려한 꽃밭이 무언가 어울리지 않고 부자연스런 느낌이 든다.

그러나 꽃이 예쁘다. 매우 넓은 곳에 구획하여 종류별로 많이 심어서 무척 화려한 꽃밭이다. 꽃을 보면 기분이 좋지만 사실 나는 꽃 이름이나 성질을 잘 모른다. 요즘은 사진을 찍어서 검색하면 이름이 곧바로 나오니까 모른다고 걱정할 필요 없다. 그래서 이름을 더 기억하지 못하나 보다. 내비를 이용하여 찾아간 곳은 수차례 운전하여도 행선지가 기억나지 않은 것과 비슷한 듯싶다.

2024.04.23 나승유 촬영

꽃밭에 이름표가 있다. 물망초는 익숙한데, 실라와 빙카는 수입한 외래종일까? 맥문동과 캐모마일은 아직 꽃이 없다. 여러 가지 색상의 꽃잔디가 넓은 구획을 차지하고 있어 꽃의 세상이다. 잎을 볼 수 없도록 촘촘하게 많은 꽃을 피우니 이름 그대로다. 땅에 양탄자를 펼친 듯한 지면 식물. 화려하다. 낮게 깔린 잔디가 이렇게 많은 꽃을 얼마나 오랫동안 유지할 수 있을까? 쓸데없이 조금 걱정스러웠다.

걷는 사람들이 적은데도 꽃밭 근처에는 꽤 많았다. 산책하지 않고 꽃만 보러 왔을까? 아니면 꽃을 감상하고 사진도 찍으며 머무는 시간이 길어서일까?

한참 꽃을 보고 있으니 슬그머니 다른 생각이 든다. 한정된 면적의 정원과 무척 길 수밖에 없는 천변에서의 꽃밭 차이다. 천변에서는 한군데에 밀식한 꽃밭보다는 자생하는 야생화 꽃씨를 드문드문 뿌려서 자연스러운 꽃길 모습을 만들면 어떨까? 수선화, 들쑥부쟁이, 엉겅퀴, 패랭이꽃 등은 자생하여 개화 기간이 길 듯하다. 또한 주변의 많은 풀이나 수초와 자연스럽게 어울리지 않을까?

꽃보다 물가에 있는 쓰레기가 눈에 거슬린다. 바람에 날려온 비닐, 스티로폼 조각, 과자 봉투, 페트 용기가 물가에 널려 있다. 치우지 않으면 한 번 자리 잡은 쓰레기는 오래간다. 어디에선가 날아온 폐비닐이 물가의 마른 나뭇가지에 걸려 있다. 올무에 걸린 야생동물처럼 바람에 발버둥을 친다. 점점 더 깊이 박히는 듯 보인다. 눈에 몹시 거슬린다. 다른 곳과 달리 물가의 쓰레기를 행인이 치우기가 쉽지 않다. 그러니 예산을 들여서 주기적으로 수거하면 좋겠다.

주민들이 꽃 사진을 찍어 공유하는 경우가 많아서 꽃밭은 홍보가 저절로 되지만 쓰레기 수거의 효과는 별로 눈에 뜨이지 않는다. 그러나 긴 안목으로 보면 녹지 환경과 하천의 정화에 기여한다고 느낀다. 몸에 향수를 뿌리는 것보다 악취를 먼저 제거해야 하지 않을까? 나에게는 꽃밭 조성보다 우선순위가 높다고 느껴진다. 그래도 꽃은 예쁘다.

천변에 줄지어 있는 카페 중에서 우리가 단골로 가는 곳이 하나 있다. 상호와 상관없이 우리는 '효심카페'라 부른다. 알바 없이 젊은 커플이 운영한다. 커피와 음료, 간단한 식사를 제공하는 카페 겸 단출한 식당이다.

그런데 메뉴가 조금 특이하다. 몇 가지뿐인 빵 종류에 펌킨파이가 있고, 가벼운 식사류에 앙쿠르트 수프가 있다. 더구나 버섯 앙쿠르트의 용기는 일반적인 그릇 대신에 속을 파낸 미니 단호박이다. 위의 빵을 뜯어서 버섯수프와 함께 먹고, 용기인 단호박을 위에서부터 먹어 내려간다. 음료 한 잔과 통째로 먹는 앙쿠르트 수프를 주문하면 간단하게 점심을 때우기에 충분하다.

처음 들렀던 날, 메뉴의 사연을 물어 가슴 뭉클한 대답을 들었다. 남쪽지방에서 부모님이 지역 특산물인 각종 호박을 재배하는데, 효과적인 매출을 위해 딸과 사위가 음식을 특화했다고 한다. 마음이 정겹다. 음식도 입에맞고 푸짐하여 가끔 들른다.

5. 나의 호박 예찬

'효심카페'에서 예전의 텃밭 생각에 빠진다. 한때 수년 동안 재미 삼아 아주 작은 텃밭을 일궜다. 사월 초에 모종 몇 가지를 심고 지주대를 세우며 시작한다. 곧 상추 수확을 한다. 자연의 변화가 일견 느린 듯 보이지만 실상은 엄청 빠르다. 며칠 지나면 단출한 두 식구가 다 먹을 수 없도록 빨리 자란다.

하루는 왕래가 없던 옆집 신혼부부를 우연히 엘리베이터에서 만났다. 텃밭에서 뜯어왔다고 말하며 들고 있던 상추 비닐 봉투를 건넸다. 상추가 너무 빨리 자라 5월에는 처분하기 어려울 정도다. 다음 날 아침에 문밖에 놓인 과일 박스를 보고 놀랐다. 상추를 잘 먹었다는 메모가 있다. 야채가 남아서 전했는데, 일부러 구입한 과일 박스를 받으니 너무 부담스러웠다.

여름에는 아침 일찍 텃밭에 나가면 무척 상쾌하다. 새벽 여명이 일찍 밝아오는 햇빛에 금방 물러나지만 가장 시원한 시간이다. 이슬이 맺힌 식물의 잎들이 싱싱하다. 이슬방울이 달린 거미줄마저 기하학적으로 예쁘다. 고추의 작은 하얀 꽃, 가지의 보라색 꽃, 줄줄이 매달려 있는 방울토마토의 노란 꽃들이 모두 예쁘다. 귀찮게만 여기며 이름도 모르는 잡초의 아주 작은 꽃들도 자세히 살펴보면 귀엽기 그지없다. 나태주 시인이 『꽃을 보듯 너를 본다』에서 노래한 정겨운 시가 입에서 저절로 굴러 나온다. 자세히 살펴보면 모두가 예쁘고 사랑스럽다. 건성으로 보면 모두가 하찮고 쓸데없다.

수많은 종류의 꽃들 속에서 나에게 가장 강렬하게 인사를 보내는 꽃이 있다. 바로 호박꽃이다. 나의 눈을 잡아당겨 놓아주지 않는다. 예전에는 눈여겨보지 않았는데, 이제는 나도 인사를 받고 보낸다. 어찌 된 일일까?

누구나 좋아하는 다섯 꼭지의 별 패턴, 사심 없이 해맑게 웃는 모습, 아무런 색의 기교나 조합 없이 단순하고 강렬한 노란 색상, 넉넉하고 풍요로운 꽃의 크기와 푹신한 느낌을 주는 두께 등 많은 점에서 나는 새로운 호감을 느낀다. 강렬한 이미지를 추구하는 고흐가 왜 해바라기꽃 대신에 호박꽃을 그리지 않았을까라는 의구심마저 든다.

이런 호감을 왜 이제야 느낄까? 긴 세월 동안에 눈길도 주지 않다가 이제 텃밭을 가꾸며 뒤늦게 진실을 파악하고 잘못된 나의 마음을 고쳐먹는 듯하다. 부질없이 밖으로만 싸돌아다니다가 뒤늦게 후회하며 집으로 돌아온 망나니가 된 느낌마저 든다.

그러나 안타깝게도 나에게 느껴지는 미적으로 훌륭한 여러 요소에도 불구하고 호박꽃은 총체적으로 악평의 대표 자리를 꾸준히 차지하고 있다. 더욱 억울한 점은 많은 것을 내어주고도 좋은 소리를 못 듣는다. 사람들은 많은 것을 받아먹고도 호박꽃을 끊임없이 멸시하고 조롱거리로 삼는다.

어느 주말 점심에 미니 밤호박을 전자오븐에 익혀 먹었다. 방법은 간단하고 맛은 좋았다. 껍질째 먹고, 간이나 양념이 필요하지 않아서 이보다 간단할 수 없다. 김치만 곁들이면 된다. 예전에는 호박이 쌀밥 근처에는 얼씬 거리지 못했을 텐데, 변신에 성공한 미니 호박은 '쌀밥에 고깃국'을 여지없이 무너뜨린다.

된장찌개와 함께 애호박 찌개는 국민의 대표적인 간단한 식사이다. 고추장과 고춧가루를 푸짐하게 넣어 매콤하고 칼칼한 맛이 돼지고기와 잘 어울리며, 애호박의 달고 부드러운 맛과 궁합이 맞다.

화끈한 고추장찌개와 달리 맑은 애호박 찌개는 어떤가? 고추장 대신에 새우젓으로 간을 맞추고 버섯과 청홍 고추로 풍미를 더한다. 별다른 재료 없이 금세 만들 수 있고, 맛은 부드럽고 담백하여 개운하다.

마찬가지로 큼지막하게 썬 애호박에 흔한 다시마와 멸치를 넣어서 끓여 간을 한다. 양파와 채 썬 고추를 넣고 마지막에 두부를 넣으면 역시 맑은 찌개가 된다. 양파, 두부와 함께 은근히 달고 부드럽다. 이 또한 별다른 재료 없이 아주 간단히 만들어 먹을 수 있다.

요즘은 고기를 구워 먹지만 옛날에는 국물에 넣어서 양을 불려 여럿이 나눠 먹었다. 마찬가지로 쌀이 부족하여 떡을 만들 때도 여러 가지 잡곡이나 호박을 넣는다. 흔하고 양이 푸짐한 늙은 호박을 넣어서 양을 불리는 셈이다. 물론 호박의 단맛, 식감, 색상과 문양의 효과도 있다. 그래서 이제는 전통 떡집의 어엿한 터줏대감 중 하나이다.

애호박과 함께 늙은 호박은 호박의 대표적인 이미지이다. 예전에는 겨울에 물리도록 호박죽을 먹었는데, 이제는 늙은 호박이 의외로 비싸고 크기도 너무 커서 2인 가족에 적당하지 않다. 그렇지만 호박죽을 넉넉하게 쑤어놓고 뜨끈하게 또는 차갑게 먹는 맛이 일품이다.

맛과 향을 위해 여러 가지 인공 첨가물을 넣어서 설탕물에 가까운 다양한 에이드와 비교할 수 없다. 큰 용기의 내용물을 섞어 즉석에서 만들어내는 음식과 다르다. 텁텁한 설탕 맛이 아니라 재료 자체에서 우러나오는 깔끔한 단맛이 입맛을 당긴다. 더구나 요즘은 새알 대신에 다양한 견과, 강정, 말린 과일 등이 흔해서 손쉽게 모양과 먹는 재미를 달리할 수 있다.

호박꽃이 못생겼다지만 호박, 잎, 씨까지 모두 내어준다. 잎을 데쳐서 쌈싸 먹고, 나물, 조림, 고지 볶음, 죽, 찜, 전, 떡 등 우리들이 먹는 거의 모든 형태로 애용한다. 사람뿐만 아니라 가축의 사료로도 중요하다. 심지어 핼러윈 저녁에 불을 켜서 모두를 즐겁게 해준다.

이렇게 많은 것을 받아먹고도 사람들은 호박꽃을 끊임없이 멸시하고 희화화하며, 쓸모없는 귀퉁이 땅에나 심는다. 그러거나 말거나 호박은 오늘도 무럭무럭 쑥쑥 자란다. 비난, 뒷담화, 멸시에도 아랑곳하지 않고 병치레없이 넝쿨손으로 아무 데나 붙들고 보란 듯이 잘 자란다. 사람들이 호박을 천대하지만 오히려 호박이 우리 모두의 귀감이다.

6. 사진 속 모습의 양면성

천변 걷기의 좋은 점은 기분 내키는 곳에서 돌아오는 것이다. 오늘은 천변 산책길을 벗어나서 동네 골목길로 돌아온다. 천변 차도 옆 모퉁이에 깔끔하고 모던한 5층 건물이 있다. 재개발을 기다리는 주변의 오래된 주택들과 대비되어 두드러져 보인다. 이곳에 있는 식당에 두 번 들렀는데, 그 후로는 가지 않는다. 매장이 넓어 규모가 큰 이탈리안 레스토랑이다. 신축 건물에 신규 레스토랑. 주변을 산책하다가 '한번 가봐야지.'라는 생각을 이끌어내기 십상이다.

입구로 들어서면 인테리어가 눈길을 끈다. 아마도 전국 유명 맛집의 실내장식을 여러 곳 조사하여, 호감을 주는 자투리 공간 활용, 소품의 종류와 배치 등을 따로 베껴온 듯하다. 이런 악평의 근거는 무엇일까? 물론 나 혼자만의 짐작이다. 각각의 작은 공간은 그럴싸한데, 서로의 조화나 연결성이 전혀 없다. 여러 나라의 랜드마크를 모아서 설치한 놀이공원 같다.

요즘은 영상의 시대이니 가장 중요한 것은 사진 찍기 아닐까? 촬영에 딱 좋은 스폿 여러 곳을 고객에게 제공하려는 노력이 가상하다. 사진 찍기는 실내장식에서 음식과 그릇으로 이어진다. 홈피에 소개된 메뉴의 음식 사진이 탁월하다. 전문가의 영상 기술과 터치가 곳곳에서 느껴진다. 다양한 형태의 두툼한 포슬린 그릇, 양식 커틀러리 세트, 크리스털 잔 등의 세련된 디자인도 훌륭하다.

고객이 여유롭게 사진을 찍도록 배려하려는 의도인지 한참 후에 나온 수프. '그릴드 머쉬룸 차이브 크림 수프'다. 이름이 길다. 길면 고급스러울까? 상앗빛 수프 위에 녹색 차이브 잎과 분홍 꽃 조각이 어울려서 먹기 전에 사진을 찍는다. 시각과 함께 허브 향이 퍼진다. 스푼을 대면서 그림을 훼손하는 느낌마저 든다. 지인의 전원주택 마당 한쪽에서 부추처럼 자라는 차이브를 본 적이 있지만 사실 차이브 꽃 색깔은 처음 봤다.

오래 걸어서 출출했을까? 뜨끈한 수프가 입에 당겨 맛있게 먹는다. 그런데 예쁘게 치장한 꽃 조각이 혀에 이물질처럼 걸린다. 꾸밈을 위한 차이브가 너무 많아서일까? 허브 향이 지나치게 강하다는 느낌이 들었는데, 잠시 후 '이게 뭐지?'라는 나만의 말이 소리 없이 튀어나온다. 너무 익숙한 맛?

평범이 아닌 동일함. 자주 먹는 편의점의 파우치 수프와 뭐가 다르지?

앞을 보니, 뭔가 썩 못마땅한 느낌이 스치는 표정으로 아내가 수프를 조금씩 먹는다.

"어때?"라고 물었지만 아내는 말이 없다. 칭찬 없는 외면이나 무반응은 비난임을 경험으로 잘 알고 있다.

곧이어 주문한 '킹프라운 페스토 링귀니 파스타'가 나온다. 수프 이름과 마찬가지로 이름이 너무 길지 않나? 줄여서 '킹페링'이라 부르면 어떨지 궁금하다. 자세히 알려주고 싶은 셰프의 친절일까? 긴 이름에 걸맞게 그릇도 엄청 크다. 그러나 내 눈에 띄는 특징은 조금 큰 새우 두 마리뿐. 평범한 스파게티와 뭐가 달라서 이름이 길어졌을까? 자세히 보니 약간 넓은 면에 초록색이 조금 느껴진다. 이름에 페스토가 있으니 바질 향이 나는 것 같기도 하다. 먹지도 않을 새우의 긴 수염까지 머리 부분이 검빨강색으로 부각되어 있다. 그러나 먹어보니 맛이 특별하지 않다. 오일에 섞인 마늘 냄새가 느껴질 뿐이다.

"어때?"라고 다시 물었더니 아내의 응답은 짧았다.

"신선한 맛이 없네요."

아내의 대답은 단순했지만 그 안에 요리에 관한 많은 평가가 포함되어 있다.

요리사는 재료의 신선함을 살리기 위해 애를 쓴다. 재료가 산과 들, 바다에서 오는 시간을 줄인다. 어쩔 수 없는 건조, 포장, 멸균, 이송의 경우에도 중간 과정을 세심하게 살핀다. 마늘 하나를 보더라도 요리사의 선택지는 많다. 줄기 채 묶여 있는 마늘 다발부터 망에 담긴 통마늘, 깐 마늘 봉지,

다진 마늘 병, 대용량 초마늘, 슬라이스 된 냉동 즉석 마늘 등 다양하게 유통된다.

무엇을 선택할 것인지! 그것은 신선함과 편리함의 싸움이다. 쉽게 타협하기 어려운 반대의 속성이다. 산지의 땅에서 뽑아온 신선한 야채, 이에 대비시킬 수 있는 정반대의 경우는 여러 가지 재료를 말린 후에 모두 섞어서 포장한 라면 봉투 속의 수프 가루다. 신선과 편리의 양극단이다. 진정한 요리사는 가능한 한 편리함을 거부하며 신선한 요리법을 선택한다. 일반인은 사정에 따라 대충 편리한 상품을 구입하여 요리하겠지만.

요즘은 세계 도처의 유명 상품들이 집 근처의 대형 마트에 진열되어 있다. 예를 들어, 진열대를 자세히 살펴보면 파스타의 면 종류가 무척 많다. 바다 건너온 수입품이지만 값이 저렴하다. 쌀보다 싸지 않을까? 병이나 캔에 포장된 수십 가지의 소스, 크림, 오일의 종류도 엄청나게 많다. 놀랍다. 이런 상품들로 조리된 음식은 수많은 소규모 공장에서 소량 파우치 형태의 즉석식품으로 대량생산된다. 곧이어 집 바로 앞의 편의점에 진열된다. '뜯어서 1분'이라는 간편 요리의 문구가 선명하다.

레스토랑의 요리와 전자레인지로 1분 돌린 편의점의 파우치는 다르다. 달라야 한다. 음식을 담은 그릇은 비슷할 수 있지만 신선도가 같을 수 없다. 실망스럽게도, '사진 찍기'가 중요한 레스토랑에서는 음식 그릇은 엄청나게 훌륭했지만 신선함은 편의점에서 판매하는 파우치와 거의 비슷했다.

#6
거실 여행

손바닥 공간에서 사유 여행을 즐기다

1. 경계선의 모호한 시비

TV 채널을 스포츠로 돌리니 테니스 경기의 실황중계를 하고 있다. 유럽에서 야간에 진행하는 경기를 라이브로 새벽에 소파에 앉아 시청하니 편하다. 입장료도 없다. 경기장의 높고 멀리 있는 좌석에서 관전하는 것보다 가깝게 느껴진다. 절묘한 순간을 자세하게 다시 볼 수도 있다.

다른 종목에서도 유사하지만 테니스 경기를 하다 보면 흔하게 판정 시비가 일어난다. 공이 선에 조금이라도 닿았는지, 아니면 밖으로 나가서 아웃인지의 판정이다. 나는 취미로 동호인 클럽의 회원들끼리 시합을 하거나, 간혹 지자체 단위의 아주 작은 경기에 참가한다. 경기에 걸려 있는 상품이나 상금은 미미하거나 아예 없다. 그런데도 의외로 심각한 판정 시비가 자주 발생한다. 물론 대부분 시비에 관여되는 사람들의 성격 탓에 특정인들이 주로 시비를 반복한다. 간혹 재미로 자장면이나 맥주, 수박이라도 경기에 걸게 되면 경계선 판정에 더 예민해진다. 물론 선 가까이 떨어지는 멋진 샷과 허망한 아웃은 간발의 차이다. 이런 속성 때문에 경계선 시비는 어쩔 수 없이 자주 발생한다.

전체 상금이 수백억 원대에 이르는 큰 테니스 시합에서는 10여 년 전부터 여러 대의 고속 카메라에 의한 전자 판정 시스템을 사용하고 있다. 물론 롤랑가로스 프랑스오픈은 아직 예외로 전통에 따라 심판인 주심과 선심이 있다. 프랑스오픈은 클레이코트이기 때문에 볼의 자국이 표면에 남아서 확인이 가능하다. 호크아이 시스템이 주요 테니스 경기에서 판정의 보조 또는 일부 역할을 하다가 2023년부터는 주심만 있고 십 명 가까운 부심들은 모두 대체되었다. 주심마저도 상징적으로 앉아서 경기 운영을 관장하지만 인/아웃 판정에는 관여하지 않는다. 결국 판정에 관해서는 심판이 필요 없게 되었다.

테니스공은 때때로 시속 200㎞ 이상이며 회전도 많다. 그래서 공이 떨어진 지점을 판정하기 위해서 코트의 천장 곳곳에 초고속 카메라를 10대가량 설치한다.

고가인 영상 기반 판정 시스템인 호크아이는 곧 다른 종목의 큰 시합에서도 보조 수단이 아니라 심판을 대체하는 방향으로 채택될 것으로 예상한다. 앞으로는 심판이 전혀 없는 야구, 축구, 배구 시합을 볼 수 있겠다.

클레이 코트

판정 시비는 다양한 곳에서 발생하지만 차량 사고에서 흔하다. 판정의 결과로 과실 비율에 따라 손해 금액이 달라지거나 가해자와 피해자가 뒤바뀔 수도 있다. 예전에는 목소리가 크거나 어깨가 다부진 자가 유리했겠지만 이제는 갈수록 관련 영상 자료에 의해 판정한다. 당사자들의 블랙박스 영상, 주변 차량의 자료, 길거리의 CCTV 등 객관적인 자료가 많다.

아직은 눈으로 확인하는 영상 정보에 크게 의존한다. 그러나 앞으로는 곧 운전자의 조작, 차량의 엔진과 차체 정보를 자세하게 나타내는 차량 전자장치 데이터를 함께 적용하면 더욱 정확한 판정을 얻을 수 있다. 이렇게 되면, 경기에서 심판이 필요 없듯이, 교통사고에 관련된 운전자들의 다툼은 불필요하다. 보험사 직원들이 사고에 관련된 차량의 블랙박스와 차량

보드 데이터를 확보하여 사고 발생의 원인과 진행 및 결과를 분석하여 객관적으로 판정한다.

크고 작은 여러 종류의 경계가 있겠지만 아마도 누구에게나 가장 심각한 것은 삶과 죽음의 경계가 아닐까? 다행히 나는 아직 그 경계선 가까이 가 본 적은 없다.

그러나 '삶과 죽음의 경계'라는 중대한 표현을 너무 쉽게 남용하고 있는 듯 느껴진다. 안쪽과 바깥의 사이에 경계선이 있듯이 이쪽과 저쪽의 사이가 경계이다. 아직은 아무도 저승 세계를 경험하거나 객관적으로 증빙할 수 없으니 생사의 경계라는 표현은 모호하며 적절하지 않다. 단지 삶의 끝이 아닐까? 경계라면 양쪽을 왔다 갔다 할 수 있어야 하는데, 아직은 아무도 그렇지 못하다.

과연 그럴까?

샤갈(Marc Chagall)의 경우를 보자. 그는 20대 청년이었던 무려 110년 전에 현악기를 연주하는 염소와 나뭇가지 위에서 노는 소를 그렸다. 하지만 나는 안타깝게도 겨우 3년 전에야 호우 침수로 인해 지붕 위에서 방황하는 소를 보았다.

Tretyakov Gallery
Moscow, Russia
Public Domain

Marc Chagall
Over the Town
1913

또한 스필버그 감독이 〈ET〉의 마지막 장면에서 하늘을 나는 자전거를 인상 깊게 그렸지만 샤갈은 이보다 69년 전에 〈하늘을 나는 마차〉를 그렸다. 과연 샤갈이 중력 법칙을 경험하지 못했거나 이해하지 못해서 애인과 손잡고 고향 마을의 하늘을 즐겁게 날아다니는 명화를 엉터리로 그렸을까?

객관적인 과학의 원리와 각자의 생각이나 상상은 별개이다. 내가 꿈속에서 심해를 헤엄치듯이 그대는 창공을 높이 날 수 있다. 가볼 수 없는 저세상을 지금 여기서 누구나 마음껏 그려볼 수 있기에 생사의 경계는 가능한 표현이다.

대략 15년 전에 나도 모르게 주먹으로 마누라의 머리통을 후려갈겼다. 의외의 주먹질에 아내는 비명을 지르며 고꾸라졌다. 과학적으로 논란이 많은 저승 세계의 경계와 달리 꿈과 생시 영역의 경계는 누구에게나 친숙하다. 물론 나도 가끔 꿈을 꾼다. 깨어나 생각해보면 대부분 황당한 내용이지만 지엽적으로는 의외로 인과관계가 있다.

주먹질을 한 날의 새벽에 꾼 꿈속에서 나는 아마도 누군가와 몸싸움을 하고 있었다. 꿈속에서는 몸을 거의 움직일 수 없지만 주먹을 날리는 순간에 꿈이 깨어 마지막의 엄청난 가격이 가능해졌다. 가격과 동시에 꿈과 생시의 경계선을 넘은 것이다. 물론 주먹질의 대상이 꿈속 누군가에서 옆에서 평화롭게 자고 있던 아내로 바뀌었을 뿐이다. 나는 꿈 때문에 매우 억울하게도 어처구니없는 폭행죄를 저질렀다. 아내는 아닌 밤중에 황당하게도 피해자가 되어버렸다. 이런 쌍방의 억울함을 누가 해결해줄 수 있을까? 집안 부부 싸움에 경찰도 난감할 듯하다. 아마도 악의 없는 폭행이나 억울하기 짝이 없는 피해의 이유는 인간으로는 어쩔 수 없는 매우 좁은 찰나의 경계선 때문이리라.

현실에서 억울한 경우가 발생하면 이를 원만하게 해결하는 것과 더 나아가 미연에 방지하는 것은 무척 중요하다. 그래서 아주 옛적부터 인·의·예와 같은 덕치가 근본이라는 공자의 말씀이 좋기는 하지만 천하를 다스리는 실제에서는 법가의 원리가 중용되었다. 치열하고 다양한 다툼을 어찌 대의명분 몇 개로 모두 해결할 수 있을까? 따라서 보다 엄격한 규범과 법을 집행하는 수단이 필요하다. 이들은 다툼을 판정하는 다양한 경계선들의 집합이다. 따라서 법률가와 재판관은 숙명적으로 유무죄를 가르는 경계선에 예민할 수밖에 없다. 마치 in과 out을 판정하는 호크아이 영상 시스템처럼.

그러나 법의 경계선은 최소한의 밑바탕이다. 사람이 소금과 간장 두 가지 반찬만으로 항상 만족할 수 있을까? 어림없다.

법의 경계선을 가까스로 피했다고 환호하는 자들을 이해하기 어렵다. 아니, 경멸한다. 최소한의 경계선 위에 있는 도덕, 윤리, 선의, 아름다움 등은 전혀 필요 없단 말인가? 그들은 된장과 새우젓처럼 최소한에 해당하는 오로지 두 가지 반찬에 항상 만족하고 기뻐한다고 우기는 꼴이다. 다른 수많은 종류의 맛있는 반찬을 쳐다보지도 않고. 우습기 그지없다.

국가를 지키는 마지막 보루의 역할을 하며 재임한 대법관과 헌법재판관은 자손만대에 걸쳐 칭송받아 마땅하다. 예찬이 가득하여 넘치는데 다른 어떤 종류의 미덕이 더 필요할까? 재물? 아마도 재물이 많다면 칭송과 예찬에 흠이 생기지 않을까?

평생 오랫동안 타인들의 경계선을 예리하게 판정했던 대법관과 특별검사를 지낸 자들이 안타깝게도 본인의 경계선을 잘못 밟아 온갖 추한 구설수에 휘말려 있다. 물론 최소의 밑바탕 경계선을 지켰으리라 믿고 싶지만 그동안의 직분에 비해 너무 초라하다. 훌륭했던 지난 행적마저 의심스럽다. 진실로 안타깝다.

2. 반려계의 워터마크 역할

반려동물로 개와 고양이를 당연하게 생각한다. 아직 미미하지만 최근에는 반려 닭의 품종이 도입되어 관심을 두는 가정도 있다고 한다. 동물을 관리하기에 나는 너무 게을러서 반려동물을 고려하지 않는다. 아주 많은 수고가 뒤따를 듯하다. 그렇지만 반려계 한 마리가 나의 거실에서 항상 놀고 있다.

7년 전 운남성의 리장에 머물 적에 귀여운 닭을 발견했다. 5일 머문 호텔의 접수대 위에 있던 목재 닭이다. 아마 바위틈에서 뒤틀리며 어렵사리 자란 나무를 이용하여 상상력이 풍부한 조각가가 적절한 작  품을 구상하여 제작한 듯싶었다. 깎아 조각하거나 전혀 덧붙이지 않은 나무 자체인데, 절묘하게 통통한 몸통, 기다란 목, 얼굴과 부리, 가는 두 다리와 꽁지깃이 있다. 얼굴에 옹이가 적절한 위치에 있어서 눈처럼 보인다. 키가 한 뼘 반가량이어서 실물보다 조금 작지만 크기도 적절하다.

한눈에 바로 마음에 들어서 구입한 매장을 물었다. 그러나 절망! 크고 작은 여러 가지 목각 동물을 커다란 대바구니에 담아 매고 돌아다니는 행상인에게서 구입했단다.

프런트 앞을 지날 때마다 닭이 눈에 들어왔다. 삼 일째 밤에 매니저에게 닭을 팔 수 있는지 물었다. 그가 놀란 눈으로 나를 봤다. 그리고 유사한 나무조각품을 판매하는 상점의 위치를 지도에 표시하여 알려주었다.

다음 날 상점에 들렀더니 정말 상상하기 어렵게 다양한 조각품들이 있었다. 작은 동물은 수없이 많고, 실제보다 큰 호랑이와 판다도 있다. 기다란 용은 도대체 어떻게 옮겨서 설치할 수 있을까? 그러나 어찌 된 영문일까? 왜 내 마음에 딱 드는 귀여운 동물이 없을까? 아마도 짐작건대, 원래 내가 동물을 별로 좋아하지 않았던 것이 이유인 듯하다. 결국 매니저와 협의하여 호텔에서 다른 동물 조각을 대신 구입할 수 있는 비용을 주기로 했다. 이렇게 하여 내 마음에 드는 중고 닭을 가져올 수 있었다.

나의 반려계는 무심히 거실에 서 있다. 어쩌다가 나와 무언의 대화를 나누기도 한다. 조그만 그릇에 쌀 몇 톨, 콩알 몇 개를 놓아두면 오래간다. 편하다. 가끔 몸통 전체에 보습 크림을 발라주기도 한다.

그러나 반려계가 거실 귀퉁이에서 그저 무위도식하지 않는다. 누구도 할 수 없는 중요한 역할이 있다. 그것은 무엇일까? 요즘은 영상의 시대다. 사진 영상을 여러 사람들이 이리저리 옮기기 일쑤다. 자연스럽게 저작권의 진위 파악도 어렵고 표절이 심각하다.

내 반려계는 이 세상에 단 하나뿐인 사물이다. 유전자를 이용하는 최신 기술을 적용하여도 복제하기 어렵다. 과거에도 미래에도 다시 있을 수 없다.

서점에 책이 많다. 그러나 거실에 있는 내 책과는 소유주가 다르다. 그런데 사진에서는 이를 구별하기 어렵다. 그렇지만 쉽게 구별할 수 있는 방법이 반려계의 존재다. 자연스럽게 반려계를 옆에 두고 함께 사진을 찍으면 영상에서 초보적인 나의 아날로그 워터마크 역할을 한다. 간접적으로 소유권을 주장할 수 있다.

세계적인 육류 소비 통계를 보면 상위 종 일곱 개는 닭, 오리, 토끼, 돼지, 양, 칠면조, 소 순서이다. 그런데 닭의 도축 마릿수가 나머지를 모두 합한 것의 다섯 배가 된다. 놀랍다. 세계 도처 어디에서나 닭을 즐겨 잡아먹는다. 알도 뺏어 먹는다.

미안, 닭. 정말 미안해!

자연 상태에서 닭의 평균수명은 10년인데 우리가 즐겨 먹는 육계의 평균수명은 한 달가량이라니 새삼 또 미안하다. 산란계도 효율적인 생산을 위해 2년 이내다. 100살의 사람과 비교하면 한 살 돌이 되기도 전에 없애버리다니 생각할수록 처참하다!

정말 미안, 닭.

3. 근원을 찾으려는 노력

쇼핑 채널에서 최신 TV를 선전한다. UHF 스마트 TV 가격이 1,000만 원으로 놀랍다. 상응하는 크기도 209㎝로 엄청나다. 그런데 거실이 굉장히 넓지 않다면 화면 전체를 보기 위해 눈동자의 움직임이 지나치게 커지게되니 눈에 스트레스가 심하게 발생할 듯하다.

FHD급 영상을 4K 해상도로 변환하는 화질 보정 기능이 있고, 사람의 눈처럼 판단하는 명암 비율 강화 기술을 적용하여 3차원의 깊이감을 실현하여 최고의 화질이라고 설명한다. 극단적으로 화려한 장면을 선택하여 보여주는 화면의 화질이 선명하고 멋있다.

그런데, 이상하다.

엉터리 선전 아냐?

제아무리 최고급 신상 TV 화질이 우수하다고 한들 지금 거실에 있는 내 앞의 내 TV로 보고 있지 않나? 우리 집 TV는 구입한 지 10년도 지났는데. 결국 지금 시청하고 있는 TV 품질이 여전히 우수하여 신상품으로 교체할 필요가 전혀 없다는 것 아닌가? 멋있는 선전의 효과가 거꾸로 나온다.

홈쇼핑 채널에서 다른 상품을 열나게 광고하는 것은 무방하지만 TV만큼은 선전해도 안 먹힐 것 같다. 매장에서 직관하도록 유도해야겠다.

프린터의 카트리지 4개 CMYK(편의상 빨노파검)로 원하는 컬러 출력을 만들어낸다. 인쇄나 사진에서 잉크의 반사광 성질에 따라 기본색을 적절히 배합하여 필요한 색을 구현한다.

이렇게 기본이 중요하다. 단지 세 개의 삼원색을 섞어서 여러 가지 색을 만든다. 어렸을 때 배운 것처럼 기본 원소를 섞으면 여러 가지 분자가 되고, 결국 모든 물질이 된다. 역시 기본이 중요하다.

가장 대표적인 근원 문제는 모든 물질의 분자구조를 파악하고, 그들의 기본인 원자를 규명하는 것이다. 다시 원자 모델을 구성하는 소립자를 계속 찾아가고 있다. 쿼크 여섯 가지, 렙톤 여섯 가지, 광자와 글루온 등의 미립자 구성과 관련 상호작용으로 복잡하다. 궁극의 기본 단위를 찾아가는 가장 기본이며 가장 작은 세계로의 여행이다.

현재는 소립자 기본 모형의 탐구를 하고 있지만 향후에 그럴싸한 다른 모델이 제안되면 다시 그곳으로 여행을 떠나겠지. 여행에서 가장 중요한 것은 여러 가지 현상을 모순이 적도록 설명할 수 있는 모델이다. 이것을 찾을 수 있는 상상력이 중요한 핵심이다.

말하고 듣는 소리도 마찬가지로 분해하여 근원적인 기본 음소를 찾는다. 물질의 원소처럼 음의 기본이다. 말을 음소로 분해하고 또 역으로 합성한다. 흔히 이용하는 자동응답시스템(ARS)에서 우리가 듣는 목소리는 음성 합성 기술을 이용한다. 음성 합성(TTS)이란 이름 그대로 글을 말로 바꾸어 들려주는 것이다.

TTS를 이용하여 인터넷 문서를 말로 들려줄 수 있다. 마찬가지로 이메일과 전자책 읽어주기, 게시판이나 점자책 읽어주기를 한다. 눈으로 읽어볼 필요 없이 이어폰으로 듣고 있으면 된다. 눈의 해방이다. 대신 귀가 수고한다. '내가 편하려면 누군가가 수고를 해야지 공짜가 어디 있겠어?' 여름에 가만히 있어도 시원해지려면 에어컨 사용 비용을 내야 하듯이.

뇌파는 아직 잘 모르기 때문에 대표적으로 지저분한 신호로 간주한다. 뭐든지 모르는 것은 혼란스럽게 느껴지니까. 64채널의 뇌파 신호를 음소 파악하듯 분해하고 조합할 수 있기를 기대한다.

방법은 마찬가지로 유사할 텐데, 기본 파형을 찾기가 어렵다. 기본 세트를 찾으면 말소리처럼 동일하게 분석하고 합성을 할 수 있으리라 예상한다. 뇌파 신호를 잘 처리하면 마음속의 생각과 텔레파시도 읽고 들을 수 있을 텐데. 그러면 이 세상 모든 사악의 근본이자 출발인 거짓말이 줄어들 수밖에 없을 텐데. 이것이야말로 과학의 진정한 승리이자 정의 사회의 구현이다.

중대 범죄가 터질 때마다 뉴스에서 프로파일러 이야기를 전한다. 자주 뉴스에 등장하는 것을 보면 많은 사람들이 호응한다는 듯하다. 그러나 들을 때마다 나는 답답하다. 객관성이 결여된 지극히 주관적인 방법이다. 나는 믿지도 않고, 좋은 결과를 기대할 수도 없다고 생각한다.

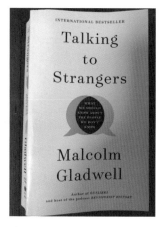

이에 관한 심층 분석은 말콤 글래드웰의 2019년 저서인 『타인의 해석』(Talking to Strangers)에 관련 사례, 방법, 논문과 함께 잘 기술되어 있다. 프로파일링에 관심이 있다면 참고 바란다. 판단에는 객관적이며 과학적인 근거가 필요하다. 개인적인 경험과 느낌에 의존하는 것은 위험하다.

맛에 둔감한 나는 커피 한잔도 제대로 음미하지 못하고 대충 마신다. 떫은/탄/신/단/쓴 맛을 분석하여 인지하는 것이 아니라 그냥 전반적으로 혀의 쾌감을 느끼고 즐거워할 뿐이다.

다양한 음식과 음료가 있지만 커피 하나만 이야기해보자. 모두 유사한 적용이 가능할 테니까. 커피 재료의 맛과 풍미를 근원적으로 분석하여 기본을 찾아 정립해야 한다. 이를 토대로 다양한 맛과 기호를 충족하는 레시피를 만든다면 인간 바리스타를 대신하는 로봇 바리스타도 만들 수 있겠다. 프린터 카트리지처럼 커피 풍미의 기본 카트리지 몇 개를 갖추고, 이들을 고객의 취향과 요구에 따라 적절하게 머그잔에 분사한다. 카트리지의 내용물이 바뀌고, 종이 대신에 컵이 놓이지만 프린터와 다를 것이 뭐가 있을까? 요즘 유행 따라 AI 바리스타라고 부르겠지.

음식과 기호품은 커피 외에 무궁무진하다. 그래서 음식 맛의 근원을 찾는 것이 분자와 원자의 연구만큼 당연하다. 도쿄대학교 이케다 기쿠나에 교수가 다시마를 기본으로 화학조미료를 100년 훨씬 전에 개발했다. 이름도 거창하게 아지노모토(味の素)다. 맛의 근원. 그리고 115년 전에 이미 특허와 창업으로 '아지노모토주식회사'를 만들어 큰돈을 벌었다. 우리의 옛날 미원, 미풍 등도 이것의 아류다.

그러나 아직 턱도 없다. 전자 혀를 개발하려면 맛의 원소를 알아야 할 터인데. 아직은 아무것도 보지 못한 채 만지작거리며 사물을 파악하는 양상이다. 발전 가능성이 크다.

냄새 역시 맛과 똑같은 맥락이다. 냄새의 기본 요소? 된장국 냄새, 사랑스런 풍란의 꽃향기 등 다양한 냄새는 기본 요소의 어떤 조합으로 이뤄질까? 총체적인 결과를 만들어내는 향기와 악취의 기본 원소가 무엇일까? 이것을 명확하게 구별하여 이해하고, 이를 바탕으로 재구성할 수 있어야 전자 코를 만들 수 있을 텐데. 그렇게 된다면 TV나 영화의 다양한 장면에서 적절한 냄새 정보를 카트리지에서 뿌림으로써 현장감과 리얼리티를 높일 수 있겠다.

멀티미디어라는 표현을 50년이 훨씬 넘도록 굉장히 오랫동안 변함없이 사용하고 있다. 하지만 터무니없이 부족하고 지금도 여전히 수십 년 전과 거의 같다고 생각한다. 현실적인 다양한 정보 없이 여전히 글자, 소리, 이미지만으로 전부인 것처럼 다룬다. 현실감을 높일 수 있도록 추가할 다양한 요소가 여전히 많아 보인다. 블루오션을 개척하자.

4. 빈땅과 기네스의 추억

오늘은 '거실 여행' 중이다. 발목이 조금 불편하여 외출하지 않고 집 안에 머문다. 단순하며 거의 천편일률적인 아파트이지만 집집마다 조금씩 개성이 있어 다른 면이 조금은 있겠다.

아파트가 크지 않아서 거실과 부엌이 거의 하나다. 수년 전에 거실에 있던 소파를 버리고 일인용 의자 세 개로 바꾸었다. 이후 식탁의 중요성이 훨씬 커졌다. 소파의 공유성과 일인용 의자의 개별성 차이가 의외로 많이 드러났다. 공유성이 부족한 것을 식탁이 대신 담당한다. 거실 의자에서는 모두 TV를 향하지만 식탁에서는 서로 마주 본다. 손님이 거의 없지만 혹시 오더라도 소파가 아닌 식탁에 앉아서 이야기를 나눈다.

의자에 앉아서 TV를 보지만 책을 읽거나 커피를 마시거나 모두 식탁을 이용한다. 예전에는 식탁에서 식사만 했는데 최근에는 식탁의 용도가 넓어지고 중요하게 되었다. 점잖은 사람들이 우리를 본다면 부엌데기 천한 사람으로 여기지 않을까 우려된다. 그렇지만 남 볼 일도 없고 편해서 좋다.

냉장고에서 맥주 한 캔을 꺼낸다. 며칠 전에 편의점에서 사온 빈땅 맥주다. 더운 인도네시아 여행 중에 수시로 마셨
던 맥주다. 인도네시아는 무슬림 국가가 아니
다. 국민 모두가 종교를 선택할 수 있는 자유
가 있다. 국가에서 하나의 종교를 국교로 정
하는 나라가 아니다. 단지 무슬림이 국민 전
체의 87%에 달하는 압도적인 이슬람 국가다.

어디를 가든지 맥주를 파는 가게를 찾을 수 있다. 사회 분위기도 종교적
으로 지나치게 규율적인 느낌이 들지 않아서 편했다. 동서로 크고 작은 수
많은 섬이 있는데, 가장 서쪽에 있는 수마트라섬의 서쪽 끝에 우리나라 절
반 정도의 아체주가 있다. 넓은 국토의 인도네시아에서 가장 서쪽 지역인
데, 특별하게 이곳에서는 이슬람 규율이 심한 편이다.

맥주를 한 모금 마시니 파당 해변이 생각난다. 수마트라는 섬이지만 우
리나라의 4배가 넘는 넓은 땅이다. 이 섬이 대략 45도로 비스듬하게 길게
뻗어 있는데 남쪽 해안의 딱 중간에 파당이 있다. 그래서 앞바다가 아프리
카와 호주 양 대륙 사이의 넓은 인도양이다. 지도에서 보면 파당의 앞에는
인도양이 넓게 펼쳐져서 끝이 없는데, 앞으로 계속 가면 결국 남극대륙에
도달한다.

인도양 바다가 넓으니 파도도 클까? 매우 기다란 해변에 백사장이 넓다.
해변을 따라 직선으로 넓은 사무드라 도로가 달린다. 도심에서 이 대로를
건너면 바로 넓은 백사장이다.

이렇게 가까워서일까? 뜨거운 해가 지고 선선한 바닷바람이 불면 훨씬
낫다. 그래서 낮에는 사람이 뜸하지만 해가 지면 많은 인파가 해변을 찾는

다. 자연스럽게 도로를 끼고 해변을 따라 대형 포장마차형 식당이 줄지어 있다.

도시 바로 앞이 남극대륙까지 탁 트인 수천 ㎞ 인도양이니 해산물이 얼마나 풍족할까? 가족 단위로 보이는 많은 사람들이 해변 식당에서 저녁 식사를 한다. 메뉴가 대부분 해산물이다. 천막 형태의 간이식당에서는 몰려드는 손님을 위해 미리 생선 요리를 준비해 놓는다. 주문을 하면 곧장 숯불에 올리거나 기름에 재빨리 튀겨서 손님 테이블에 곧바로 가져다준다.

우리는 생선 탕과 회가 가장 중요한 메뉴인데 이곳에서는 생선구이와 튀김이 메인이다. 생선 살을 갈아서 타피오카 반죽과 버무려서 튀긴 어묵은 겉은 바삭하고 속은 아주 쫄깃하다. 전통 어묵 요리인 펨펙을 따로 주문한다.

파당의 위도가 남위 1도이니 적도 바로 아래인데, 해가 지고 바닷바람 속에서 식사를 하면 지낼 만하다. 우리나라 여름도 무더운데, 적도 지방은 얼마나 더울까 생각했었다. 그런데 적도 바로 아래에 있는 파당은 일 년 열두 달 거의 온도 변화가 없는데, 낮 최고기온이 31~32도이다. 우리나라 여름 날씨와 비슷하다. 우리는 두 달 동안 덥지만 파당은 열두 달 내내 더운 차이가 있다.

십여 년 전 기네스 맥주가 시중에 보급된 지 얼마 되지 않았을 때다. 저녁 회식이 끝나고 근처 맥줏집으로 몰려갔다. 선택할 수 있는 수입 맥주가 제법 여러 종류 있었다. 주인이 어떻게 여러 종류의 맥주 공급 채널을 뚫었는지 수완이 좋아 보인다.

다들 눈치를 보고 있을 때 "나는 기네스."라고 말하며 먼저 주문했다. 그러자 의외로 거의 대부분이 기네스 맥주를 시킨다. 나를 따라서 주문한 건지 또는 본인이 기네스를 좋아하는지 알 수 없다. 하이네켄이나 버드와이저는 흔했지만 당시 수입 맥주의 폭은 넓지 않았다.

달콤한 크림 거품을 맛보며 시원하게 한 모금 마셨다. 다들 즐겁게 잔을 채워 마신다. 그런데 곧 표정이 별로 밝지 않다. 대략 절반가량은 그러리라고 예상했지만 거의 모두가 그러하다. 아마 기네스 맥주를 전혀 모르는 사람도 한두 명 있을 테고, 들어는 보았지만 처음 마셔본 사람도 있을 거라고 짐작했다. 그런데 예상보다 너무 많았다.

국산 맥주는 모두 필스너 스타일로 맛이 가볍고 깔끔하다. 특히 정통 필스너보다 청량감을 강조하여 탄산 느낌이 강하다. 이 맛은 우리나라 사람들이 좋아하는 시원한 목 넘김으로 마무리된다. 많은 사람들이 맥주를 혀와 입안이 아닌 목젖의 쾌감으로 즐긴다. 대부분의 사람들은 맥주 홉의 향을 느낄 새도 없이 목으로 넘긴다. 이때 탄산의 시원한 청량감을 최고로 친다.

우리나라 고객의 취향이 거의 비슷하니 자연스럽게 맥주 시장의 맛은 구별하기 힘들 정도로 유사하다. 단 두 개의 거대 회사가 양분한 우리나라 맥주 시장은 큰 변화도 없고 치열한 경쟁도 없이 유지된다.

그러나 수입 맥주는 국산과 여러 면에서 다르다. 제조 회사가 다르고, 그들의 역사와 제조 기법, 혼합 비율, 맛과 향이 다르다. 맥주의 역사가 길어서 지역에 따라 제조 방법과 첨가하는 재료에 따라 수많은 종류가 있다.

이 중에서 기네스는 꽤 씁쓸한 맛을 가지고 있다. 보리를 볶아서 이용하기 때문에 색이 까맣고, 아일랜드의 스타우트 특성을 갖고 있다. 기네스 드래프트 맥주는 질소 거품을 사용하므로 거품이 마치 크림같이 부드럽고 달콤하다. 대신 우리나라 사람들이 좋아하는 청량감은 적은 편이다. 기네스는 대표적인 아일랜드 스타우트 흑맥주다. 영국의 포터 계열도 강한 편인데, 스타우트는 색이 더 짙고 쓴맛도 더 강하다.

이렇기 때문에 모두 비슷한 국산 필스너 맛을 예상하고 마셨다면, 기네스의 느낌은 쓴맛과 탄 맛이 너무 강해서 거북했겠다. 다들 말이 없고, 맥주를 마시지도 않는다. 마치 왜 미리 기네스 맛을 설명하지 않았냐고 항의하는 표정이다. 하지만 왜 미리 나에게 어떤 맛인지 물어보지 않았을까?

세계는 넓고 맥주 맛과 향은 다양하다.

5. 3분의 중요성을 깨닫다

세상만사에 대소고저가 있게 마련이다. 그러나 휴대폰은 단소경박의 방향으로 치닫는다. 벽돌폰에서 몇 년 만에 폴더블폰으로 바뀌듯이. 변화의 추세를 거스르기는 불가능에 가깝다.

개 목줄을 제외하고 주변에서 걸리적거리는 줄을 모조리 제거하고 있다. 편리하고 효율적인 수단으로 출발한 줄이 어느덧 거추장스러움의 상징이 되어버렸다. 한때 최신 트렌드의 아이콘이었던 워크맨과 이어폰 선의 유행은 엄청났다. 그러나 작은 선풍기의 줄, 다양한 전동공구의 줄, 자판에서 손가락을 해방시켜준 마우스의 선, 청소기의 줄 등을 가능하면 모조리 없애버린다.

커피포트, 라면 포트, 다리미 등도 전열 및 충전 베이스와 몸체로 나누어 간접적으로 줄을 제거했다. 아직은 여전히 줄이 있는 형태가 대세인 헤어드라이어, 토스터 등도 차츰 배터리의 성능이 개선되고 가벼워지면 무선

제품이 주종을 이루겠다.

줄을 이용하는 가장 간단한 도구가 줄넘기 아닐까? 줄을 돌리고 발에 걸리지 않도록 두 발을 떼는 동작을 연속한다. 물론 중요한 것은 줄이 아니고, 이 동작을 통해 얻는 운동 효과다. 따라서 가능하다면 줄을 없애도 상관없다. 줄이 사라지면 줄넘기라는 이름이 어색하지만 오히려 더욱 편리하다고 느낄 수도 있다. 그래서 이미 오래전부터 줄이 없는 줄넘기를 시판하고 있다. 물론 줄이 없는 제품을 어렵지 않게 구현할 수 있지만 추가되는 비용이 있다. 아무래도 여전히 줄이 있는 줄넘기는 사라지지 않을 듯하다. 오히려 줄이 매끄럽게 잘 돌아가며, 묵직하게 잡히고 줄의 무게를 잘 느낄 수 있도록 그립감이 더 좋도록 개선하면 된다.

반려견의 목줄이 필요하지만 주인이 항상 쥐고 있기 귀찮고 동물이 싫어한다면 줄을 제거할 수 있는 방법을 찾아야 한다. 목줄 자체가 목적이 아니고 상황에 따른 반려견의 통제가 핵심이다. 물론 줄 없이 다른 방법을 이용하여 통제 기능을 유지해야 한다. 물론 추가 비용이 크게 증가할 듯하다. 직접 끌거나 밀지 않아도 주인을 일정 거리 이내에서 졸졸 뒤따라오는 시판 중인 여행 가방처럼.

무선 목줄의 세부 내용을 구상하여 적어본다. 반려동물이 설정한 거리를 벗어나게 되면 무선 목줄이 저절로 주인 방향으로 낚아채는 효과를 갖는 기능이 추가되면 된다. 무선이라 줄의 장력이 없기 때문에 이를 전기적 자극으로 대신한다.

주변을 감지하여 주인 외에 아무도 없거나 일정한 거리 이내에 타인이 있는 상황을 구분하는 것은 비교적 쉽다. 주변 정보에 따라 낚아채는 거리가 상황에 적합하게 저절로 설정된다. 아무도 없는 장소에서는 구태여 목줄 길이를 짧게 제한을 가할 필요가 없으니까. 물론 위급한 상황에서는 목줄을 죄거나 세게 잡아당기는 효과를 강한 자극으로 즉시 전달한다. 동물학대에 저촉되지 않도록 강도를 조정하는 것은 필수 요건이다. 가격이 높아지겠지만 상품 개발은 가능하다.

결혼은 많은 사람에게 일생의 중요한 통과의례이다. 형식은 각 지역과 문화권의 전통, 관습, 종교, 유행에 따라 다양하다. 인도의 전통 혼례는 삼일 동안이나 유별나게 호화롭게 진행한다.

근래에 많은 분야에서 자유를 만끽하는 우리나라는 결혼 풍속도 꽤 바뀐 모습이다. 전통 타파, 편의성, 자유분방함을 지향하는 것은 자연스러운데, 혁신적인 변화와 한계를 넘는 난리굿판에 가까운 경우도 눈에 띈다. 물론 흥겨움을 비방하지 않는다. 그런데 의식을 경시하고 흥겨움을 우선시하는 예비부부들은 규범과 도덕의 틀에서 결혼이 갖는 사회적 순기능이나 가족의 연대 강화 역할에 대해 충분히 고려하고 있을까? 물론 이를 무시하며 당사자 두 명의 의견만을 중요하게 내세울 수도 있겠다.

법치국가인 우리나라에서 결혼은 구청에서 간단한 신고서 한 장을 제출하면 충분하다. 여기에 추가하는 예식은 개인의 취향과 필요에 따른 호화 형식이고 일종의 뽐냄이다. 부모도 알아보기 힘들게 과한 신부 화장이나 마치 아이돌이라도 되는 양 뽐내는 턱시도가 필수적인 평범함이 되어버렸다. 물론 비주얼 시대에 많은 사람들에게 널리 알리며 어필하는 효과도 있겠다.

결혼식에서 주례는 원만하게 혼인이 이루어졌음을 널리 알리는 예식의 주요 목적인 성혼 선언을 하는 진행자이다. 여기에 짧은 덕담을 몇 가지 당부의 말로 덧붙인다.

새출발을 하는 한 쌍에게 짧게 건네는 좋은 말은 비슷하리라. 검색하면 판에 박은 듯이 그럴싸한 모범 글이 많다. 그래서 얼빠진 주례가 토씨 하나 바꾸지 않고 남의 글을 그대로 옮겨 읽어도 아무도 상관하지 않는다. 그러나 어른으로서 경험과 지혜를 모아 한두 마디를 추가 또는 변경하는 성의를 보이는 것이 마땅하며 상례이다.

주례사가 아무리 지혜롭고 유익하여도 당사자에게 들릴 리가 없다. 모두가 어서 빨리 끝나기만을 기다리고 있으니까. 이러하기에 이미 오래전에 미국의 SF 작가인 허버트 (Frank P. Herbert)가 이렇게 충고했다.

'결말이란 없다. 그저 당신이 이야기하는 것을 빨리 멈추는 것이다.'

빨리 끝내는 것이 유일한 결말이라는 해학과 지혜가 신선하다. 경청 없이는 소통이 불가능하듯이 경청 없는 유익이란 있을 수 없다. 유익하다고 강조하거나 반복하지 말라. 눈치껏 빨리 끝내야 한다.

최근의 추세에 따라 주례는 청소기의 걸리적거리는 줄이나 자꾸 꼬이는 이어폰 줄처럼 퇴출 1순위이다. 주례사 시간에는 대부분 휴대폰으로 찍은 사진을 전송하거나 문자를 보낸다. 어서 빨리 끝나기를 기다리며.

나도 마찬가지였다. 그런데 15년 전에 우연히 들었던 평범한 주례사의 한 구절이 나에게 진심으로 다가왔다. 별이 되지는 못했지만 60 평생에 얻어낸 많은 지혜를 짧게 농축하여 다려낸 한마디. 아마도 신랑과 신부에게는 들리지 않았으리라.

그 이후에 나는 어떤 주례사도 경청한다. 나와 다른 길을 살아온 어부나 사업가라면 더욱 경청한다. 아무리 범부라 하여도 20~40년의 경험, 의지, 실패, 땀, 감동, 기쁨 등에서 어렵사리 건져 올려서 깔끔하게 포장한 불과 3분의 덕담이니까. 수십 년의 소중한 경험을 간접적으로 얻을 수도 있으니 딱 3분 동안은 주례가 건네는 덕담 줄을 붙들고 있으면 유익하겠다.

#7
우주 여행

상상의 나래로 우주를 날다

1. 나만의 별나라 여행

전세로 산 지 벌써 이 년이 되어간다. 지난번 계약 무렵에 부동산 가격이 많이 올라서 전세금도 역시 높았다. 복덕방에 문의하니 요즘은 무려 1억 2,000만 원가량 낮은 금액에 계약되고 있다고 한다.

주인에게 전화로 연락을 하니, 은근히 우리가 연장하여 살기를 바라는 눈치다. 결국 시세대로 1억 2,000만 원을 낮춰서 연장 계약을 하기로 합의했다. 그런데 사정이 있어서 차액을 돌려주기 어렵단다. 그래서 매달 60만 원을 이자로 주는 것을 제안한다.

1억 2,000만 원을 은행에 넣어두면 60만 원을 이자로 받기 어렵다. 그렇지만 부동산 가격이 내려가는 추세라 전세금을 제때 안심하고 돌려받는 점에 부담이 느껴져서 이자보다는 차액을 돌려받고 싶었다. 그러나 주인의 자금 사정이 여의치 않아서 어렵단다. 결국 60만 원을 받다가, 6개월 후에 차액의 절반을 받고 그때부터는 매달 30만 원씩 받기로 했다. 내 생각에 계약 내용이 복잡하여 부동산에서 어떻게 계약서를 작성하는지 궁금했다. 그런데 이런 경우가 흔한지, 부동산 중개인은 곧바로 쉽게 계약서를 작성했다.

자금에는 항상 이자가 따라붙는다. 그래서 은행에는 여러 가지 대출과 예금, 적금 상품이 있다. 옛날에도 마찬가지여서 400년 전의 베네치아 상인에 관해 쓴 셰익스피어의 작품 『베니스의 상인』이 유명하다. 돈 문제는 항상 어디에서나 있어왔다. 400년이 아니라 4000년 전에도 이자가 없을 리 없다.

스위스의 베르누이(Bernoulli) 가문에는 유명한 수학자가 많다. 그중 한 명인 야코프 베르누이(1654~1705)는 확률론에 큰 공헌을 했다. 그가 한때 복리 이자를 계산하다가 자연 상수

$$e = \lim_{n \to \infty} \left(1 + \frac{1}{n}\right)^n$$

e라는 미묘한 값을 발견했다. e 값을 얻기 위해서는 계산을 무한대로 계속해야 한다. 그래서 특별한 방법이 필요하다.

나아가 이 값이 대략 2.718로 수렴하는 상수임을 밝혀냈다. 추후에 e가 무리수이며 초월수임이 증명되었다. 순수수학에서 이렇게 중요한 발견을 지극히 세속적인 돈의 이자 계산 방법에서 힌트를 얻다니 정말 세상은 오묘하다.

수학과 과학 분야에서 엄청나게 많은 업적을 남겨 유명한 레온하르트 오일러(1707~1783)가 있다. 그가 매우 중요한 원주율 π, 자연 상수 e, 허수 단위 i를 엮는 엄청 간단한 식을 유도했다. 바로 오일러 공식과 오일러 항등식이다. 수학 분야에 중요한 수식들이 아주 많은데 이 중에서 가장 간단한 형태다. 간단한 수식 형태지만 실용적인 문제에서 거의 빠짐없이 필수적으로 사용되어 매우 중요하다. 그래서 흔히 '세상에서 가장 아름다운 수학 공식'이라 부른다.

단순한 예를 몇 가지 들어보자. 강풍이 불면 매우 긴 인천대교가 흔들릴 텐데, 안전성을 보강하는 설계를 위한 분석에 사용할 수 있다. 휴대폰의 신호를 내장된 안테나에서 잘 수신할 수 있도록 설계하는 방법에도 적용한다. 무선 이어폰을 사용할 때, 외부의 잡음을 효과적으로 상쇄하여 줄이기 위한 방법의 기초가 된다.

더욱 간단한 예도 흔하다. 뜨거운 음료가 어떻게 식어가는지, 냉장고에

서 꺼낸 시원한 맥주가 어떻게 미지근하게 변하는지도 예측할 수 있다. 이를 이용하여 성능 좋은 텀블러를 만든다. 김밥의 판매 과정에서 세균이 어떻게 증가하는지 예측한다. 이를 억제하기 위한 대책이나 판매 유효기간을 늘리기 위한 방법 등을 개발할 때도 적용한다.

어젯밤에는 잠자리가 보통 때와 달리 불편했을까? 유난히 꿈을 많이 꿨다. 소중한 사람들은 이 세상을 떠나서도 나중에 하늘의 별이 된다고 했던가? 내 마음의 별을 찾아서 밤새 허공을 헤맨 듯하다.

우연히 코츠 별에 도착했다. 별이 된 지 300년이 지난 로저 코츠(Roger Cotes)를 기억하는 사람은 많지 않다. 그는 원래 수학자였지만 천문학에도 관심이 컸다. 무척 뛰어난 능력을 인정받아서 약관 26세에 케임브리지대학 천문학과 학과장 겸 석좌(Plumian)교수가 되었다.

그의 스승인 뉴턴의 가장 중요한 저술인 『자연철학의 수학적 원리(프린키피아)』의 개정판 작업에 삼 년 이상 헌신하여 완성한다. 부실하여 불과 몇 부밖에 판매되지 않았던 초판에 비해 개정판은 성공적으로 인기가 높았다.

또한 코츠는 유명한 오일러 공식과 거의 유사한 수식을 유도해서 당대 저명 학술 논문지에 발표했다. 이후 무려 34년 후에 오일러가 더욱 완벽하게 정리한 수식을 발표하여 오일러 공식으로 불리게 되었다. 극히 일부가 오일러−코츠 공식이라고 부르는 것이 지금의 현실이다.

그는 안타깝게도 당시 크게 유행한 독감에 걸려서 33세에 요절하고 만다. 한 살 터울의 형과 누이가 있었지만 아주 어려서 어떤 별로 떠났기에 기억이 전혀 없다. 결혼도 하지 않아서 아무 연고도 없다.

아무도 없는 코츠 별에서 만난 그는 쓸쓸하게 보인다. 그렇지만 여전히 바빠 보였다. 지구에서 못 다한 우주 관측과 대수기하학 연구를 그의 별에서 마음껏 하고 있는 것이 즐거운 듯하다.

코츠가 너무 일찍 지구별을 떠나와서 아쉬움이 남았을까? 나는 오일러 공식에 관해서 몹시 궁금하여 물었다. 왜 조금 더 변형하여 일반인이 사용하기 쉬운 형태로 논문을 발표하지 않았느냐고 따졌다. 마치 에베레스트산의 정상에 처음으로 올랐으나 거친 눈보라에 시야가 좋지 않아 착각을 일으킨 경우다. 바로 옆에 있는 불과 1m 낮은 봉우리에 깃발을 꽂고, 가지고 간 정상 방문 기념물을 얼음 밑에 묻고 내려온 셈이다. 혼선으로 인해 단지 1m를 오르지 않아서 최초 등정의 명예를 놓친 것 같아 내가 오히려 안타까웠다.

그런데 나의 질문과 유사한 언급을 이미 수없이 많은 이들에게서 들었는지, 또는 이제 전혀 관심이 없어서인지 그의 얼굴에 조금 짜증스런 표정이 스치더니 아무런 대답이 없다.

그러다가 코츠가 갑자기 나에게 질문을 던진다. 그가 예전에 호도법을 제안하여 가르쳐주었는데, 아직도 사람들이 우매하게 한 바퀴가 360도라는 엉터리 각도를 사용하고 있는지 궁금한 듯 물었다. 나는 대답이 궁색했다. 그래서 절대온도가 있지만 일상생활에서 섭씨나 화씨온도를 사용하는 것처럼 각도와 라디안을 함께 사용한다고 둘러댔다. 보통 사람들은 일상적인 대화에서 코츠가 제안했던 라디안보다 각도를 훨씬 즐겨 사용한다는 말을 차마 하지 못했다.

나의 대답을 듣고, 이미 알고 있는 듯 대꾸는 없었지만 코츠는 또다시 못마땅한 표정이 된다. 어느 정도 미적분을 이용하는 경우에는 물론 라디안이 우수하다. 하지만 그렇지 않은 일반인들에게는 익숙한 습관처럼 각도가 훨씬 단순하여 편리할 수 있다는 사실을 그는 무시하는 것처럼 보인다.

이곳으로 온 지 이미 300년이 지나 지구별의 기억에 관심이 없는 듯하다. 우리은하에도 수천억 개의 항성이 있으니, 그가 아주 작은 지구 혹성에 큰 관심을 가질 이유가 없을 만하다. 내가 곁에 있는 것조차 조금 귀찮아하는 듯싶어 바로 눈길을 돌렸다.

잠시 허공을 유영하듯 날아가다 도착한 곳은 오일러 별이다. 오일러의 예전 위대한 업적 때문일까? 마치 크리스틸 상패나 다이아몬드 커팅의 수정 공로패처럼 번쩍이는 이름 모를 광석으로 그의 거처 입구가 치장되어 있다.

그런데 왜 이리 컴컴할까? 주위를 도는 위성의 빛을 반사하는 빛나는 광석들은 화려하지만 오일러가 거처하는 곳의 입구를 찾기 어렵다. 아하! 그래도 치밀하고 철두철미한 오일러가 입구 표시를 상형기호로 남겨두었다. 지구인이나 다른 외계인도 모두 쉽게 이해할 수 있도록.

입구를 통과하면서 주변이 어두운 이유를 알았다. 오일러는 연구에 몰두하면서 눈을 혹사하여 두 눈의 시력을 잃었다. 실명 이후에도 17년 동안이나 논문 발표를 꾸준히 할 정도로 그의 재능과 열정은 뛰어났다. 그는 앞이 안 보여도 생각하며 논리적인 추론 작업을 하는 데 아무런 지장이 없었다.

다른 감각이 예민한 오일러가 손님 방문을 알아채고 다가온다. 우리는 수정 테이블 앞에 앉았다. 약간 코믹해 보이는 그는 묻기도 전에 대답할 준비를 마친 표정이다.

먼저 위치를 알아내는 삼체문제에 관해 물어보았다. 이미 솔루션이 불가능하다고 증명이 끝났는데도 포기하지 않고, 차선책인 근삿값을 찾는 시도를 할 수 있는 마음가짐이 썩 부러웠기 때문이다. 그는 표정을 더욱 코믹하게 바꾸더니, 너무 당연한 것을 왜 질문하느냐는 듯이 양어깨를 들어 올린다. 참값을 찾을 수 없다면 근삿값이라도 찾겠다는 열정으로 똘똘 뭉친 그에게는 물론 당연하겠지.

　오일러는 나의 질문에 답변을 하지만 사실 별로 관심이 없는 듯하다. 오히려 내가 티베트 불교의 환생에 관해서 잘 알고 있는지 궁금해한다. 그는 누구도 부인할 수 없는 높은 수학적 공적과 깨달음을 얻은 학자다. 그뿐만 아니라 다양한 분야에 이론을 적용하여 높은 수준의 성취를 얻은 현자이다. 그는 일반인들을 이롭게 하기 위해 다시 태어날 수 있는 가능성에 큰 관심을 보인다. 다방면에 걸쳐서 이미 놀라운 업적을 남긴 오일러에게 나는 티베트 불교에 무지하여 도움을 줄 수 없었다. 단지 우리 주변을 위한 자비와 바른 판단을 위한 지혜가 모두에게 필요할 듯하다는 두루뭉술한 대답만 할 뿐이다.

　어디선가 환한 불빛이 느껴진다. 유난히 밝고 맑아 보인다. 나는 아직 천국이나 낙원으로 통하는 길보다 나의 침대로 통하는 길을 찾는다. 날아가면서 단지 오늘의 몽롱한 꿈이 즐겁게 느껴진다. 다음에는 다른 별에도 가보고 싶다.

2. 실패한 나의 첫 탐사

초등학교 어린 시절에 교실에서 작은 프리즘을 통해 무지개를 만들어보면서 놀랐다. 신기했다. 너무나 단순하며 아름다워서 아마 최초로 과학의 신비를 느끼지 않았을까 여겨진다. 비록 하늘의 무지개나 물 위의 기름띠에서도 흔히 보지만 내 손으로 만들어보았다는 신기함이 컸다. 아무것도 없는 데서 어떻게 여러 가지 색이 나올까?

등산을 즐기는 친구 덕분에 가끔 산에 오른다. 나의 체력과 기호에 맞춰주려고 가벼운 산행 코스를 두어 개 제시하여 내가 선택하도록 한다. 발목이 부실하여 친구의 수준에 맞는 산행을 하지 못해서 미안할 뿐이다. 본인에게 미흡하겠지만 상대방이 즐겁고 만족스런 하루가 되도록 배려하는 마음이 저절로 느껴진다. 진정한 전문가이자 아름다운 동행자이다.

지난주에도 가볍게 근교 산을 다녀왔다. 이른 아침까지 비가 오다가 갠다는 일기예보와 달리 주차장에 도착한 후에도 비가 내린다. 시간에 쫓기지 않는 우리는 느긋하게 전망 좋은 카페로 들어간다. 통유리창에 그려지는 빗속의 호수와 숲의 조망이 시원스레 멋있다.

예보대로 비가 멈추고 하늘이 환해진다. 물기를 머금은 들풀, 나뭇잎, 자갈길은 물론이고 공기마저 촉촉하며 시원하다. 발걸음이 유난히 가볍게 느껴진다.

나무가 많은 작은 오르막길을 빠져나오자 너른 숲의 조망이 펼쳐진다. 동시에 터져 나오는 우리의 감탄! 또렷하게 선명한 무지개가 우리를 맞아준다. 갑자기 만나서 마냥 반갑다. 그동안 어디에 있다가 연락도 없이 나타났는지 묻고 싶었다.

어릴 적에는 자주 보았다고 기억되는 무지개를 요즘에는 왜 흔히 볼 수 없을까? 환경오염으로 무지개가 멀리 떠났을까? 아니면 나의 생활환경이 무지개의 동네에서 멀어졌을까?

누구나처럼 당연하게 여러 시인들은 아련한 무지개에서 아름다운 꿈과 환희로 가득한 약속을 그린다. 비록 지금은 추적추적 비가 내리지만 내일은 맑고 밝게 해가 뜨리라. 또한 기쁨과 찬란한 영광으로 가득한 행복한 미래가 무지개처럼 내 곁에 나타나리라.

그러나 안타깝게도 나는 너무 일찌감치 무지개를 찾으려는 욕심 때문에 실패의 쓴맛을 보았다. 어린 초등학교 저학년 시절, 소나기가 지나간 후에 나타난 무지개에 반해서 동네의 두어 살 더 먹은 형들의 말을 따라 같이 무지개가 있는 곳에 찾아가기로 했다.

한참 걸어가니 점점 무지개가 가까워지는 듯했다. 철도를 건너고 가끔 가던 논과 밭을 지나니 집들이 거의 보이지 않는다. 무지개가 사라질 수 있으니 빨리 가야 한다는 형들의 말대로 열심히 걸어왔는데 의외로 무지개는 멀리 보인다. 곧 나타날 텐데 내가 너무 어려서 발걸음이 늦기 때문이라 여겨졌다. 멀리 떨어진 공동묘지를 지나 어느샌가 주변이 전혀 모르는 곳이어서 겁이 났다. 앞서 빨리 걷기만 하는 형들을 따라잡아 뒤처지지 않아야 한다는 생각밖에 없었다.

그런데 갑자기 앞서가던 형들이 나에게 온다. 그냥 돌아간다고 한다. 그때야 하늘을 보니 어느새 무지개가 온데간데없다. 그러나 무지개가 전혀 아쉽지 않았다. 생각할 겨를도 없다. 다리가 너무 아팠다. 또다시 저 멀리 앞서가는 동네 형들을 따라잡을 생각뿐이다. 눈물이 났다. 울음을 참았지만 코에서도 물이 흘렀다.

갑자기 뒤에서 요란한 소리가 들린다. 돌아보니 움푹 파인 길을 따라 짐을 가득 실은 짐마차가 오고 있다. 비켜서 보니 고구마 줄기와 밑동까지 자른 옥수수 줄기가 산처럼 가득했다.

한참 가던 마차가 서는 듯 보였는데, 앞의 형이 나를 부른다. 어서 와서 짐 위에 올라타라고 한다. 그 말에 무뚝뚝한 마차 아저씨는 무지개가 보낸 천사처럼 고맙게 느껴졌다. 우리 집이 있는 오거리의 골목길 입구에서 내릴 때까지 고구마 줄기의 더미 속에서 잠에 빠졌다. 거친 고구마 줄기와 꺼끌꺼끌한 옥수수 잎이 구름과 무지개처럼 푸근하고 아늑했다.

몇 년 지난 어느 날, 과학 시간에 선생님께서 삼각형 유리 막대를 가져와 교탁 위에서 무지개를 만드는 요술을 보여주었다. 요술이 아니라 누구나 쉽게 무지개를 만들 수 있어 신기했다. 아무것도 없는데 일곱 가지 빛이 나오다니! 조그만 통에서 노래와 소리가 나오는 라디오만큼이나 신통하게 느껴졌다.

태초에 빛이 있었다. 물도 있다. 작은 물방울에서 빛이 굴절되어 무지개가 된다. 극도로 상반되는 두 가지 요체인 아름다운 꿈과 명확한 우주의 진리를 동시에 모두의 눈앞에 보여주는 사례가 무지개 외에 또 있을까?

윌리엄 워즈워드는 무지개를 보고도 마음이 뛰지 않으면 더 이상 살아갈 이유가 없다고 단언했다. 또한 무지개를 좋아하며 상상의 꿈을 많이 펼치는 어린이가 오히려 어른들의 아버지라 하지 않았던가?

200년 전의 이야기일까?

아니다. 오늘의 일상이자 소망이다.

주디 갈런드가 부른 〈무지개 너머〉는 1939년에 나온 뮤지컬 영화 〈오즈의 마법사〉에 삽입된 곡이다. 이 노래는 무지개의 꿈을 그리는데, 20세기 '최고의 365곡'에서 1위를 차지하며 여전히 세계적으로 애창되고 있다.

국내도 마찬가지. 인기가 높은 가수는 열심히 일을 하여 힘든 여러분들에게 무작정 무지개를 찾아가서 함께 쉬며 행복을 담아오자고 노래한다. 소확행을 즐기고 힐링하며 행복을 재충전하는 표상이 무지개다.

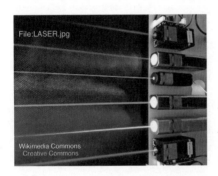

빛과 그림자.

무척 단순하다. 과연 그럴까?

무색무취한 빛이지만 무지개와 프리즘에서 보듯 여러 가지 색깔이 숨어 있다. 일곱 가지? 일반인이 인식한다고 느끼는 색깔이 일곱 가지이지만 실은 수만 가지로 구성된 스펙트럼의 합이다.

우주에 있는 모든 물질은 가장 근본인 기본 입자로 구성된다. 이 중 하나인 광자는 우리가 눈으로 보는 가시광선뿐만 아니라 모든 전자기파를 구성하는 기본 알갱이이다. 또한 전자기력에 관여하는 입자이다. 광자는 질량이 없으며 전하도 없다. 광자 한 개는 플랑크 상수에 빛의 진동수를 곱한 값의 에너지를 갖는다.

빛은 교통 신호등, 휴대폰 화면, LED 전등, TV 등 일상생활에서 쓰임새가 무척 다양하고 많다.

빛이 지나가다 분자에 부딪히면, 모든 것이 그렇듯이, 자연스럽게 흩어진다. 이때 일부 빛의 파장이 바뀐다. 쉽게 말하면, 파란빛이 부딪히면 분자의 종류에 따라 일부의 빛이 초록색 또는 보라색 등 다른 색으로 변할 수 있다. 이 현상을 인도의 찬드라 라만 교수가 1928년에 발견하여 라만효과라고 부른다. 매우 단순한 발견이지만 당시에 이론과 가설로 여겨진 양자역학 세계에서 매우 구체적이며 이론의 여지가 없는 실험 현상을 프리즘처럼 인류의 눈앞에 보여주었다.

이 공로로 라만은 2년 후인 1930년에 노벨 물리학상을 받았다. 이렇게 곧바로 큰 상을 받은 사례가 또 있을까? 그만큼 중요하고 명확하여 이론의 여지가 없었다. 모두 놀랐다. 당시 최고 수준의 유럽에 가지 않고, 낙후하다고 여기던 인도에서 연구하던 라만이었기에.

이뿐만 아니라 이후에 물질 탐구의 분야 등에서 폭넓게 적용하여 활용하고 있다. 빛의 굴절에 의한 무지개와 함께 쌍벽을 이루는 현상이라고 볼 수 있다.

무색무취한 빛이 유리나 물처럼 투명한 곳을 지나면서 굴절된다. 굴절률의 변화로 인해 무지개로 대표되는 다양한 내면의 색깔이 드러난다. 또한 불투명한 물질에 부딪히면 빛이 흩어지는 산란이 일어난다. 이때 물질로부터 에너지를 흡수하여 라만효과인 파장의 변화가 생긴다. 즉, 빛의 색깔이 변하고 주파수가 바뀐다.

우리의 마음과 행동도 빛과 유사하다. 보통 때의 평정한 마음과 방정한 태도가 다양한 사건을 겪으면서 굴절을 일으켜 마음속에 숨어 있는 다양한 면을 표출한다. 마음의 변화는 행동에도 영향을 미쳐서 예기치 못한 태도를 보여준다. 예로부터 인간 내면의 본성과 감정을 사단칠정으로 흔히 표현한다. 근대 심리학에서는 실망, 억울함, 자괴, 집착, 짜증 등의 세부적인 면도 다양하게 분석한다.

이런 감정과 태도의 변화가 본인에게는 자연스럽겠지만 주변 사람들에게는 놀랄 만큼 다양하게 느껴진다. 본심을 여과 없이 표출하여, 평소에 알기 어려운 그 사람의 실제 내면을 관찰할 수 있는 기회가 되기도 한다. 마치 분광기를 이용하여 겉만 보고 파악하기 어려운 물질의 다양한 특성을 관찰하는 것과 비슷하다. 주변에 수없이 많은 속마음의 예를 몇 개만 열거해보자.

* 운전할 때, 사소한 일에 야수로 돌변하기
* 정당한 대가보다 지나치게 많은 것을 원하는 욕심
* 과음하면 징징대거나 완력을 쓰는 추태
* 사적인 노여움에 매몰된 어리석음
* 슬픔에 빠져 상황 개선이 어려운 경우
* 자식 사랑이 지나쳐 방종에 빠지도록 방치할 때
* 본인의 실수 이유를 남에게서 찾는 어리석음
* 우연한 성공을 자기의 능력이라 믿는 허풍

무지개는 금방 사라진다. 황홀한 광경에 들떠서 꿈속을 헤매다 보면 사라지고 없다. 그럴 수밖에. 우리 모두의 무지개인데, 다들 나만의 무지개로 만들려고 애를 쓰다 보면 시간이 지체되어 사라지고 만다.

이것 또한 무지개의 교훈이다.

우리 모두 실수를 할 수 있다. 빛의 굴절과 산란처럼 욕심 때문에 마음에 굴절이 생기고, 내면의 오욕 칠정들이 혼란을 일으킨다. 그래서 평소와 달리 어리숙하고 바보 같은 마음과 행동이 나를 주도한다. 이런 경우에 무지개처럼 금세 빨리 일상의 평정한 마음과 바람직한 태도를 되찾는 슬기가 필요하지 않을까?

3. 기술 발전과 우주 팽창

교통사고의 잘잘못을 다룰 때에 의견이 서로 다르면 흔히 블랙박스의 영상 자료를 객관적인 정보로 활용한다. 직접 올라가지 않아도 다른 사람이 촬영한 사진을 보고 에베레스트산의 웅장한 풍광을 간접적으로 즐길 수 있다. 모두 사진과 동영상 기술 덕분이다. 요즘은 너무나도 손쉬워서 유치원 아이들도 즐겁게 사진을 찍는다.

그러나 사물을 촬영하여 사진으로 기록을 남기는 기술의 역사는 200년에 불과하다. 당시에는 고급 기술이며, 번잡스런 과정을 거쳐야 했기 때문에 일반인은 이용할 수 없었다. 누구나 편리하게 이용하게 된 것은 훨씬 후인 약 70년 전부터이다. 그러나 이때도 촬영 후에 사진 한 장을 얻어 눈으로 보기 위해서는 며칠 기다려야만 했다.

사진 기술 이전에는 당연히 손으로 그림을 그려야 한다. 왕이 아름다운 금강산을 보고 싶어 하면, 화가가 금강산에 가서 풍경을 그려 와야 한다. 풍경을 보기 위해 얼마나 많은 시간이 걸렸을까?

요즘은 2~3초면 가능한 셀카 찍듯이 자신의 모습을 남기려면 화가에게 그림을 그려달라고 부탁해야 한다. 사진이 없던 시절의 얼굴 모습은 당연히 모두 초상화이다. 매우 유명한 그림인 〈모나리자〉도 다빈치가 그린 '리자 여사'의 초상화이다. 예전에는 내 모습을 남기기 위해 얼마나 많은 시간과 비용이 필요했을까?

사진 기술이 지금은 아주 평범하지만 예전에는 그렇지 않았다. 니엡스가 약 200년 전인 1822년에 세계 최초의 사진을 찍는 데 성공했다. 이 사진을 얻기 위해 감광 시간이 길어서 노출이 오래 걸렸다. 노출 이후에 정작 사진을 얻기 위해서 화학적인 처리가 필요하다. 후속 과정에 시간이 많이 걸리는 것은 당연하다.

많은 기술 발전에 힘입어서 사진기가 작아지고 렌즈가 개선된다. 최종적으로 롤 형태의 필름을 사용하는 소형 사진기가 오랫동안 매우 편리하게 애용되었다.

이후 전자공학과 이미지 센서의 급속한 발전에 따라 아날로그 필름을 대체하는 디지털카메라가 개발되어 '디카'라 불렸다. 한동안 예전 방식의 카메라와 디카가 함께 사용되는 기간도 있었다. 그러나 오래 걸리지 않아 모두 디지털카메라로 바뀌고, 자연스럽게 사진 필름은 역사 속으로 사라졌다. 그러나 스마트폰에서 카메라 기능이 획기적으로 발전하여 별도의 일반 카메라도 역시 시장에서 거의 퇴출되었다.

풍경을 기록하는 사진처럼 소리를 기록하는 축음기는 의외로 늦게 개발되었다. 1860년부터 관련 아이디어와 초기 시제품이 있었지만 에디슨이 최초로 특허출원을 하고, 1877년에 축음기의 상세 기술을 발표한다. 곧 소리를 기록하고 재생하여 들려주는 축음기 장치를 공개한다. 기자들 앞에서 녹음과 재생을 시연하여 모두를 깜짝 놀라게 한다.

소리를 기록할 수 없던 시절에는 필요할 때마다 가수를 불러서 직접 부르는 노래를 들어야만 한다. 그래서 예전에는 궁중의 각종 제례, 외교사절단 응접, 다양한 행사에 필요한 즉석 연주를 담당하는 전문 기관과 단원들이 있었다.

예전에는 왕이 아니더라도 마을에서 위세가 있는 집안의 잔치에는 가수나 악단을 불러 집 안마당에서 즉석 연주를 시켰다. 달리 방법이 없었다. 지금도 멕시코를 여행하면 이런 광경을 흔히 볼 수 있다. 식당에서 식사를 하고 있으면, 바로 앞에서 즉석으로 연주하며 노래하는 마리아치를 흔히 본다.

기본적으로 에디슨의 장치와 동일한 기술을 적용하는 LP판을 아직도 이용하는 일부 음악 애호가도 있다. 기본 기술이 바뀌지 않은 셈이다. 거의 단종된 LP판 중에서 인기 있는 명반을 고가에 거래하기도 한다.

이런 기계식 아날로그 방식의 녹음기가 점차 디지털 형태로 바뀐다. 자성을 이용하는 오디오 카세트테이프와 비디오테이프(DVD)로 바뀌어 오랫동안 사용되었다.

새롭게 등장한 소형 CD가 편리했다. 녹음뿐만 아니라 일반적인 데이터의 저장 매체로 인기를 끌었다. 한때는 선풍적으로 인기를 끌던 워크맨의 시절이 오래 지속되었다.

그러나 이제는 MP3 오디오 포맷 등의 디지털 파일로 거의 통일된 셈이다. 물론 언제 새로운 매체와 개선된 포맷이 나타날지 예측하기 힘들지만 성능이 획기적으로 나아진 향후 포맷과 제품이 미래에 등장하는 것은 자명하다.

　우연히 지나치다가 꽃향기가 매력적으로 느껴질 때가 있다. 물론 각종 향수, 커피 냄새, 갓 구운 따끈한 빵 냄새도 마찬가지다. 이럴 때마다 나는 마치 휴대폰의 카메라 촬영 버튼이나 녹음 버튼을 누르듯이 냄새를 기록하는 기능의 버튼을 누르고 싶다. 나중에 냄새를 재생하여 다시 향기를 음미할 수 있으면 좋겠다고 상상한다.

　좋게 느꼈던 냄새를 다른 사람에게 말로 어렵사리 소개하는 것보다 직접 맡아보게 하면 전달이 정확하며 쉬울 것 같다. 안타깝게 이런 기능이 현재의 휴대폰에는 없다.

　물론 향기와 반대로 다양한 악취도 가능하다. 이를 활용하여 나쁜 냄새로 인해 발생하는 문제 해결이 용이해지기를 바란다. 냄새의 기록과 재생 문제는 아직 어려울 듯하다. 그러나 지금은 아주 쉬운 소리와 모양의 기록과 재생도 옛적 초기에는 어려웠다.

　결코 냄새가 새로운 것이 아니다. 냄새는 누구나 알고 있지만 현실적으로 활용하는 처리 기술이 미흡할 뿐이다. 아직 불가능하다고 앞으로도 계속 실용적으로 이용하지 말라는 법은 없다.

　이렇게 냄새 기능의 활용이 가능하다면 향기 나는 꽃 영상이나 악취가 풍기는 폐기물 처리장의 화면을 실감 나게 처리할 수 있다. 냄새 정보가 추가된 실감형 TV나 휴대폰이 언젠가 새롭게 출시될 것은 뻔하다.

모두에게 코가 있듯이 혀도 있다. 자연스럽게 냄새 문제를 맛의 문제로 바꿔본다. 맛의 기록과 재생 문제는 아직 기술적으로 어려울 듯하다. 현재는 아주 옛날처럼 사람들의 입맛, 경험, 설문과 평가 등에 의존한다.

우연히 아주 흡족하게 음식을 맛보는 경우에는 마치 사진을 찍는 것처럼 맛을 기록하여 저장하고 싶다. 휴대폰과 유선 또는 무선으로 연결된 맛 센서 장치를 음식에 집어넣은 후에 기록 버튼을 눌러서 맛의 정보를 휴대폰에 저장하면 편리할 듯하다. 기억은 기록보다 쉽게 잊힌다. 시간이 지나면 좋게 느껴졌던 기억이 희미하고 두루뭉술하게 변한다.

아직 맛의 기록과 재생 문제가 기술적으로 어려워서 적용할 수 있는 응용이 와닿지 않을 수도 있다. 그러나 맛과 음식은 인간의 기본욕구이다. 따라서 기술적 해결이 가능하다면 이의 적용 범위는 매우 다양하리라 예상한다. 가장 쉬운 예로는 일상적인 음식 레시피가 훨씬 친절한 절차를 밟는 가이드로 바뀔 듯싶다.

현재는 사진과 녹음 기술이 어린이들도 당연하게 여길 정도로 쉽다. 그러나 인류의 긴 역사에서 단지 200년 전으로 올라가면 과학자나 전문가에게도 어려운 기술이었다. 만약 500년 전으로 시점을 옮기면 실현하기에 상상하기조차 어려운 기술이다.

영상 정보를 사진으로 찍어 남기듯이 맛과 냄새 정보를 손쉽게 저장하고 추후 필요하면 언제나 쉽게 재생할 수 있는 기술은 아직 어렵다. 그러나 30년 후에는 어린이들도 손쉽게 이용할 수 있는 편리한 기술로 바뀔 수도 있다. 30년 후에 불가능하다면 조금 더 기다려서 50년 후에는 일상적으로 누구나 활용하는 기술이 되길 기대한다.

불과 500년 전에는 지구를 중심으로 태양이 회전한다는 천동설을 누구나 자연스럽게 믿었다. 이에 반하여 코페르니쿠스는 태양을 중심으로 하는 행성 체계에 의한 지동설을 그의 저서 『천구의 회전에 관하여』를 통해 발표한다. 그러나 당대 유럽 사회에 막강한 영향을 미치는 로마 가톨릭교회는 그의 저서를 금서 목록에 추가했다.

이렇게 잘못된 믿음을 올바르게 수정하는 것은 매우 어렵다. 시간도 많이 걸린다. 편리한 기술을 도입하기도 어렵다. 이를 실현시켜 일반인들이 유용하게 이용할 수 있는 것은 더욱 어렵고 시간도 많이 걸린다. 그러나 우주가 계속 팽창하듯이 편리한 실용 기술은 계속 발전한다.

인공위성이 처음으로 지구 궤도를 돌자 환호했다. 수년 후인 1959년에 무인 우주선이 달에 성공적으로 착륙했다. 우주여행의 가능성을 처음 보여준 사례다.

10년이 지난 1969년에는 유인 우주선이 달 착륙에 최초로 성공한다. 지구인이 지구 밖의 위성으로 가는 우주여행을 처음 실현했다. 기술 발전에 따라 아폴로 11호에 의해 시작한 우주여행은 계속 확대되리라 여겨진다.

4. 브루노의 슬픔과 환희

미얀마 언어를 전혀 모른 채 길거리의 간판을 읽을 수 없다. 함께 적힌 영어의 도움 없이는 짐작도 할 수 없다. 미얀마 글자는 동그란 원을 기본으로 아래와 위, 좌우가 조금씩 열려 있거나 작은 꼬리가 추가된 형태다. 이들이 연속되어 있으니 모르는 사람의 눈에는 몹시 유사하게 보인다. 구별하여 차이를 알아내기가 아주 어렵게 느껴진다.

이를 해결하기 위한 첫 단계는 자음과 모음을 구별하여 외우는 것이다. 아주 어렵다. 자음 33개를 먼저 외운다. 모음 7개를 자음의 위와 아래에 붙여 적는다. 또한 세 개의 성조를 구별하는데, 두 개 성조의 표기를 추가한다.

미얀마 사람들에게는 쉽겠지만 왼쪽이 열리는지 위쪽인지 자꾸 혼동된다. 외국인이 한글 자모를 처음 익힐 때도 이렇게 어려울까? 그렇지 않을 듯하다. 정말 그럴까? 내가 배우는 외국어는 어렵고, 외국인이 배우는 한글은 쉬울 것 같다는 예상은 너무 우리 중심적인 판단 아닐까?

외국어 학습에는 많은 시간이 필요하다. 할 수 없이 여행에 긴요한 필수적인 단어와 표현을 간추려서 외운다. 인사말을 몇 개 외우지만 적는 것은 여전히 어렵다. 아주 어렵다. 그러나 미얀마 사람들에게는 마치 우리들이 한글을 사용하듯이 쉽겠다.

16세기 후반부에 이탈리아 철학자인 조르다노 브루노는 당시의 새로운 우주관인 지동설을 믿고 설파했다. 지금은 지동설이 매우 쉬워서 어린이들도 모두 안다. 코페르니쿠스의 지동설은 태양계에 관한 내용인데, 브루노는 이를 더욱 확대하여 무한 우주론을 펼쳤다. 즉, 우주는 무한하게 광대하며, 태양은 수많은 항성 중 하나다. 엄청 많은 항성들은 제각각 행성들을 갖고 있다. 당시에는 매우 독특했던 브루노의 우주관은 현대 과학의 우주론과 거의 동일하다. 천체 과학자가 아닌 철학자의 주장인 점을 고려하면 놀랄 만큼 일치한다.

그러나 당대의 사회질서에 막강한 영향력을 가진 로마 가톨릭교회의 가르침에 정면으로 위배된다. 그는 8년 동안이나 구금되어 탄압을 받는다.

로마 교황청의 핵심인 바티칸성 전면에 있는 베드로 광장의 정문에서 약 500m 거리에 있는 천사의 성(Castel Sant'Angelo 산탄젤로성)에서 브루노는 갇혀 지낸다.

바로 이곳이 댄 브라운의 소설 『천사와 악마』에서 네 명의 추기경을 살해하는 암살자의 은신처다. 소설 내용에서 암살자는 추기경 중에서 핵심적인 네 명의 차기 교황

산탄젤로성
(Castel Sant'Angelo)
과 산탄젤로 다리

후보자를 납치한다. 바티칸과 산탄젤로성 사이에 있는 비밀 지하 통로를 이용하여 추기경들을 데려와서 구금하여둔다.

암살자는 이후 차례대로 공지한 시간에 네 가지, 흙, 공기, 불, 물을 이용하는 처참한 방법으로 살해한다. 네 명의 추기경을 각각 입속에 가득 넣은 흙, 폐에 상처를 내어 공기, 공중에 매달아 불, 나보나 광장 피우미 분수의 물을 이용하여 차례대로 살해한다. 비록 소설이지만 장면마다 너무 끔찍하다. 암살자를 쫓던 주인공 랭던이 마침내 산탄젤로성의 위층에서 암살자를 떠밀어 아래로 추락시켜 물리친다.

8년 동안이나 이단 심문을 받으며 가혹한 탄압을 받았지만 조르다노 브루노는 신념을 굽히지 않는다. 정작 천문학자들은 종교재판에서 과학적인 소신을 철회하는 답변을 하여 풀려난다. 그러나 브루노는 지구는 많은 행성 중의 하나에 불과하며, 또한 태양은 항성으로 태양계의 중심이라는 지동설을 굽히지 않는다. 더 나아가서 우주에는 태양과 같은 항성이 무한대로 많다는 무한 우주론을 펼친다. 현대 과학이 밝힌 바와 같이, 우리은하에

서 가장 가까운 안드
로메다은하에만 항성
이 약 1조 개 있다는
것과 놀랍게 가깝다.
현재에도 매우 큰 숫
자인 1조 개의 항성을 상상하기조차 어렵다.

브루노는 400년이 넘는 옛날에 현대 과학과 거의 동일한 주장을 굽히지 않았다. 그래서 그는 종교재판에서 화형 판결을 받는다. 브루노는 수레에 실려 시민들이 구경하는 로마 거리를 돌아다닌다. 그리고 엄청나게 처참한 방법으로 화형당한다.

브라운의 소설에서 네 번째 추기경이 수장되어 살해당하는 피우미 분수가 있는 나보나 광장은 판테온 신전에서 가깝다. 여기서 남쪽으로 300m 거리에 있는 피오리 광장이 바로 처참한 화형의 장소이다. 수많은 군중 앞의 공개 처형이다. 글로 옮기기 어려울 정도로 참혹한 신체적 고통을 여러 가지로 가한 후에 마침내 화형을 시킨다. 이때가 1600년 2월이다.

브루노가 처형된 지 400년 만인 2000년에 교황은 직접 사형선고와 집행에 관해 사과를 했다. 물론 1979년에 공식적으로 사형 판결이 취소되었음은 당연하다. 댄 브라운의 소설『천사와 악마』의 출간 연도가 동일한 2000년인데, 우연인지 필연인지 저자만 알 수 있다.

조르다노 브루노가 처형된 장소의 이름은 '꽃의 광장'(Campo de Fiori)이다. 예전부터 상인들의 거리가 모아지는 광장이어서 야채 시장, 가축 시장, 생필품 시장 등이 많은 상업지역이었다.

그가 처형된 지 299년 만인 1899년에 당대 유럽의 지식인들이 바로 그곳 캄포 데 피오리 광장에 그의 동상을 건립했다. 오늘도 후드 달린 두꺼운 망토를 입고, 광장 한가운데에 서 있는 그를 만날 수 있다. 후드를 깊게 쓰고 아래를 쳐다보는 그는 매우 침울해 보인다. 이미 사형 판결이 취소되었으며, 교황의 사과를 받았지만 그는 여전히 슬퍼 보인다.

'꽃의 광장'은 이름 그대로 화려하고 예쁜 꽃으로 가득하다. 중후한 건물과 고급스런 가게로 빙 둘러싸인 광장은 종일 분주하다. 낮 동안에는 광장에 노천 꽃가게, 과일 시장, 야채 시장, 기념품 가게, 견과류와 각종 치즈를 판매하는 탁자가 많다. 광장은 고객과 관광객으로 붐빈다.

해가 지면 노천 시장이 차지했던 자리를 광장 주변에 있는 레스토랑, 바, 카페의 식탁들이 정렬하여 차지한다. 이를 이용하는 현지인과 관광객으로 광장은 가득 찬다. 브루노의 고뇌 가득한 얼굴과 달리, 참혹했던 화형의 현장 바로 그 자리에서 모두들 행복하며 즐겁게 대화를 나누면서 식사를 한다.

이렇게 극도로 상반된 양면을 살펴보기 위해서는 단지 검색창에 '꽃의 광장, fiori'만 입력하고, 이미지를 선택하면 충분하다. 수많은 사진이 쏟아진다. 글쓴이가 찍어온 수십 장의 사진을 여기에 올릴 필요가 전혀 없다.

400년 전에는 브루노의 올바른 우주관을 일반인들이 이해할 수 없었다. 권력자들은 이를 수용할 수 없을 뿐만 아니라 그를 협박하고 극단적인 방법으로 처형했다.

지금도 브루노는 광장 한가운데서 모두를 침울하게 내려다본다. 그러나 이를 아랑곳하지 않고, 광장의 모든 사람들은 아주 행복하게 살아간다.

미얀마 사람들이 편리하게 사용하고 있는 미얀마의 글이 전혀 모르는 나에게는 이해할 수 없는 동그라미 도형으로 다가온다. 성조를 표시하는 작은 동그라미는 위성, 모음을 나타내는 위쪽 동그라미는 행성, 자음의 동그라미는 항성처럼 갑자기 느껴진다. 글을 전혀 모르니 너무 혼미하여 우주를 방황하는 듯하다. 동일한 대상임에도 불구하고 이해하는 것과 모르는 상태는 매우 다르다.

5. 우주로 이어지는 힘

예전에 장례 형태 중에서 조장(鳥葬)에 관한 설명을 들었을 적에 이해하기 힘들었다. 다른 지역의 타 문화에 관해서 열린 마음을 유지해야 한다지만 조장은 특별했다. 직접 관찰한 내용이 아니고 설명을 통해서 들었지만 끔찍한 느낌이 들었다.

아무리 망자라 하여도 부모나 조상의 육신을 보호하기는커녕 오히려 노출하여 날짐승의 먹이로 보낸다는 것은 어떤 이유로도 허용하기 어려웠다. 먼 지역의 주민들은 생활환경이 다르고, 또한 그들만의 오랜 관습과 전통을 존중해야 한다. 그러나 인류 보편적인 가치관을 최소한으로 적용하더라도 조장을 용인하기 어려웠다.

오랫동안 고산 티베트 불교 지역을 직접 찾아가는 여행은 물론 현지인을 만나서 나눌 수 있는 대화의 기회가 불가능했다. 조언을 얻을 수 있는 티베트 문화 전문가를 만나는 기회도 없었다. 이런 이유로 나의 상상 세계에서는 조장이 끔찍한 상태로 남았다. 예전 의학적 지식과 조치가 부족한 상태에서 행해지는 할례 의식과 뉴기니섬 일부 부족의 적군 식인 문화와 함께 세상에서 가장 처참하고 미개한 관습으로 여겨졌다.

그러나 우리와 달리 티베트 고산 지역에는 다양하고 특별한 환경이 있다. 수목한계선을 지나면 풀과 이끼만 자라다가 조금 더 오르면 이마저도 사라진다. 우리에게는 너무나도 흔한 흙도 거의 사라지고 자갈과 암석투성이 상태가 된다. 고산 지역 거주자들은 이런 환경에 적응하는 생활과 순응하는 믿음을 가질 수밖에 없다.

네팔의 쿰부 히말라야 계곡을 오르는 트레킹 초반에는 기쁨에 들떠서 발걸음이 무척 가볍다. 우측으로는 탐세르쿠 설봉이 반갑게 길동무를 해준다. 경사가 있어 힘차게 흐르는 두드코시 강물이 바위에 부딪히며 하얀 포말을 만든다. 가끔 만나는 작은 마을과 찻집도 무척 정겹다. 산행길이 완만하여 걸을수록 몸이 가벼워지는 느낌마저 든다.

공원 관리소를 지나 여유롭게 한참 걷다 보면 Y 형태로 흘러오는 보테코시와 두드코시 강물이 합류한다. 합류점 바로 아래에 출렁다리가 걸려 있

여행의 확장

다. 폭포수처럼 세차게 흐르는 강물 위를 가로지르는 출렁다리를 건넌다. 다리는 가장 중요한 굵은 금속 케이블과 여기에 연결된 가는 철사 줄로 구성되어 있다. 여기에 매달린 수많은 오색 타르초와 룽다의 모습이 압도적이다. 화려하며 강렬하다.

거센 계곡 바람에 타르초들은 세차게 흔들린다. 내 마음도 따라서 흔들리는 듯하다. 여기에 빼곡하게 적힌 경전 내용을 모르지만 하늘 높이 온 세상에 펼쳐지리라 믿어진다.

이런 마음을 느끼며 가파른 샛길을 오른다. 타르초 덕분일까? 한쪽으로 보이는 깊은 계곡이 무서워 보이지 않는다. 위태롭게 보였던 좁은 계곡길도 다정한 느낌이 든다.

능선을 넘기 위해서 마련한 가장 편한 경로가 고갯길이다. 예전에 누군가 돌을 쌓고 바위를 뚫어서 길을 만들었겠지. 덕분에 이후에 지나가는 사람들은 편하게 이용한다. 그러나 고갯길이 높으면 힘이 든다. 더구나 고도가 높고 악천후에는 더욱 어렵다. 이렇게 숨이 가빠지고 다리의 힘이 풀릴 때마다 히말라야 고갯길에서는 룽다와 타르초를 만난다.

산등성이에 올라 훤히 뚫린 마루에 서면 바람이 세차다. 파란 하늘을 배경으로 힘차게 나부끼는 오색 룽다와 타르초는 지역 주민들의 믿음이다. 믿음에는 안식, 행복, 희망 등 그들을 지탱하고 나아가게 하는 모든 긍정적인 요소들이 모아져 있다.

한 번 지나가는 여행객에 불과한 우리에게도 마찬가지다. 기다란 연결

줄에 매달린 타르초를 보고 있으면 고개를 오르느라 지친 다리에 힘이 생긴다. 커다란 돌무더기에 작은 돌을 하나 올리면 가쁜 가슴에 여유가 스며든다.

모든 것이 높은 곳에서 낮은 쪽으로 흐르듯이 기압골 따라 바람이 자연스럽게 불어온다. 좁은 통로로 바람이 빠져나가면서 풍속이 강해진다. 지형에 따라 골짜기가 깊은 곳에서 골바람이 심해질 수 있다. 이런 곳의 산등성이 마루에 타르초가 있다.

설산 고봉의 사진을 보면 가슴에 바람이 느껴졌다. 연속되는 준봉들의 파노라마 사진을 보면 바람이 커져서 마음까지 흔들린다. 어려움을 뚫고 높은 산을 오르는 탐사대의 영상을 보면 더욱 세찬 바람이 온몸에 불어온다. 타르초가 심하게 흔들리는 이미지가 겹쳐진다.

직접 와서 걸어가며 타르초를 바라보고 마니석 주변을 걷는다. 계곡 따라 부는 바람이 내 마음속에서도 분다. 피부에 닿아 속삭이는 바람은 어느새 폐를 지나 머리를 흔든다. 마음까지 흔들린다.

흔들림은 정화의 준비운동이다. 마음의 평화를 얻기 위해서 미리 혼돈과 고뇌를 거치는 것과 유사하다. 크고 작은 괴로움 없이 한 줌의 행복이라도 얻을 수 있을까? 그것은 지나친 욕심이다. 불가능하다. 고뇌 없이는 아무리 큰 행복도 느낄 수 없다. 욕심부려 꽉 움켜쥔 주먹 안의 모래처럼 행복이 손가락 사이로 빠져나가기 때문이다.

흔들리는 타르초를 한참 바라보고 있으면 마법처럼 바람이 잦아드는 느낌이 든다. 나와 흔들리는 타르초가 한 덩어리가 되어 싱크로 되었을까? 온몸이 가볍게 느껴지며 날아오르는 듯한 환상에 빠진다. 마치 고속 열차를 타고 가면서 속도와 바람이 느껴지지 않는 것과 같을까? 이미 내가 바람과 함께 창공을 편하게 날고 있을까? 진정으로 바란다. 내가 세찬 바람에 심하게 흔들린 뒤에 바람과 함께 날면서 마음의 평화를 얻을 수 있기를.

작년에 어머니가 95세로 고통의 바다를 떠나서 바람과 함께 편한 안식의 나라로 가셨다. 그곳은 이승의 번뇌와 육신의 아픔이 없는 따뜻한 곳이라 여겨진다. 떠나시기 전에 단출한 자손들에게 공책 한 권씩 나눠주었다. 우리들은 '공책 대신에 아파트 한 채씩 나눠주었다면 좋았을 텐데.'라고 생각하며 아쉬워했다.

멀리 떠나는 것은 영원한 단절이다. 지구의 땅과 우주의 거리만큼 멀다. 아쉬워하며 받아 든 공책은 단순한 종이 묶음이 아니라 이렇게 먼 곳과의 무선통신 장치일까?

공책은 어느 문구점에서도 쉽게 구할 수 있는 평범한 것이다. 거기에 가득 적혀 있는 글. 평소 좋아하시며 귀중한 말씀이라 여기던 불경이다. 공책의 종이가 타르초의 천과 같다. 오색으로 화려한 천과 달

리 공책의 종이는 모두 똑같이 밋밋하다. 수많은 타르초가 줄에 묶여 흔들리지만 공책의 불경은 조용히 접혀 있다. 두꺼운 공책마다 불경이 넘친다. 여러 번 필사하여 분량이 매우 많다. 모두 한문이어서 모르는 글씨가 태반이다. 읽을 수도 없다. 일일이 주해를 찾고 해설서를 읽지 않으면 이해도 불가능하다. 마치 티베트 글씨로 되어 있는 타르초나 마니석의 경전과 같다. 읽을 수 없기는 마찬가지다.

힘들게 가파른 고개를 올라와서 가쁜 숨을 고른다. 세차게 부는 바람을 피해 장갑으로 코와 입을 가린다. 마구 흔들리는 타르초와 룽다의 바람 소리가 요란하다. 매어진 줄은 휘어져서 팽팽하다.

푸른 하늘을 배경으로 멀리 보이는 설봉들이 신비롭다. 가까이 있어 자세하게 보이는 깎아지른 암석 산도 장엄하다. 그 위로 높이 날고 있는 독수리가 보인다. 혹시 독수리가 지구와 우주 사이의 전령사일까? 그때 갑자기 티베트의 조장을 이해할 수 있다고 느꼈다. 그들의 관습과 전통이 당연한 듯싶었다.

불경을 여러 번 필사한 공책은 손으로 직접 적은 타르초이다. 또한 하늘을 날고 있는 독수리 전령사처럼 우주와 소통하는 무선통신기기이다. 타르초와 마니석을 바라보면서 힘을 얻어 다음 고개로 출발한다. 굳이 타르초에 빼곡하게 적힌 불경을 읽지는 않는다. 마찬가지로 힘들고 용기가 필요할 때 책장에 놓인 경전 필사본 공책을 바라본다. 알지 못하는 한문을 굳이 읽지 않는다. 그렇지만 거기서 귀한 목소리를 듣고 경전의 교훈을 얻을 수 있다. 공책은 나부끼지 않는 타르초이며, 석판이 아닌 종이에 적은 마니석이다.

그러나 이것은 지극히 단순하게 경전이 적힌 천 조각 사물인 타르초와 싸구려 공책에 집착한 연결이다. 직접적인 대비는 단지 이해하기 쉽고 편리하여 좋다. 그렇지만 더욱 근본적인 면을 기억하자. 우주로 여행을 떠난 어머니는 지구에서 가족 일원의 '형상'으로는 지났지만 오랫동안 맺었던 '인연'의 관계로는 항상 존재한다. 다정하고 진실했던 관계를 기억하자. 좋은 인연이 되도록 서로 노력했던 기나긴 세월을 회상하자. 무아(無我)와 연기론(緣起論)을 믿고 너무 슬퍼하지 말자. 공책은 단순하게 휘날리는 타르초가 아니라 새로운 모습으로 변신하여 우리 곁에 남아 계신 어머니다.

여행을 마무리하며

여행을 마무리하고 즐겁게 귀국한다. 여행하면서 직접 살펴보며 무슨 생각을 하고 어떤 점을 내 것으로 받아들였을까? 광부들이 힘들게 캔 수많은 잡석을 버리고 알짜 원석과 보석을 채취하듯이, 나는 여행 중에 많은 것을 보고 나서 어떤 쓸모 있는 생각을 채굴하고 지혜를 모았을까? 이것이 여행의 알짜배기다! 귀국 후 나의 생활에 조금이라도 보탬이 될 수 있도록 수많은 여행의 기억에서 가치 있는 알맹이를 채굴하는 작업을 구체적으로 풀어헤친다.

여행의 종료. 즐거운 마음으로 또는 피곤한 몸을 이끌고 귀가한다. 여행의 마무리는 여독을 풀고 곧 행복 채굴의 시작으로 이어진다. 현실적인 여행 일정으로는 여유롭게 사색하며 한가하게 주변을 둘러보기 어렵다. 오히려 명소를 찾아가는 강행군을 계속한다. 사진 찍기 바쁘다. 그래서 여행에서 돌아온 후에 비로소 진정한 행복 찾기의 여정을 시작한다.

열차를 타고 멀리까지 찾아간 이르쿠츠크에서 시간에 쫓겨 3일만 체류가 가능했다. 더구나 꿈에 그리던 바이칼 호수에는 하루만 할당할 수밖에 없어 못내 아쉬웠다. 샤머니즘의 신비로 가득한 알혼섬, 주변의 높은 산과 울창한 삼림, 넓은 호수의 웅장함과 청정 자연의 아름다움에 감탄한다. 빼어나게 훌륭한 경관이다. 시원한 바람이 가슴을 채운다. 끝없는 초록 산림과 장엄한 풍광 때문에 자연스럽게 샤머니즘의 고향으로 여겨졌으리라 짐작한다.

여행 다녀온 지 십 년이 지났지만 지나치게 짧았던 체류가 전혀 아쉽지 않다. 무료하거나 답답할 때는 항상 어디에서나 그곳으로 달려갈 수 있기 때문이다. 만원 지하철 안에서도 눈을 감고 바이칼의 시원한 바람을 느낄 수 있다. 답답할 때는 천장으로 눈을 돌려서 드넓은 호수 위를 나는 갈매기의 자유를 느끼며 끼룩끼룩 소리를 듣는다. 지나치게 컴퓨터 화면을 응시하여 눈이 피곤하면 고개를 창밖으로 돌린다. 그곳에 바다 같은 호수와 정다운 물결이 펼쳐진다. 가슴이 시원하고 눈이 편하다.

어찌 바이칼 호수뿐이랴! 남해안 한려수도의 아름다운 풍광에서 위로를 받고, 힘찬 동해의 파도에서 새로운 힘을 얻는다. 동네 뒷산 산책길에서 만난 풀꽃에서 미소를 되찾고, 산새들의 지저귐을 듣고 마음이 가벼워진다. 이들은 모두 언제든지 꺼내 마실 수 있는 청량음료이며 원기 회복 비타민이다.

여행의 확장